Georg Droste

Achtern Diek

Autobiografische Schriften

herausgegeben und eingeleitet
von Günther Flemming

Droste, Georg; Flemming, Günther (Hg.)

Achtern Diek
Autobiografische Schriften

ISBN: 978-3-86267-044-4

Auflage: 1
Erscheinungsjahr: 2011
Erscheinungsort: Bremen, Deutschland

Europäischer Literaturverlag GmbH, Fahrenheitstr. 1, 28359 Bremen (www.elv-verlag.de).

Georg Droste

Achtern Diek

www.elv-verlag.de

Inhalt

»Hoch weer sien Streben«	5
Quellen und Textgestalt	19
Biogramm	21
Kurzbibliografie	28
Achtern Diek	5
Vorwort.	34
1. Unser Haus hinter dem alten Deich.	36
2. Aus der Jugend-Dämmerzeit.	40
3. Der Tod der Geschwister.	48
4. Unsere Nachbarschaft.	53
5. Die Heringskrankheit.	69
6. Vergangenes von Bremens Weserkante.	75
7. Schlußfantasie.	89
Schriften zur Sprachwende	91
Plattdütsch!	91
Vorrede.	101
Use Bremer Platt.	104
Zwei neu erzählte Erinnerungen	110
Trintjen Trellen.	110
Fieke Peimann.	113
Autobiografische Schriften	115
Dreißig Jahre im grauen Nebel.	115
Foftig Jahr in Licht un Schatten.	129
Mien Besök un de Schriefmaschine.	138
Mien ole Pultkomode un ik.	141
Kinnerdröme.	145
Anhang	**150**

»Hoch weer sien Streben«

Georg Drostes Lebenstraum

Wie kam der Bremer Korbflechter Georg Droste in seinem 42. Lebensjahr (1908) dazu, ein Buch zu schreiben? Diese Frage beantwortet er im Vorwort seines ersten Buches, »Achtern Diek«, so:

> Draußen beginnt es zu dunkeln, die Straßenlaternen werden angezündet, meine Kinder kommen vom Spielen im Freien ins Haus, und nun beginnt, wie das so oft geschieht, ein Betteln und Pratzen: »Bitte! Erzähl' mal 'ne Geschichte, ein Märchen oder mal was aus Deiner Jugendzeit vom alten Osterdeich!« So bittet und schwadroniert es durcheinander, bis es endlich der Ältesten gelingt, sich das Wort zu verschaffen und sich mit weiser Stimme an mich wendend meint sie: »Sieh mal, Vater, Du hast uns nun schon so manches erzählt vom alten Osterdeich und wie es dort früher aussah, von Großmutter Boschen und von der alten Rieke; wie wäre es, wenn Du dies alles einmal in einem Buche schildern würdest, Deine ganze Jugendzeit und alles, was Du erlebt hast. Dann verkaufen wir die Bücher und werden reiche Leute.«[1]

Das mag so gewesen sein, erklärt den Entschluss aber nicht. Die Familie war arm, die Hoffnung reich zu werden, verständlich, und aus der Rückschau betrachtet, hätte er es nicht geschickter anstellen können: Er gewann den Bremer Verleger Otto Melchers (der selber auch Schriftsteller war) für die Herstellung und den Vertrieb der ersten Auflage, das Risiko musste er selber tragen. Es ging um mehr als 300 Mark – viel Geld für arme Leute damals. Die 1000 Exemplare waren bald verkauft und brachten der Familie, nach Rückzahlung der Auslagen, knapp 700 Mark ein (die broschierte Ausgabe kostete 1 Mark, die ›elegant gebundene‹ 2 Mark). Wäre das Buch auf Risiko des Verlegers erschienen, hätte Droste nicht entfernt so viel Honorar bekommen. Dennoch überließ er Melchers die zweite Auflage und sein zweites Buch, »Im Rodenbusch-Haus«. Reich werden konnte er damit nicht. Was war es, das ihn weiterschreiben ließ? In einer Zwischenbilanz seines Lebens, dem Bericht »Foftig Jahr in Licht un Schatten« (1916), lesen wir:

---

[1] Zitate aus den in diesem Band nachgedruckten Texten werden nicht näher nachgewiesen.

> Ick harr nu, as ick danniger wurde, mi dat fast in'n Kopp sett't, datt ick Lehrer weeren woll. Mien gode Mudder keek mi denn so bedröft an, wenn ick dar mal von snackde. Denn schuttkoppde se un sä: »Beste Jung, dat geiht jo nich, wi heft jo keen Geld!« Vull Neid keek ick an de Jungens hoch, de de Realschole, oder gar de latinsche Schole besochden. Ick weer jo man de arme Sniederjung un gung nah'r Freeschole.

Lehrer hatte er nicht werden können, weil die Eltern zu arm waren: So trat er eine kaufmännische Lehre an und wurde Wollkaufmann ... Lehrer nicht, aber vielleicht Schriftsteller? – ein Volksschriftsteller im besten Sinne, der seine Leser unterhält und belehrt, wie ein guter Lehrer soll, und wie er es, im Kreis seiner ersten Zuhörer, seiner Kinder, erprobt hatte? Es war sein alter Traum, der hier wiederbelebt wurde, an dessen Erfüllung er schon lange nicht mehr geglaubt hatte: »de ewige Sehnsucht in'n Harten, dör fienere Arbeit, dör Kopparbeit mien Leben to maken«. Geld war ihm nicht Reichtum: Geld stand für Bildung, sozialen Aufstieg, für geistige Arbeit statt der schweren Korbflechterei.

Wer es nicht schon weiß, fragt sich, wieso der gelernte Kaufmann Korbflechter geworden war, wenn er doch von Kopfarbeit träumte und auch gute Anlagen und Fleiß mitbrachte. Im Rückblick auf seine ersten 50 Jahre präzisierte er acht Jahre später die im Vorwort zu »Achtern Diek« gegebene Antwort:

> Wann de Schummerstunne in mien Warkstä introck, denn pleggde ick mien Kinnergekrabbels Geschichten to vertellen. Meist ut mien eegen Kinnerparadies achtern Diek. Dar meende de ollste Deern mal, ick scholl ähr dat doch »diktieren«, denn woll se dat upschriewen un wi wollen dat drucken laten un 'n Barg Geld darmit verdeenen.

Er musste seiner Tochter (und seiner Frau) »diktieren« – weil er blind war, in seinem zwanzigsten Lebensjahr nach einer ›Sehnervenentzündung‹ (so die Diagnose) unheilbar erblindet. Das war neben der Armut der Eltern der zweite Schatten, der auf das Leben des Jünglings gefallen war. Und erst 20 Jahre später nahm sein geistiges Streben eine neue Richtung, eine, die ihm gemäß war, vielleicht sogar in einem höheren Grad, als es der Lehrerberuf gewesen wäre.

Für die Energie, die er brauchte, um als Blinder in seiner zweiten Lebenshälfte Berufsschriftsteller zu werden, gibt es in »Achtern Diek« (im Kapitel »Vergangenes von Bremens Weserkante«) eine versteckte Erklärung (mit Hervorhebungen von mir):

Die mangelhafte Beschaffenheit und die Unzuverlässigkeit der Deiche in früherer Zeit hatte ihre Hauptursache darin, daß die Instandhaltung und die Ausbesserung derselben nicht etwa von Staats wegen geschah, daß vielmehr die jeweiligen Anwohner eines Deiches, deren Grundstück an einen solchen grenzte, auch die Verantwortung für die Haltbarkeit des Schutzdeiches hatten. Aus diesem Grunde waren solche Grundstücke außerordentlich niedrig im Preise, und es kam vor, daß derjenige, der sein Erbe verkaufen wollte, dies überhaupt nicht an den Mann bringen konnte. Aus diesen Pflichten der Deichanwohner resultierte jedoch andererseits *eine eigenartig patriarchalisch-freiherrliche Anschauung*. Besonders die Alten pochten auf ihre Gerechtsame, und manche diesbezüglichen Äußerungen wirkten geradezu verblüffend komisch. So äußerte einst der 80jährige Amtsfischer M.: »*De Diek is min!* un wer mi dar nich paßt, den hau ick dar runner! Fromdet Volk will ick nich up min'n Diek wäten!«

In »Aus der Jugend-Dämmerzeit« (ebenfalls in »Achtern Diek«) bezieht er diese Lebensanschauung ausdrücklich auf sich selber (mit Hervorhebungen von mir):

Nachdem ich nun endlich die meinen Korpus einengenden Fesseln abgestreift, nachdem auch das Rutsch- und Krabbelstadium hinter mir lag und die »Jebrüder Beeneken« – wie der Berliner sagt – imstande waren, den Kerl in menschenwürdig aufrechter Haltung fortzubewegen, war es dem Lichte zustrebend meine Hauptsorge, die vor unserm Hause befindliche schräge Deichdossierung zu erklimmen. Ich wählte dazu nicht die in den Deich eingelassenen Treppenstufen, sondern krallte mich in die Grashalme und kroch auf dem Bauche zum Deichkopf empor. Nach unzähligen mißlungenen Versuchen hatte ich endlich mein Ziel erreicht; nun war der Osterdeich meine Welt; *hier fühlte ich mich als Freiherr »von und zu«*, und diese Anschauung habe ich mir bis zu meinem 14. Lebensjahre bewahrt.

Auf das 14. Lebensjahr ist noch zurückzukommen; lesen wir zunächst im Lichte des Zitats aus »Vergangenes von Bremens Weserkante« den Anfang von »Foftig Jahr in Licht un Schatten«, dann erkennen wir in der ›komischen Äußerung‹ des alten Amtsfischers das *Bekenntnishafte* dieser Aussage (wiederum mit Hervorhebungen von mir):

Tagen bin ick un ok baren,
Man bescheiden achtern Diek,
Doch in miene Kinnerjahren
Weer ick as son König riek!
Wenn winters de Storme de Pappelböm' bogen,
Wenn't Fröhjahr us brochde den Sunnenschien,
Wenn hoch öbern Diek hen de Swalken wegtogen,
To alle Tied reep ick: *De Diek, de is mien!*

In'r Freeheit bin ick tagen,
Sprung all bold von Mudders Schoot.
Bin den Diek hendahlwards flagen,
An'r Werser wurd ick grot.
Wenn swart ok de Wulken an'n Heben hentogen,
Wenn Weststorme hulden ähr Fleitmusik,
Wenn wild ok de Bulgen an'n Diekkopp ranslogen,
Fast stund ick in Ahnwähr, un *mien weer de Diek!*

Ja, *mien weer de Diek!* Un dat is he ok hüte noch, nah foftig Jahren, denn ick bin nich mit mi tofräen, un mi fehlt wat, wenn mal 'n Dag darhengeiht, an den ick nich mienen Werserdiek afpett't hef, un wennt ok man 'n kortet Enn weer.

Sien weer de Diek! (für Nicht-Bremer: die Weser wird im Bremer Platt ›Werser‹ gesprochen.) Dass er längst kein Anrainer des Osterdeiches mehr war, hat nichts zu bedeuten, wie er im letzten Absatz ausdrücklich betont. Er war, wie das Beispiel zeigt, schon auch ein Schelm, einer, der erwartete, dass seine Leser – über das ›Gemütliche‹ seiner Erzählungen hinaus – das Augenzwinkern nicht übersahen, das mit dazu gehörte.

Mit dem 14. Lebensjahr endete aber sein freiherrliches Leben (wie oben zitiert). Das ist nichts besonderes: nach Kindheit und Schulzeit und mit der Konfirmation beginnt eben der Ernst des Lebens. Lehrjahre sind keine Frei-Herrenjahre. Da es uns bei der Beschäftigung mit Georg Droste in erster Linie um sein literarisches Werk geht, vor allem um das Hauptwerk »Ottjen Alldag«, sind parallel dazu zu unterscheiden:

- die Kinderzeit bis zum Schulabschluss (nacherlebbar gemacht in »Ottjen Alldag un sien Kaperstreiche«, 1913, und der Ferienfahrt ins Moor im ersten Teil von »Ottjen Alldag un sien Moorhex«, 1916; in der 16teiligen Hörspielfassung von Heinrich Schmidt-Barrien ist der Ferienaufenthalt im Teufelsmoor eingeschoben zwischen Kaperstreiche und Lehrzeit),

- die Lehrzeit, gefolgt von den ersten Jahren der Berufstätigkeit bis zu seiner Erblindung (in »Ottjen Alldag un sien Lehrtied«, 1914, wird nur die Lehrzeit behandelt; am Ende des Romans aber ist Ottjen »in'n griesen Abendnebel verswunnen«, was als Andeutung der Blindheit des Verfassers gelesen werden kann),
- sein Leben als Blinder in mehreren, deutlich zu unterscheidenden Abschnitten bis hin zum Beginn seiner schriftstellerischen und Vortragstätigkeit (ohne Abbild in diesem Werk).

Seine Blindheit, von der er in »Achtern Diek« noch nicht offen spricht, war später allgemein bekannt. Er trat in den Folgejahren auch als Vortragskünstler auf – übrigens nicht nur mit eigenen Werken: Die Werke seines Lieblingsschriftstellers Fritz Reuter kannte er schon als Lehrling auswendig (er hatte eben »een behollern Kopp«, wie er in »Dreißig Jahre im grauen Nebel« schreibt). Wie es dabei zuging, wenn er zum Beispiel mit seinem Freund Gustav Dehning auf Vortragsreise durch dessen holsteinische Heimat ging, schildert Dehning:

> Tooerst süng gewöhnlich een Kinner- oder Männerchor, denn[2] keem ick un sprook oeber plattdütsche Literatur un Plattdütsch in'e Welt, un denn keem as Hauptpunkt vun den Abend Georg Droste, de blinne Dichter, mit sien Ottjen Alldag, den Bremer Jung un sien Kaperstreiche. Un alls butenkopps [auswendig]. Wat hebbt se em Bifall klatscht! Wat hett he smusert! Wat heff ick mi freut, datt de Minschenwelt em nich koold un nich knökern, nä, datt se em so warm un so dankbar tomöt keem.[3]

In seinen Geschichten spielt Blindheit nur eine geringe Rolle[4], in seinem Hauptwerk, »Ottjen Alldag« (1913-16), praktisch keine[5]. Für einen Erzähler

---

[2] Vorlage: dennn.
[3] Aus: Up'n Weg mit Georg Droste, in: Kiek in die Welt 141, Seite 6.
[4] In der Hundegeschichte »Wodan« bewahrt der Titelheld einen Blinden vorm Überfahrenwerden; der Blinde bleibt eine stumme Nebenfigur (in: Dokter Langbeen, 1917, Seiten 45-52.) – In der Pferdegeschichte »Hans in'n Düstern« ist die Titelgestalt erblindet (ebd., Seiten, 57-64). – In der Hundegeschichte »Strom« schließt sich der Held einem Kriegsblinden an, den er führt (ebd., Seiten 79-95, Kapitel 3: Bie den Kriegsblinnen, Seiten 91-95.) – In der Geschichtengruppe »Ut mien Muskantentied« (in dem gleichnamigen Sammelband, 1925) spielt die Bremer Blindenkapelle (acht Bläser, unter ihnen Droste) die Hauptrolle, das Blindsein ist aber nur zum Teil für die geschilderten Begebenheiten maßgeblich.

aus eigenem Erleben muss das eine merkwürdige Situation gewesen sein. Im Lebensrückblick versichert er: »Bie dat eerste Bok harr ick mi ganz angstig an de Wahrheit holen.« Was er damit meint, erläutert er durch einen Gegensatz: »Bien tweeden wurd ick aber all dickdräwscher un fung an to flunkern.« Die Wahrheit, von der er spricht, ist jedenfalls – auch im ersten Buch – nicht die *ganze* Wahrheit. Er beginnt seinen Geschichtenreigen in »Achtern Diek« mit seiner Geburt und endet mit einer Vorschau auf sich selber als fast siebzigjährigen alten Mann (gemäß der alten Weisheit: »des Menschen Leben währet siebzig Jahre«; die »Schlußfantasie« spielt im November 1936, sein siebzigster Geburtstag, den er nicht erlebte, fiel auf den 13. Dezember des selben Jahres[6]) und suggeriert seinen Lesern so, dass sie *seine Lebensgeschichte* kennen lernen: die Erinnerungsbilder aus Kindheit und Jugend, die Gegenwart des Geschichtenerzählers im Familienkreis, die Anhänglichkeit an seinen Lebensraum am Osterdeich bis ans projizierte Lebensende[7]. Den Schicksalsschlag, der sein Leben geprägt und ihn zum Schriftsteller gemacht hat, spart er aus: seine Erblindung.

Der blinde Dichter, ein bremischer Homer der kleinen Leute: der Verlust seines Augenlichtes lag über 20 Jahre zurück, er hatte seinen Lebensmut wiedergefunden, war verheiratet und hatte Kinder. Die Kinder belebten die Erinnerungen an die eigene Kindheit, die ihm in klaren Bildern vor dem inneren Auge stand und von keinen neuen Bildern überlagert wurden (Goethe nannte dies »die einwärts gekehrte Sehkraft«[8]). Erst allmählich erkannte er seine Kindheits- und Jugenderinnerungen als einen Schatz, an dem er andere teilhaben und so seinen Lebenstraum doch noch wahr werden lassen konnte.

Wir lesen »Achtern Diek« im Lichte dieses Wissens anders als die ersten Leser es konnten. Wir erkennen, wie sehr ihn seine Blindheit beschäftigt hat, ohne dass er sie offen anspricht:

---

[5] In »Ottjen Alldag un sien Moorhex« (1916) wird zweimal der blinde Harmonikaspieler erwähnt, der in Ottjens Kindheit sonntags in ›Hemlebs Friedenszelt‹ am alten Torfkanal spielte (Kapitel 4 und 8).
[6] Hebbel hatte gerade sein Tagebuch begonnen, als er am 23. März 1835 eine Vision festhielt: »Ich sah mich selbst als alten Mann.« (Hebbels Werke in zehn Teilen. Hrsg. und mit Einleitungen und Anmerkungen versehen von Theodor Poppe. Berlin u.a. o.J.: Bong, Neunter Teil, Seite 18).
[7] Diese Anlage des Buches lässt vermuten, dass er, als er es schrieb, wohl an kein weiteres dachte.
[8] Als Zuarbeit für Lavaters »Physiognomische Fragmente« schrieb er so über Homer (Münchner Ausgabe 1.2, Seite 485).

Das Goethe-Motto des Vorworts passt perfekt, indem es von der *Lampe* spricht, die unsern *Busen* erhellt, Droste nimmt das Bild auf, hält aber (betont wagnerisch) dagegen, »daß wir uns auch ohne die brennende Lampe in unserer häuslichen Klause zeitweilig so recht von Herzen gemütlich fühlen können«, statt seine Leser wissen zu lassen, dass es sehr wohl für ihn (wie für Faust) eine Lampe gibt, die seinen Busen erhellt und die *nicht* auf dem Tisch steht oder an der Decke hängt.[9] Dann spricht er von der *Dämmerstunde,* die seine Kinder abends ins Haus treibt, während sie für ihn permanent geworden ist. – Die »*einstigen Herren Spielgefährten*« erinnern an die verlorenen Freunde nach seiner Erblindung (daher der distanzierte Ausdruck): »Meine früher so zahlreichen Turn- und anderen Freunde hatten sich bis auf einige wenige Getreue verkrümelt und gingen scheu an meinem Hause vorüber«. – Im »Haus hinter dem alten Deich« schildert er, wie er »das *Licht* der Welt« erblickte, wie »*dunkel*« die Schlafkammer war, wie ihm vom Wiegen »nicht allein das Hören, sondern auch das *Sehen*« verging, dass ihm »die Erinnerung von dem Einblick in das *Nichts* geblieben« ist. – Die zweite Geschichte heißt »Aus der Jugend-*Dämmerzeit*«, eine Variation der beliebten Formel »Aus der Jugendzeit« (mit einem Zitat aus Rückerts Gedicht endet das Buch), zugleich ein Hinweis auf die Jugendzeit des in *permanenter* Dämmerung lebenden Autors. (Der Anfang der Geschichte zeigt deutlich die immer wieder durchbrechende lehrerhafte Attitüde seines Schreibens.) Die »körperliche Gesundheit« wird gepriesen. Die Formel »*aus dem Nebel*« lässt als Fortsetzung nicht nur »*dem Lichte zustrebend*« zu, sondern auch: »*in den Nebel*« (mit Nebel, »*grauem Nebel*«, benennt Droste an anderer Stelle metaphorisch sein Blindsein). – In »Vergangenes von Bremens Weserkante« nennt er »*die Kämpfe im stillen Kämmerlein*«, vielleicht eine Erinnerung an die erste Zeit nach der Erblindung, als er mit dem Gedanken rang, seinem (scheinbar) sinnlos gewordenen Leben selber ein Ende zu setzen. – In der »Schlußfantasie« kehrt er die Verhältnisse um, projiziert den *Nebel* in die Außenwelt und das *Licht* vor seine Augen: »ein dichter, grauer Nebel lagert über der Weser«, »dichter und dichter wird der Nebel«, »lichter und lichter wird es vor seinen Augen«. »Dichter Nebel« lässt sich, wie Arno Schmidt dies einmal scherzhaft tat (»Gewöhnlichster, hundspoetischster Nebel«[10]), leicht missdeuten als ›Dichternebel‹, so dass in dem gebräuchlichen Ausdruck ›dichter Nebel‹ zugleich der ›Nebel, der ihn zum Dichter machte‹, wiederkehrt. In dieser

---

[9] Nicht zu übersehen ist dabei gleichwohl das Selbstbewusstsein, mit dem er Goethe zitiert und sich sogleich von ihm abhebt.
[10] In: Arno Schmidt: Kaff auch Mare Crisium, Bargfelder Ausgabe I/3, Seite 11.

bewegenden Vision sieht er seinem (als er dies schrieb: fernen, in der Erzählung selber: nahen) Tod entgegen und dem Übergang in ein nebulöses und zugleich lichtes Jenseits, das seinem Kinderparadies ähnelt: ein poetischer Ausdruck für das Leben, das ihm möglich schien, wenn es mit dem Schreiben (sprich: dem Geldverdienen) klappen sollte. Licht und Nebel würden dann keine Gegensätze sein: der Nebel vor seinen Augen würde bleiben, sein Leben aber dennoch hell sein, weil er als Schriftsteller das Licht seiner Erinnerungen in seinen Geschichten leuchten lassen würde. Er muss diese Entwicklung für möglich gehalten haben, als das Buchmanuskript so weit abgeschlossen war: »Nach dem verhängnisvollen Deichbruch von 1827, der eine verheerende Überschwemmung verursachte, deren nähere Schilderungen sich im letzten Kapitel finden« heißt es im ersten Kapitel: das letzte Kapitel sollte also das 6. sein, »Vergangenes von Bremens Weserkante«. Die »Schluß-Fantasie«, als 7. Kapitel, war noch nicht vorgesehen, als er mit dem Diktat begann.

Trotz des erfolgreichen Auftaktes fehlte noch etwas, damit Droste der Schriftsteller werden konnte, den wir Leser bis heute schätzen. Er kannte und verehrte die großen niederdeutschen Dichter und Erzähler, unter ihnen die Klassiker Fritz Reuter, John Brinckman und Klaus Groth, Hermann Boßdorf und seinen um ein halbes Jahrhundert älteren Bremer Landsmann Wilhelm Rocco (dessen Vater in der napoleonischen Armee gekämpft hatte und in Bremen hängengeblieben war; von Rocco lernte Droste vermutlich am meisten für sein eigenes Schreiben)[11], und natürlich auch seine Zeitgenossen (er hörte nach dem Weltkrieg sogar Dr. von Hoffs Vorlesungen über das mittelniederdeutsche Versepos »Reynke de Vos« von 1498[12]). Er liebte seine Sprache, das Bremer Platt, untermischt mit dem Platt der Bauern aus dem Teufelsmoor, und er bekannte sich zu ihr – schrieb aber zunächst hochdeutsch. Dabei hegte er kaum die Befürchtung, nicht verstanden zu werden – gegen eine solche Annahme sprechen die plattdeutschen Dialoge und Brocken, die nicht übersetzt sind (nur ganz vereinzelt liefert er Erklärungen zu obsolet gewordenen Bezeichnungen mit). Über »Achtern Diek« und »Im Rodenbusch-Haus« schreibt er in »Foftig Jahr in Licht un Schatten«:

---

[11] »Auch ein zweiter Rocco wäre uns zu wünschen«, seufzte schon Heymann (vgl. Das bremische Plattdeutsch. Vorwort, Seite VI): in Droste ist er uns geworden.
[12] Gustav Dehning: Up'n Weg mit Georg Droste, Seite 6.

[...] beide Böker weern hochdütsch, aber de Minschen de darin vorkeemen, leet ick so snacken, as jem de Snabel wussen weer, plattdütsch, un leet ähre Sprake so to Poppier bringen, as se mi in'n Ohren klung.

Sein erster Verleger, Otto Melchers, gab niederdeutschen Büchern wohl keine große Absatz-Chance mehr (er warb für »Im Rodenbusch-Haus« und die zweite Auflage von »Achtern Diek« jeweils mit dem Hinweis: »Dieses Buch ist nur zum Teil plattdeutsch geschrieben, deshalb für Jedermann geeignet!«[13]). Das erklärt aber nicht, warum »Achtern Diek« hochdeutsch geschrieben wurde, denn dieses Buch erschien ja zuerst im Selbstverlag. Droste wollte sich seinem Publikum erkennbar als gebildeter Erzähler zeigen, den gebildeten Lesern als ihresgleichen, den anderen als respektabler Autor: er nennt Otto Ernst, Peter Rosegger, Wilhelm Busch, zitiert Goethe, Schiller, Rückert; gebraucht Wendungen wie »der Lateiner sagt«, eine englische Redensart wird angeführt ... In »Aus der Jugend-Dämmerzeit« spricht er von Begebenheiten, die seine Großmutter »in ihrer schlichten, einfachen Weise schilderte«; wer so spricht, ist bestrebt, selber *in anderer, in ausdrucksvoller Weise* zu schildern. Kurz: E r o p f e r t e s e i n e S p r a c h e s e i n e m T r a u m, obwohl er sich schon in »Achtern Diek« (in »Unsere Nachbarschaft«) ausdrücklich zu ihr bekennt:

> Aber trotzdem bleibt unser Bremer Platt doch obenan, mag unser verehrter Fritz Reuter noch so sehr »sin leiw Mekelburger Sprak« verherrlichen, mag der Hannoveraner noch so selbstbewußt seinem Landsmann zurufen: »Mick un Dick sall de Deibel nix daun!« und mag es der Hamburger noch so »scheun, gräun, buten Dammdor« finden: Nord, Süd, Ost, West, Bremen best'. Möge mit deinem reinen Roggen Bremer Brot sich auch das reine Bremer Platt erhalten.

Stattdessen schreibt er ein Hochdeutsch wie der strebsame Schüler, der er einst gewesen war. Seine (kurz gesagt: wilhelminische) Ausdrucksweise ist gepflegt, ausgeschmückt mit immer genau den erwarteten (und deshalb nichtssagenden) Adjektiven und Adverbien, die Perioden mit unzähligen ›derselbe, dieselbe, dasselbe‹ verbunden (er selber nannte das später, laut John Brinkmann, seinen ›Jugendstil‹).

---

[13] Anzeigen in: For de Fierstunnen, 1910.

Von Sprachforschern gedrängt[14], die entzückt waren – *von den plattdeutschen Einsprengseln* in wörtlichen Reden und nicht übersetzbaren Ausdrücken, kehrte er nach Erscheinen seines zweiten und letzten hochdeutsch geschriebenen Buches zu seiner Sprache zurück, und die Geschichten gewannen eine Authentizität, die Leser bis heute fesselt.[15]

Um den damals spürbaren weiteren Rückzug des Niederdeutschen im öffentlichen Leben der Hansestadt nach Kräften mit aufzuhalten, wirkte er an der Gründung eines neuen »Plattdütschen Vereens« mit und hielt 1910 (zu der Zeit seiner ›Sprachwende‹) vor diesem Verein eine (auch gedruckt verbreitete) engagierte Rede: »Plattdütsch!«. Die darin enthaltene Aussage ist übrigens nicht übertrieben: »So hett sick denn dat Hochdütsch so ganz bie Lüttjen ook in dat Platt rinnsmuggelt, dat is nich mehr rein un man find't man blot ganz enkelt noch'n Stadtminschen, de so'n halfsläten godet Platt snackt. Darum mog ick glieks in'n Voruut bidden, wiel dat ick ook 'n Stadtminsch bin, mi dat nich for Öbel to nehmen, wenn mi bi disse Klöhneree maal de Tungen so 'n beeten verglippen deiht.«[16] Ein Sprachdenkmal ist die Rede nämlich keineswegs, sie zeigt vielmehr, dass sein Platt, wo ihm sein Bildungsanspruch zugrunde liegt, hölzern wirkt, weil er der plattdeutschen Aussage eine hochdeutsche Syntax unterlegt. Zum *vollen Klang* fehlt das ›Echo‹: die Erinnerung an Gehörtes (die »Sprake […], as se mi in'n Ohren klung«, wie es in »Foftig Jahr in Licht un Schatten« heißt). Indem er die Geltung des Niederdeutschen öffentlich unterstrich, bereitete er geschickt die Aufnahme seiner weiteren Werke vor: Er schrieb ›Vertellsels un Riemels‹, Geschichten und Gedichte, die von Zeitungen, Zeitschriften, Heimatkalendern stets angenommen und von Zeit zu Zeit in Sammelbänden zusammengedruckt wurden. Den ersten Sammelband, »For de Fierstunnen«, erschienen 1910 mit einer Anzeige, in welcher für die

---

14 Nach der Aussage von Gustav Dehning (in: Up'n Weg mit Georg Droste, Seite 7) waren es Dr. Wilhelm Heymann und Dr. von Hoff.
15 Der Gestus des gebildeten Autodidakten bleibt gleichwohl erhalten.
16 Ähnlich schrieb schon Fritz Reuter über seine Werke an den verehrten Jakob Grimm »von eingeschlichenen hochdeutschen Wendungen und Konstruktionen« (Fritz Reuter: Briefe. 3 Bände. Rostock 2009: Hinstorff. Brief 304 in Band 1, Seite 418) und an einen nicht identifizierten Adressaten »Sie haben mir da ein Buch geschickt, welches ich mit Freuden begrüßt habe, weil die darin niedergelegten Gedanken hell und klar dem norddeutschen Volksgeiste entflossen sind, und wenn auch einzelne Wörter und Wendungen in Ihren Gedichten Zeugniß davon ablegen, daß Sie wohl schon seit geraumer Zeit auf hochdeutschen Boden verpflanzt sind, so schadet das weiter nicht; es geht andern Leuten vielleicht ebenso, womit ich mich selbst meine, denn ich muß verteufelt genau aufpassen, daß mir nicht hochdeutscher Kram mit drunter läuft.« (Brief 925 in Band 3, Seite 179).

gedruckte Rede »Plattdütsch!« geworben wird, die also vorher erschienen sein muss, eröffnet er bezeichnenderweise mit der Geschichte »Use Bremer Platt«[17]. Darin und in der Vorrede nimmt er die Gedanken seiner Rede wieder auf (bzw. umgekehrt: geschrieben worden sein dürften die drei Stücke in engstem zeitlichen Zusammenhang) und etablierte sich schließlich als geschätzter plattdeutscher Erzähler, als Chronist des Lebens der kleinen Leute in der Ostertors-Vorstadt (›de Osterndoorschen‹) vor der Reichsgründung bis in die achtzehnhundertachtziger Jahre – mit gelegentlichen ›Überschreitungen‹ dieses Zeitrahmens.

Welchen Gewinn der Wechsel zum Plattdeutschen für die Leser bedeutet, zeigt exemplarisch ein Vergleich der Erinnerungen an zwei Bremer Originale, an die Nachbarin Katharine Trelle (›Trintjen Trellen‹) die er hochdeutsch in »Unsere Nachbarschaft« und plattdeutsch in der nach ihr benannten Geschichte in »Sunnenschien un Wulken« (1912) niedergelegt hat, und an Fieke Peimann, die hochdeutsch ebenfalls in »Unsere Nachbarschaft«, plattdeutsch in »Ut mien Muskantentied« (1925) erschienen ist. Die beiden plattdeutschen Versionen sind im Anschluss an »Achtern Diek« abgedruckt.

In seinem fünfzigsten Lebensjahr, 1916, erreichte Droste, mit dem Abschluss der »Ottjen-Alldag«-Trilogie, den Gipfel seines Ruhms. Die renommierten Quickborn-Bücher in Hamburg brachten einen Droste-Doppelband heraus (»Slusohr«), für den er, vor Erscheinen des Abschlussbandes »Ottjen Alldag un sien Moorhex« einen plattdeutschen Lebensbericht für ›sein‹ Publikum schrieb: »Foftig Jahr in Licht un Schatten«. Praktisch gleichzeitig schrieb er »Dreißig Jahre im grauen Nebel« als hochdeutschen Schicksalsbericht für ein anonymes Publikum von Erblindeten, Kriegsblinden und ihren Angehörigen, die diesen Schicksalsschlag noch nicht zu ertragen gelernt hatten. Die »Dreißig Jahre« waren eine honorarfrei geleistete Gefälligkeitsarbeit für den Reichsdeutschen Blindenverband, die ihn möglicherweise inspirierte, parallel dazu die »Foftig Jahr« zu schreiben.

Die ebenfalls in »Slusohr« enthaltene Geschichte »Mien Besök un de Schriefmaschine« ist wegen der Schilderung seiner Schreibklause aufgenommen worden. Sie ist zugleich (siehe »Fro Käbels«) ein schönes Beispiel

---

[17] Das Platt als Thema kehrt – wie so oft in der niederdeutschen Literatur als der Literatur einer schrumpfenden sprachlichen Minderheit im Lande – häufig wieder in seinem Werk.

für die ›gefühlte‹ Authentizität seiner Geschichten – auch da, wo er sie, nach seinem eigenen Bekenntnis, erfunden hat – *und* für den (sprachlichen) Umgang mit seiner längst nicht mehr verschwiegenen Blindheit: »›ick heff doch hört, se harrn dat so upper Ogen‹«.

Es folgen zwei autobiografische Skizzen aus dem »Droste-Book« von 1924: »Mien ole Pultkomode un ik«, worin er Geschichten zu Erinnerungsstücken erzählt, und »Kinnerdröme«, Erinnerungen an seine Kindheit.

Als Abschluss des Bandes folgt der Lebens-Zwischenbericht »Georg Droste. Sien Leben un sien Dichten« von John Brinkmann[18], mit dem Droste bekannt war und über den er seinerseits einen Aufsatz verfasst hat (»John Brinkmann as Bremer Vordragsmeister«, veröffentlicht 1922, als bereits eine kürzere Fassung von Brinkmanns Lebensbericht erschien). Diese Erinnerung ist ohne Drostes Blindheit nicht zu verstehen:

> Twintig Jahr harr de leebe Sunne in sien Leben rinstrahlt un harr sine Kinnerjahren un sine Jungstied mit ähren gullen Schien umgeben. Un de Dichter harr sovääl Glanz un Hartenswarmnis davon in sick upnahmen, datt he dar noch lange biestere Jahre, de nu keemen, von tehren konn […]

– dennoch bleibt sein Gebrechen (in der Fassung von 1922) darin unbenannt, vielleicht setzte Brinkmann voraus, dass es allgemein bekannt war und die Andeutung genügte. In »Dreißig Jahre im grauen Nebel« schreibt Droste:

> […] erst leise und kaum hörbar, dann aber lauter und lauter klingt ein Wort durch das Haus und weckt ein schreckliches Echo in der Seele des Hilflosen, das Wörtlein »blind«. / […] Eines Tages trat ein älterer Herr in unser Haus. Er sprach sehr salbungsvoll, hatte aber ein sympathisches Organ und fragte mich, ob ich »der Blinde« sei, von dem man ihm erzählt habe. Er sei Stadtmissionar und wolle mir Trost, Rat und Hilfe bringen. Ob wir nicht gemeinschaftlich beten wollten, so recht inbrünstig zum Herrn, dann könne er garantieren, daß ich mein Augenlicht wieder bekommen werde. Hatte mich die Bezeichnung »der Blinde« schon verdrossen – in der ersten Zeit mag man eben dieses Wort nicht hören – so empörte mich die Zumutung geradezu.

---

[18] Dem Bremer ›Vortragsmeister‹ (1872-1929, nicht zu verwechseln mit dem Mecklenburger John Brinckman, dem Verfasser von »Kasper-Ohm un ick« – obwohl dessen Eltern es offenbar darauf angelegt hatten).

Es scheint, als ob er die Wörter »blind«, »der Blinde« viel länger als nur »in der ersten Zeit« nicht hören wollte – wegen des schrecklichen Echos in seiner Seele. Und in der Haltung der Öffentlichkeit: »*Ja, ein blinder Mann, ein armer Mann*«, die er ebenfalls in diesem Bericht zitiert, kommen die *beiden* Schatten zusammen, die auf seinem Leben lagen. Vielleicht war es auch sein Trotz dem Schicksal gegenüber (›gebeugt, aber nicht gebrochen‹, bzw., nach seiner Turner-Devise, ›Kopf hoch! Brust heraus!‹), der ihn sein Gebrechen vor seinen Lesern ›ausblenden‹ ließ. Bezeichnend ist das Motto, das er seinem ersten plattdeutschen Buch voranstellte:

> Wenn Platt is us Språk,
> Un rein is de Såk,
> Wenn hoch is dat Streben,
> Wo schön is dat Leben!

Bezeichnend … wenn man es mit der Fassung vergleicht, die er für seinen Grabstein bestimmte:

> Platt weer sien Spraak,
> rein weer sien Saak,
> hoch weer sien Streben,
> man düster sien Leben.

Die autobiografischen Schriften in ihrer Gesamtheit schärfen den Blick des Lesers für ein tieferes Verständnis der Geschichten von Georg Droste, für das Licht, das uns bis heute daraus entgegen leuchtet: d a s   L i c h t   d e r   K i n d h e i t .

Ich habe in meinem zwanzigsten Lebensjahr meine Heimatstadt verlassen. Auch ich habe die Stadt meiner Kindheit und Jugend in mir bewahrt, unangreifbar durch die sich weiter wandelnde wirkliche Stadt. Drostes Romane und Geschichten haben sich dabei als e i n   t r a g b a r e s   S t ü c k   H e i m a t erwiesen. Mit diesem Büchlein statte ich ihm meinen Dank ab.

Ich widme es dem Andenken m e i n e r   M u t t e r , die als Kind in Bassum darunter litt, dass in der Schule hochdeutsch, bei ihr zu Hause aber Platt gesprochen wurde (»*Hier ward nich geel snackt!*«) und deshalb mit ihren Kindern strikt hochdeutsch sprach (mit ›Einsprengseln‹, wenn Besuch vom Lande da war) und sich dennoch freute, als ich später noch leidlich Platt zu lesen und zu verstehen lernte.

Für Auskünfte und Fotokopien danke ich Gundula C o h r s vom Institut für Niederdeutsche Sprache in Bremen; Wilhelm F e u e r h a k e , Suderburg-Holxen; Ulrich G o e r d t e n von der Freien Universität Berlin; Dr. Silke H e n k e vom Goethe- und Schiller-Archiv, Weimar, und Dr. Hartmut M e h l s , Berlin.

Meinem Freund Hartwig S u h r b i e r , Frechen, danke ich für die fachkundige Durchsicht des Manuskriptes.

Günther Flemming

Quellen und Textgestalt

Quellen

Achtern Diek. Ernstes und Heiteres vom alten Osterdeich. Aus der Jugendzeit eines Bremer Jungen | von Georg Droste. Mit einem Frontispiz (Zeichnung) auf Kunstdruckpapier: Der Osterdeich bei Hochwasser vor 100 Jahren. [1. Auflage.] Bremen 1908: [Selbstverlag]. [2] + 88 Seiten. Seiten 3-5.

Plattdütsch! Eene Rede, de G e o r g D r o s t e in den plattdütschen Verein Bremen holen hett. Vegesack 1910. Druck von August Borowsky.

Vorrede. In: For de Fierstunnen. Döntjes un Vertellsels ut Old-Bremen [Einband: Old Bremen]. Bremen 1910: Otto Melchers. Seiten I-III.

~ Vorrede to de erste Uplage [datiert: Bremen, Mai 1911]. In: For de Fierstunnen. Vergnögde Döntjes un Vertellsels mit'n Vörwoord von John Brinkmann. Tweede verännerte Uplage. Bremen 1922: Franz Leuwer. Seiten 7-9.

Use Bremer Platt. In: For de Fierstunnen. Döntjes un Vertellsels ut Old-Bremen. Bremen 1910: Otto Melchers. Seiten 1-7.

~ In: Sunnenschien un Wulken. Eernste Riemels un bunte Vertellsels. Dat 3. bit 5. Dusend. Bremen 1921: Franz Leuwer. Seiten 45-50.

Trintjen Trellen. In: Sunnenschien und Wulken. Eernste Riemels un vergnögde Vertellsels. Bremen 1912: Verlag von Franz Leuwer. Seiten 69-74.

Fieke Peimann. In: Ut mien Muskantentied | un anner lustige Geschichten. Mit einer Titelzeichnung. Bremen 1925: Carl Schünemann Verlag. Seiten 47-49.

Dreißig Jahre im grauen Nebel. In: Aus der Nacht zum Licht. Beiträge zur Vertiefung der Kenntnis über das Blindenwesen. Von Blinden für Sehende und Blinde. Hrsg. vom | Reichsdeutschen Blindenverband E. V. Mit einem Bogen ›Die Blindenschrift‹. Hamburg 1916: Verlag von F. W. Vogel. Seiten 23-35. [Der Drucker und Verleger F. W. Vogel war damals der Vorsitzende des Reichsdeutschen Blindenverbandes.]

Foftig Jahr in Licht un Schatten. Mien Lebensgeschichte. In: Slusohr | un anner eernste un vergnögte Vertellsels un Riemels | von | Georg Droste. [1916.] Quickborn-Verlag in Hamburg (Quickborn-Bücher, 11. u. 12. Band). Seiten 5-13.

~ 11.-12. Dusend [1918].

~ 13.-14. Dusend [1918?].

~ 15.-19. Dusend [1920]. In'n Quickborn-Verlag to Hamburg (Quickborn-Böker, Band 11/12).

Mien Besök un de Schriefmaschine. In: Slusohr | un anner eernste un vergnögte Vertellsels un Riemels | von | Georg Droste. 15.-19. Dusend [1920]. Seiten 95-97.

Mien ole Pultkomode un ik. In: Droste-Book. Utwaal un Införung von John Brinkmann. Stettin 1924: Fischer & Schmidt (Eekboom-Böker, rutgewen von den »Allgemeenen Plattdütschen Verband«, Band 1). Seiten 23-27.

John Brinkmann: Wie Georg Droste to'n Dichter word. In: For de Fierstunnen. Vergnögte Döntjes und Vertellsels | von Georg Droste | mit'n Vörwoord von John Brinkmann. Tweede verännerte Uplage. Bremen 1922: Verlag von Franz Leuwer. Seiten 4-6.

John Brinkmann: Georg Droste. Sien Leben un sien Dichten. In: Droste-Book. Utwaal un Införung von John Brinkmann. Stettin 1924: Fischer & Schmidt (Eekboom-Böker, rutgewen von den »Allgemeenen Plattdütschen Verband«, Band 1). Seiten 7-22.

Das bremische Plattdeutsch. Eine grammatische Darstellung auf sprachgeschichtlicher Grundlage von Dr. phil. W[ilhelm]. Heymann. Hrsg. auf Veranlassung des Vereins für niedersächsisches Volkstum. Bremen 1909: Gustav Winter.

Textgestalt

Abschrift der in Fraktur gesetzten Texte mit folgenden Normierungen: Ligaturen wurden aufgelöst, Spatien vor Ausrufungs- und Fragezeichen, Doppelpunkt und Semikolon nicht nachgebildet, die deutschen Anführungsstriche wurden durch antifranzösische und die doppelten Silbentrennungsstriche durch einfache ersetzt. Die Rechtschreibung wurde weder in den plattdeutschen, noch in den hochdeutschen Texten normiert. Abweichungen von den Vorlagen sind in Fußnoten nachgewiesen. – Einen ordentlichen Lektor scheint Droste niemals gehabt zu haben, obwohl er als Blinder einen solchen nötiger gehabt hätte als sehende Autoren; Korrekturen an den Texten wurden jedoch nur vorgenommen, wo die Schreibungen der Vorlagen den Lesefluss stören.

Biogramm

1866 Am 13. Dezember wird Georg Ludwig Droste in Bremen in der Kate geboren, die seine Eltern für 12 Taler im Jahr gemietet haben. Das Häuschen, Osterdeich Nr. 25, steht, keine 200 Schritt von der Weser entfernt, hinter dem (alten) Osterdeich (›achtern Diek‹), genauer: dem Punkendeich (›Puntjendiek‹), etwa dort, wo die später angelegte Rhederstraße (heute: Reederstraße), von der Kreuzstraße (›Krüzstraten‹) kommend, einmündet. Die Kate und einige Nachbargebäude wichen später der Villa Frerichs. – Vgl. »*Unser Haus hinter dem alten Deich*«.

Sein Eltern, schlichte plattdeutsche Leute, sind der Schneidermeister Ernst Ludwig Droste (22. November 1830 bis 6. November 1904) und dessen Frau Henriette Marie, geborene Schipper (29. April 1831 bis 4. März 1890), eine Tochter des früh verstorbenen Warenmäklers Clas (oder Klas?) Eden Schipper, der aus Norden in Ostfriesland zugewandert war. (Der Großvater Georg Leberecht Droste ist ein Sohn des Vorspannwirts, dessen Geschichte Droste zu seinem Roman »De Vorspannweert« verarbeitete; der andere Großvater pflegte seinen Kindern in den Dämmerstunden Geschichten zu erzählen …) Nach den Töchtern Marie und Magdalene (genannt Lene) ist Georg der erste Sohn (später wird als viertes Kind Ludwig geboren). Obwohl die Mutter in der Werkstatt mithalf, hatte das Paar Mühe, die sechsköpfige Familie zu ernähren.

Die ›Großmudder‹ (mütterlicherseits) wohnt im Witwenstift der Domgemeinde in der Buchtstraße (›Buckstraten‹). Sie kommt in der warmen Jahreszeit regelmäßig ins Haus und bewährt sich als Geschichtenerzählerin. Ihre Erinnerungen reichen bis in die Zeit der französischen Besetzung zurück (1810-1814, ab 1811 war Bremen die Hauptstadt des Departements Bouches du Weser), aus der zahlreiche Ausdrücke und Erinnerungsstücke erhalten geblieben sind (vgl. auch »*Mien ole Pultkomode un ik*«).

1871 Bremen wird als Freie Hansestadt Bundesstaat des Deutschen Reiches, führt 1872 die Markwährung ein (1 Mark = 100 Pfennig, bis dahin galt die Talerwährung, 1 Taler = 72 Grote; 1 Groter = 4 Pfennige), tritt aber erst (als letztes Mitglied) 1888 dem Zollgebiet bei, was den Schmuggel an den Staats- und den Freihafengrenzen hat aufblühen lassen (vgl. »*Old-Bremer Toll- un Smuggelgeschichten*«).

1872 Die Droste-Kinder erkranken im Sommer an den Masern, zwei Geschwister, Magdalene und Ludwig, sterben kurz nacheinander daran. Die Mutter kann in ihrer Trauer den überlebenden Kindern lange Zeit keine Liebe mehr geben (vgl. »*Der Tod der Geschwister*«).

1873 Im April Einschulung in die Freischule an der Buchtstraße in der Altstadt. (Seit diesem Jahr beginnt das Schuljahr in Bremen einheitlich am 1. April.)

1880 Das Elternhaus wird nach 150 Jahren abgerissen, die Familie zieht in die enge Altstadt.

1881 Konfirmation und Beendigung der Volksschule. Den Besuch einer weiterführenden Schule kann sich die Familie nicht leisten, Georgs Traum, Lehrer zu werden, deshalb nicht erfüllt werden. Er sucht sich eine Stelle als Laufbursche in einer Buchhandlung, die sofort etwas Geld einbringt. Dem Buchhändler (Gustav Winter, einem seiner späteren Verleger) fällt bald auf, dass Georg fließend englisch liest (er hat es in Privatstunden bei einer englischen Lehrerin gelernt, welcher er dafür kleine Dienste erwies) und drängt ihn, sich eine kaufmännische Lehrstelle zu suchen. Nach zwei Pleiten findet er sie in einer Bremer Wollexporthandlung (1872 war das Komitee für den Baumwollhandel als Zentrum für Deutschland, Österreich und die Schweiz in Bremen institutionalisiert worden, heute: Bremer Baumwollbörse). Die drei Jahre dort sind die bis dahin glücklichste Zeit seines Lebens. Er lernt und liest fleißig und treibt daneben viel Sport im Turnverein und auf Sportfesten.

1886 Bei einem Sportfest in Jever verschlimmern sich die einige Tage davor bereits spürbar gewesenen Sehstörungen zu einem grauen Nebel, der sich über das Gesichtsfeld ausbreitet. Innerhalb weniger Wochen erblindet Georg in seinem zwanzigsten Lebensjahr. Alle Versuche, die Krankheit zu heilen, bleiben erfolglos. Er verliert seine Arbeit und seinen Lebensmut.

1887 Nach langen inneren Kämpfen gegen die Versuchung, seinem Leben ein Ende zu machen, nimmt er wieder teil am Familienleben, macht sich nützlich durch Sägen und Hacken von Brennholz – durch trostspendende Arbeit, wie er später betont hat. Daneben bringt er sich selber bei, Handharmonika und Geige zu spielen (die Instrumente sind Geschenke wohlmeinender Nachbarn).

1888 Schließlich investiert er einen geschenkten Taler in ein Hausierergeschäft. Er verkauft mit gutem Erfolg Zündhölzer, Seife, Tabak und andere Waren. In einem Blindenverein lernt er Schicksalsgenossen kennen. Er lernt, eine geschenkte Trompete zu spielen, und erfährt von Blindenlehranstalten.

1889 Er geht für einige Jahre nach Hannover in die Blindenanstalt und lernt Blindenschrift lesen und schreiben, dazu das Stuhlflechten und die Korbmacherei und schließlich richtig Geige, Klavier und Trompete zu spielen.

Diese beruflich nutzbaren Tätigkeiten entsprechen dem Kanon des damaligen Lehrangebotes; geistig anspruchsvollere Tätigkeiten kamen erst später hinzu. Die Braille-Schrift, deren Einführung das Leben der Blinden wesentlich verbesserte, war in Deutschland erst Ende der 1870er Jahre eingeführt worden, so dass es noch lange an den wichtigsten Hilfsmitteln, der Fachliteratur in Blindenschrift sowie dem Zugang dazu über Blindenleihbibliotheken, mangelte.
Die wirtschaftlichen Aussichten können einer Statistik aus dem Weltkrieg entnommen werden: »Über die Lage der Handwerker liegen uns Zahlenangaben aus einigen unserer bestgeleiteten Blindenanstalten vor, die, wenn die örtlichen Verhältnisse auch verschieden sein mögen, im Ganzen wohl das Richtige treffen. Nach dieser Zusammenstellung ergeben sich folgende wöchentliche Durchschnittsverdienste: Ein Korbmacher 12 M, Ein Stuhlflechter 6 M. Ein Bürstenmacher 12 M. Ein Seiler 12 M.« (Paul Reiner: Wie kann ein Blinder ein vollwertiges Glied der Gesellschaft und der Staatswirtschaft sein und werden? In: Aus der Nacht zum Licht. Beiträge zur Vertiefung der Kenntnis über das Blindenwesen. Von Blinden für Sehende und Blinde. Hrsg. vom Reichsdeutschen Blindenverband E. V. Hamburg 1916: F. W. Vogel. Seiten 99-104, hier: Seite 103).

1890 Am 4. März stirbt die Mutter.

1891 Zurück in Bremen, leiht er sich Geld aus der Kasse des Blindenvereins, eröffnet ein Korbmachergeschäft und hält sich mühsam mit dem Flechten großer Kohlenkörbe für die Bremer Schiffahrtsgesellschaften über Wasser (weit über 10.000 Stück sind es nach seiner Aussage gewesen).

Vermutlich verkaufte Droste seine Erzeugnisse direkt an die Abnehmer, während viele Blinde – mangels besserer Möglichkeiten – den Weg über genossenschaftliche Einkaufs- und Vertriebsformen wählten, so dass er wohl etwas besser verdiente als der Durchschnitt seiner Schicksalsgenossen.

1893 Droste heiratet Wilhelmine Sophia (›Sophie‹) Kramer (geboren am 17. April 1873). Das Paar bekommt insgesamt fünf Kinder, drei Mädchen und zwei Jungen. Aus Not arbeitet die Mutter nebenbei als Putzfrau.

1904 Am 6. November stirbt der Vater.

1908 Sein erstes, hochdeutsch geschriebenes Buch, »Achtern Diek. Ernstes und Heiteres vom alten Osterdeich. Aus der Jugendzeit eines Bremer Jungen«, erscheint in 1000 Exemplaren im Selbstverlag und ist bald vergriffen. Der Verleger Otto Melchers (der das Buch hergestellt und dem Autor die Kosten vorgestreckt hat) übernimmt es in seinen Verlag und bringt eine zweite Auflage heraus. – Vgl. »*Vorwort*« [zu »Achtern Diek«].

1909 Sein zweites Buch, »Im Rodenbusch-Haus. Ernste und heitere Bilder aus dem Moor«, erscheint, wiederum in hochdeutsch, bei Otto Melchers. Beide Bücher zusammen stecken sein Feld als Erzähler ab: Bremen und die Heide- und Moorlandschaften des Teufelsmoors. Danach folgt er dem Rat Bremischer Sprachforscher, ganz in plattdeutsch zu schreiben. Zahlreiche Erzählungen und Gedichte entstehen und werden von Zeitungen, Zeitschriften, Heimatkalendern u.a. abgedruckt und auch von ihm selber vorgetragen.

1910 »For de Fierstunnen. Döntjes und Vertellsels ut Old-Bremen« erscheint bei Otto Melchers, wie alle späteren auch: in plattdeutsch geschrieben. In ihm sind viele verstreut publizierte kleinere Arbeiten versammelt. In Neuausgaben wechselt der Inhalt teilweise – wie er überhaupt ein geschickter Vermarkter seiner Arbeiten war.

Historisch gesehen, war es ein Glück für Droste, dass er sich der aufkommenden ›Konkurrenz‹ entziehen konnte: »Wenn sich diese Handwerke anfangs als solche erwiesen, in denen sich ein Korbmacher, Seiler oder Bürstenmacher, der nicht sehen konnte, bei bescheidenen Ansprüchen und bei voller Beschäftigung seinen Lebensunterhalt wohl zu verdienen vermochte [wobei vom Unterhalt einer Familie keine Rede ist], so änderte es sich nach Entstehen fabrikmäßiger Unternehmungen genannter Branchen, die dem Blinden eine nicht zu überwindende Konkurrenz entgegenstellten, wozu noch die Konkurrenz der Strafanstalten kam, in denen diese Handwerke von ihren Häftlingen betrieben wurden.« (W. Schwerdtfeger: Berufsmöglichkeiten für Blinde. In: Aus der Nacht zum Licht. Beiträge zur Vertiefung der Kenntnis über das Blindenwesen. Von Blinden für Sehende und Blinde. Hrsg. vom Reichsdeutschen Blindenverband E. V. Hamburg 1916: F. W. Vogel. Seiten 105-111, hier: Seite 105). Ab 1914 wurde die Lage weiter verschlimmert durch die rasch wachsende Anzahl der Kriegsblinden.

1912	»Sunnenschien und Wulken. Eernste Riemels und vergnögde Vertellsels« erscheint bei Franz Leuwer. In ihm sind wiederum viele verstreut publizierte Geschichten und Gedichte versammelt.

Droste versucht sich auch als Theaterautor: »Vergift't! Een vergnögdet Theaterstuck in eenen Uptog« erscheint zugleich als Separatabdruck aus »Sunnenschien und Wulken«. – Auf dem Titel ist die Anschrift des Autors angegeben: Bremen, Louisenstr. 11.

Professor Noltenius besorgt Droste eine Blindenschreibmaschine, die er, da ihm die Punktschrift vertraut ist, im Nu beherrschen lernt. Endlich kann er ohne fremde Hilfe und in seiner Schreibweise des Plattdeutschen die ›Manuskripte‹ selber schreiben (bis dahin musste er diktieren, plattdeutsch sogar oft buchstabieren). Das sogenannte ›Blindschreiben‹ auf gewöhnlichen Schreibmaschinen, das auch von den Blindenverbänden propagiert wurde, scheint er nicht gelernt zu haben.

1913	»Ottjen Alldag un sien Kaperstreiche. Een plattdütsch Kinnerleben an'r Waterkante« wird in den »Bremer Nachrichten« vorabgedruckt, erscheint als Buch in 3000 Exemplaren, ist bald vergriffen und erlebt ungezählte Neuauflagen.
1915	»Ottjen Alldag un sien Lehrtied. Een Vertellsel ut'n Bremer Kopmannsleben« wird in den »Bremer Nachrichten« vorabgedruckt und erscheint als Buch in 3000 Exemplaren.
1916	Als Sammelband erscheint in Drostes 50. Lebensjahr, auf dem Höhepunkt seines Ruhms, im Quickborn-Verlag, Hamburg, in 10.000 Exemplaren: »Slusohr un anner eernste un vergnögte Vertellsels un Riemels«.

Parallel dazu beschreibt er seine Erblindung und sein Leben als Blinder ausführlich in einem Bericht für den vom Reichsdeutschen Blindenverband herausgegebenen Sammelband: »Aus der Nacht zum Licht«. Die Broschüre wurde gegen eine Spende abgegeben, wodurch viel Geld für die Blindenfürsorge zusammenkam; die Autoren erhielten kein Honorar.[19]

»Ottjen Alldag un sien Moorhex. Een plattdütsch Vertellsel ut'n Kinner- un Leefsleben« wird wiederum in den »Bremer Nachrichten« vorabgedruckt und erscheint ebenfalls als Buch in 3000 Exemplaren.

1917	Nachdem er die Not der früheren Jahre aus eigener Kraft überwunden hat, bemüht man sich, von verschiedenen Stellen aus, um eine öffentliche Unterstützung des Schriftstellers: »die Akte der Deutschen Schillerstiftung zu Georg Droste (GSA 134/14,10) enthält den Schriftwechsel von 1917 zu einem Vorschlag von Léon Goldschmidt, 1. Vorsitzender der Literarischen Gesellschaft zu Hamburg, dem Schriftsteller Droste eine Jahresrente durch die Schillerstiftung, zukommen zu lassen. Der Vorschlag wird letztlich von Weimar aus mit der Begründung abgelehnt: ›dass Droste durch den Erfolg seiner letzten Schriften über jede Notlage zunächst hinausgehoben ist, und dass von Bremer Seite aus bereits Schritte getan

---

[19] Auskunft von Dr. Hartmut M e h l s , Berlin.

worden sind, um ihm die Rückkehr in eine Notlage auch für die Zukunft zu ersparen.‹«[20] – Beide, die Schillerstiftung und Georg Droste, verloren ihr Vermögen in der Inflationszeit nach dem Weltkrieg.

Die Stadt Bremen gewährt Droste einen Ehrensold von 1000 Mark, den die Nationalversammlung 1919 auf 3000 Mark aufstockt und der bis an sein Lebensende bezahlt wird.

1918 Als weiterer Auswahlband erscheint im Verlag M. Glogau jr., Hamburg: »Dokter Langbeen un anner Geschichten von Tiere und [sic!] Minschen«.

Im Verlag von Gustav Winters Buchhandlung Franz Quelle Nachf. (A. Geist) erscheint: »Jann von'n Moor un anner Geschichten ut Stadt un Land«.

Am 6. November bricht die Revolution in Bremen aus, nachdem meuternde Soldaten aus Kiel die Befreiung ihrer Kameraden aus dem Gefängnis in Oslebshausen verlangten und Soldaten aus Wilhelmshaven die Deportation ihrer Kameraden verhindern wollten. Ein Arbeiter- und Soldatenrat bestimmt vorübergehend die Geschicke der Hansestadt. Der Räterepublik geht bald die Luft aus, da die Banken sich weigern, der hochverschuldeten Stadt neue Kredite zu gewähren. Die Beteiligung an den Wahlen zur Nationalversammlung (am 19. Januar 1919) wird von den Kommunisten verweigert, wodurch der Zerfall der Revolutionäre eingeleitet wird. Die Reichsführung setzt der Räterepublik mit militärischen Mitteln gewaltsam ein Ende, am 9. Februar 1919 werden die letzten aufständischen Soldaten in Bremerhaven entwaffnet.

1919 Als weiterer Roman erscheint im selben Verlag: »De Vorspannweert. Een Neddersassen-Roman«, worin die Geschichte seines Urgroßvaters väterlicherseits verarbeitet ist.

1921 Als Auswahl für Kinder erscheint im selben Verlag das Bändchen »Plattdütsche Kinnerkost. Een Geschichtenbok«.

1922 Heinrich Carstens setzt seine Idee einer Plattdeutschen Woche in Bremen gemeinsam mit Heinrich Warncke in die Tat um (21.-28. Mai 1922). Die Festschrift (als Sonderheft der Zeitschrift »Niedersachsen« erschienen) bringt zahlreiche Beiträge von und über Droste.

1924 Das »Droste-Book« (Utwaal un Införung von John Brinkmann) erscheint bei Fischer & Schmidt in Stettin.

1925 »Ut mien Muskantentied un anner lustige Geschichten« erscheint bei Carl Schünemann (im Rahmen einer sechsbändigen, uniform gestalteten Auswahlausgabe).

Droste überwindet seine anfängliche Abneigung gegenüber dem Rundfunk und tritt 1925 bis 1932 mehrmals in Sendungen der NORAG auf.

---

[20] Dr. Silke Henke, Goethe- und Schiller-Archiv, Weimar, ePost vom 2. Juni 2006, Zitat mit freundlicher Genehmigung.

1926	Zu seinem 60. Geburtstag wird Droste im Bremer Schauspielhaus am Ostertor groß gefeiert. »Wi[e]gand, de sülfst en ›Tagenbaren‹ weer, harr sien groot neet Schauspälhuus foer de Morgenfier hergeben, un dat weer ›proppenful‹. Keen Wunner: Seß ›Kulturverbände‹ harr[n] sick tohoop daan, um düsse Fier to stütten, de Plattdütsche Vereen, Vereen Lessing, Vereen Vorwärts, Goethebund, Gemeinschafts-Theater un Beamtenbildungsausschuß.«[21] Johannes Wiegand und Eduard Ichon hatten dieses Haus 1913 gegründet; es wurde 1944 zerstört.)
	Der plattdütsche Vereen Bremen bringt im »Plattdütsch Jahrbook 1927« einen Klassiker der niederdeutschen Volksliteratur (»mit eenige Afännerungen«) neu heraus: die zuerst 1836 erschienenen »Kinder- und Ammenreime in plattdeutscher Mundart« von (Dr. Heinrich Smidt). Georg Droste verfasst das Vorwort dazu.
1929	Eine Straße in Huckelriede wird nach dem 65jährigen benannt.
	»Molli un Paddemann un annere Geschichten von Tiere un Minschen« (berühmt wegen der Buchausstattung von A. Paul Weber) erscheint bei Carl Schünemann (im Rahmen der sechsbändigen Auswahlausgabe, die außer den genannten Bänden die »Ottjen Alldag«-Trilogie sowie eine veränderte Neuausgabe von »Sunnenschien un Wulken« umfasst).
1932	»Old-Bremer Toll- un Smuggelgeschichten un anner lustige Vertellsels« erscheint im Arndt-Verlag Melchers u. Boettcher als letzter von Droste selber zusammengestellter Sammelband.
1934	»Georg Droste. Eine Auswahl aus seinen Schriften« (von Herbert Bellmer) erscheint in Otto Meißners Verlag, Hamburg, wodurch Droste als ›völkischer Schriftsteller‹ vereinnahmt wird.

1935	m 17. August stirbt Georg Droste nach zweijährigem Krankenlager in Bremen. Die siebzig Jahre, die des Menschen Leben währen soll und die er sich selber zugestanden hatte in der »*Schlußfantasie*« seines ersten Buches, »Achtern Diek«, erlebt er nicht. Für seinen Grabstein hatte er folgenden Spruch bestimmt:
	    Platt weer sien Spraak,
	    rein weer sien Saak,
	    hoch weer sien Streben,
	    man düster sien Leben.

1936	Posthum erscheint »Ottchen Alldag. Een plattdütsch Kinnerleben an'r Waterkant. Erster Teil: Sien ersten Schooldag. Für die Bühne frei in vier Akten bearbeitet von A[ugust]. Wachtmann« bei Mahnke in Verden.
1937	Ebenfalls posthum erscheint »Ottjen Alldag. Roman« als einbändige Neuausgabe (»Diese leicht gekürzte einbändige Ausgabe der drei Ottjen-Alldag-Romane besorgte Herbert Bellmer«) bei Carl Schünemann.
1948	Am 17. April stirbt seine Witwe.

---

[21] Gustav Dehning: Up'n Weg mit Georg Droste, in: Kiek in die Welt 141, Seite 7.

1954 Radio Bremen produziert eine 16teilige Sendereihe »Ottjen Alldag«, bearbeitet von Heinrich Schmidt-Barrien, Erstsendungen 9. Oktober 1954 bis 14. Mai 1955.

1963 Errichtung des Droste-Denkmals (Ottjen-Alldag-Brunnen) von Klaus Homfeld im Schnoor. Die Kosten sind überwiegend durch Spenden gedeckt worden. (Die erste Ottjen-Plastik, von Ernst Gorsemann für den Plattdütschen Kring geschaffen, war während des Krieges zerstört worden.) Die Tafel ziert ein Spruch von Heinrich Schmidt-Barrien:

> Von't ole Bremen un wo't leevt und lacht
> Singt us de Dichtersmann ut all sien Nacht.

Kurzbibliografie

Achtern Diek. Ernstes und Heiteres vom alten Osterdeich. Aus der Jugendzeit eines Bremer Jungen. Mit einem Frontispiz. [1. Auflage.] Bremen 1908: [Selbstverlag].

Im Rodenbusch-Haus. Ernste und heitere Bilder aus dem Moor. Mit Buchschmuck und Zeichnungen von Joh. Mich. Ranke. [1. Auflage.] Bremen [1909]: Verlag Otto Melchers.

Plattdütsch! Eene Rede, de Georg Droste in den plattdütschen Verein Bremen holen hett. Vegesack 1910: Druck von August Borowsky. [Vertrieb: Otto Melchers.]

For de Fierstunnen. Döntjes un Vertellsels ut Old-Bremen. Bremen 1910: Verlag von Otto Melchers.

Sunnenschien und Wulken. Eernste Riemels un vergnögde Vertellsels. X+156+2 Seiten. Bremen 1912: Verlag von Franz Leuwer.

Vergift't! Een vergnöget Theaterstuck in eenen Uptog. Bremen 1912: Verlag von Franz Leuwer. [Separatdruck aus »Sunnenschien un Wulken«.]

Ottjen Alldag un sien Kaperstreiche. Een plattdütsch Kinnerleben an'r Waterkante. Bremen [1913]: Niedersachsen-Verlag Carl Schünemann.

Ottjen Alldag un sien Lehrtied. Een Vertellsel ut'n Bremer Kopmannsleben. Bremen [1914]: Niedersachsen-Verlag Carl Schünemann.

Slusohr un anner eernste un vergnögte Vertellsels un Riemels. Hamburg [1916]: Quickborn-Verlag (Quickborn-Bücher, 11. u. 12. Band).

Ottjen Alldag un sien Moorhex. Een plattdütsch Vertellsel ut'n Kinner- un Leefsleben. Bremen [1916]: Niedersachsenverlag Carl Schünemann.

Dokter Langbeen un anner Geschichten von Tiere und Minschen. Mit'n Geleitwoord von John Brinkmann. Hamburg 1917: Verlag von M. Glogau jr.

Jann von'n Moor un anner Geschichten ut Stadt un Land. 1. bis 6. Auflage. Bremen 1918: Verlag von Gustav Winters Buchhandlung Franz Quelle Nachf. (A. Geist).

De Vorspannweert. Een Neddersassen-Roman. Bremen [1919]: Gustav Winters Buchhandlung Franz Quelle Nachf.

Plattdütsche Kinnerkost. Een Geschichtenbok. Mit vier Zeichnungen (monogrammiert: Th. H. [Theodor Hermann]). [Bremen 1921]: Gustav Winters Buchhandlung Franz Quelle Nachf.

Droste-Book. Utwaal un Införung von John Brinkmann. Stettin 1924: Fischer & Schmidt (Eekboom-Böker, rutgewen von den »Allgemeenen Plattdütschen Verband«, Band 1).

Ut mien Muskantentied un anner lustige Geschichten. Mit einer Titelzeichnung. Bremen 1925: Carl Schünemann Verlag.

Molli un Paddemann un annere Geschichten von Tiere un Minschen. Mit einer Titelzeichnung und Buchausstattung von A. Paul Weber. Bremen [1929]: Carl Schünemann Verlag.

Old-Bremer Toll- un Smuggelgeschichten un anner lustige Vertellsels. Mit einer Fotografie auf Kunstdruckpapier. Bremen 1932: Arndt-Verlag Melchers u. Boettcher.

Eine Auswahl aus seinen Schriften. Hrsg. von Herbert Bellmer. Hamburg [1934]: Otto Meißners Verlag (Nordmark-Bücherei, I. Reihe: Auslesebände niederdeutschen Schrifttums in hochdeutscher und plattdeutscher Sprache, hrsg. unter Mitarbeit der niederdeutschen

Landschaftsführungen des Reichsbundes Volkstum und Heimat von Dr. Bruno Peyn, Band 22).

Posthum erschienen:

Ottchen Alldag. Een plattdütsch Kinnerleben an'r Waterkant. Erster Teil: Sien ersten Schooldag. Für die Bühne frei in vier Akten bearbeitet von A[ugust]. Wachtmann. 15 Seiten. Verden 1936: Mahnke (Speeldeel 193).

Ottjen Alldag. Roman. Erstes bis fünftes Tausend der Neuausgabe. »Diese leicht gekürzte einbändige Ausgabe der drei Ottjen-Alldag-Romane besorgte Herbert Bellmer.« Bremen 1937: Carl Schünemann Verlag.

Auswahl unselbständiger Veröffentlichungen, die in keinen Sammelband aufgenommen wurden:

Dreißig Jahre im grauen Nebel. In: Aus der Nacht zum Licht. Beiträge zur Vertiefung der Kenntnis über das Blindenwesen. Von Blinden für Sehende und Blinde. Hrsg. vom Reichsdeutschen Blindenverband E. V. Hamburg 1916: F. W. Vogel. Seiten 23-35.

John Brinkmann as Bremer Vordragsmeister. In: Plattdütsche Wäke Bremen. Festschrift. »Niedersachsen« + Plattdütsche Wäke. 27. Jahrgang, Heft 18. 21./28. Mai 1922. Seite 446.

Een Woord vorut. In: Plattdütsch Jahrbook 1927. Rutgewen von den Plattdütschen Vereen Bremen e.V. Bremen [1926]: Carl Schünemann Verlag. Seiten 28–30. – Eingeschlossen in: Kinder- und Ammenreime in plattdeutscher Mundart von (Dr. Heinrich Smidt). Herausgegeben zum Besten des Kleinen Frauenvereins Bremen. Gedruckt bei Johann Georg Heyse 1836, 2. Auflage 1859, 3. Auflage ohne Jahr. Nee'et rutgewen un 'n bäten t'rechtmaakt von den Plattdütschen Vereen Bremen 1927. Seiten 26 [Frontispiz] - 88.

Rundfunksendungen:

Mit Angaben aus dem Deutschen Rundfunkarchiv www.dra.de, dem ARD-Hörspielarchiv www.ard.de/radio/hoerspiel-lesung/hoerspielarchiv sowie aus: Hörspiel 1954 - 1955. Eine Dokumentation, zusammengestellt und bearbeitet von Ulrike Schlieper […]. Berlin 2007: Verlag für Berlin-Brandenburg (Veröffentlichungen des Deutschen Rundfunkarchivs, Band 21), Seiten 429-434.

Georg Droste. Ein Bremer Heimatdichter. Georg Droste spricht aus seinen Werken (mit Musik). 21.04.1925 / NORAG Hamburg / 20:00-22:00 Uhr. Aus dem Studio Bremen. Nur über die Sender Hamburg, Bremen, Hannover.

Georg-Droste-Abend (mit Musik). [4 Titel]. 15.01.1926 / NORAG Hamburg / 20:00-22:00 Uhr. Aus dem Studio Bremen. Nur über den Sender Bremen.

Eine Stunde bei Georg Droste. Der Dichter liest aus eigenen Werken. 05.06.1926 / NORAG Hamburg / 17:15-17:55 Uhr. Aus dem Studio Bremen. Nur über den Sender Bremen.

Heiterer Abend. Georg Droste spricht aus eigenen Werken. De Entdeckung von Amerika / De Amerikaner und andere Schnurren (mit Musik). 18.08.1926 / NORAG Hamburg / 20:00-22:00 Uhr. Aus dem Studio Bremen. Nur über den Sender Bremen.

Scherz und Ernst von Georg Droste. 30.01.1928 / NORAG Hamburg / 17:00-17:55 Uhr. Aus dem Studio Bremen. Nur über den Sender Bremen.

Georg Droste (der blinde plattdeutsche Dichter) erzählt aus seinem Leben und von seinen Werken. Sparte: Schulfunk. Deutschkundlicher Schulfunk für das 5.-13. Schuljahr. 21.10.1932 / NORAG Hamburg / 10:10-10:50 Uhr. Aus dem Studio Bremen. Nur über die Sender Hamburg, Bremen, Hannover.

Gestalten ut dat oole Bremen. Unterhaltung zwischen Georg Droste und Sine Wessels. Sparte: Schulfunk. Deutschkundlicher Schulfunk für das 7.-13. Schuljahr. 28.10.1932 / NORAG Hamburg / 10:10-10:50 Uhr. Aus dem Studio Bremen. Nur über den Sender Bremen.

Vergift't! Radio Bremen. 30.05.1952. 30'35".

Ottjen Alldag. Bearbeitet von Heinrich Schmidt-Barrien. Komposition: Volker Gwinner. Hörspielreihe mit Musik in 16 Teilen. Regie: Bernd Wiegmann. Radio Bremen. Produktion: 17. September 1954 bis 3. Mai 1955. Erstsendungen: 9. Oktober 1954 bis 14. Mai 1955.

1. Teil: Wenn he man erst dofft weer! 09.10.1954. 32'20".
Die Sendung bildet den Auftakt zur neuen Hörspielreihe des Bremer Heimatfunks »Ottjen Alldag«, die im weiteren 14tägig fortgesetzt wird. In der ersten Sendung ist von Ottjen Alldag selbst noch nicht viel mehr zu hören als klägliches Babygeschrei. Es wird indessen gezeigt, welcher Welt Licht er erblickt hat, wie Zeit und Zeitumstände beschaffen waren, in die er hineingeboren wurde. Als Ergebnis der beiden plattdeutschen Auditionen, die der Heimatfunk Anfang September durchgeführt hat, ist die nunmehr vollständige Besetzung der 178 (!) sprechenden Rollen zu verzeichnen, die diese Hörspielreihe im Laufe ihrer Entwicklung aufzuweisen hat. Nicht mitgerechnet sind dabei alle Stimmen, denen keine eigene Rolle zugeteilt ist, die aber trotzdem zum Gelingen des Ganzen beigetragen haben.

2. Teil: Dat ward noch mal 'n Reiber! 23.10.1954. 42'40".
Ottjen macht nun schon auf eigenen Füßen so nachhaltig von sich selbst reden, daß alle Welt zusammen mit Oma der Meinung ist: »Dat ward noch mal'n Reiber!«

3. Teil: Ick will nich na de School! 06.11.1954. 36'35".
Ottjen Alldag ist nun zum Schuljungen herangewachsen. So bringt diese Folge der Hörspielreihe in ihren Hauptteilen die ebenso berühmten wie entzückenden Schulgeschichten. Jedem, der den Roman von Georg Droste gelesen hat, ist die Mordpistole und dem »kladderigen Sofa« unvergeßlich in Erinnerung geblieben. Aber da ist noch manches unter den Schulgeschichten, an das es zu erinnern gilt. Allerdings – Ottjens eigener Kommentar dazu ist zunächst. »Ick will nich na de School!« Aber aller Anfang ist schwer, und der Appetit kommt erst beim Essen.

4. Teil: Wenn de ole Schüppen snacken konn ... 20.11.1954. 47'20".
»Wenn de ole Schüppen snacken konn«, sagt Oma und erzählt ihren Enkelkindern dann die erregende Geschichte aus der Bremer Franzosenzeit, deren Zeuge die besagte Schaufel war. Es ist dies einer der für die Hörspieldarstellung dankbarsten Abschnitte des Drosteschen Romans und zugleich einer der besinnlichsten. Wir gehen mit Ottjen ja nicht nur durch heitere Abenteuer, sondern auch durch die dunklen Stunden, die keiner Familie erspart bleiben.

5. Teil: Es sitzt wer im Bürnbaum! 04.12.1954. 47'20".
Die Lebensgeschichte von Ottjen Alldag setzt sich mit einem besonders turbulenten Abschnitt fort. Der Held hat nämlich begonnen, allmählich etwas mehr System in seine Streiche zu bringen. Und so schafft er es dann wirklich, daß sich der Scherz mit dem »Mann im Bürnbaum« zu einer riesigen Affäre für die beiden Fräulein Engelkens von nebenan auswirkt!

6. Teil: Go'n Dag, Fro Rosenbooms. 18.12. 1954. 43'45".
»Go'n Dag, Fro Rosenbooms« ist der Satz, der in der 6. Folge der Hörspielreihe am häufigsten vorkommt und das ganze Elend der also angesprochenen alten Stutenfrau heraufbeschwört. Ottjen und seine Kameraden vom »Dodenbund« haben es mal wieder nicht lassen können, und diesmal findet ihr Kasperstreich sogar seine Endstation bei der Polizei.

7. Teil: Eten un Drinken hai wi noog! 01.01.1955. 62'20".
Auch in dieser Folge ist Ottjen noch der Kaper vom Puntjendiek. Die ganzen Lehrjahre mit ihren Erlebnissen liegen noch vor ihm. Für später bleibt ihm das Abenteuer außerhalb Bremens vorbehalten, das ihm zuerst sehr zu schaffen machen und zum guten Ende dann seine Ehefrau zuführen wird. Zum ersten Mal in seinem Leben verläßt Ottjen seine gewohnte Umwelt und folgt einer Einladung ins Teufelsmoor hinaus. Und zum ersten Mal wird er dort Menschen begegnen, die auf sein späteres Leben einen bestimmenden Einfluß ausüben werden.

8. Teil: Alltack, Sie haben gelackt! 15.01.1955. 47'00".
Wir erleben in dieser 8. Folge, wie unser Held die ersten zögernden Schritte in die Welt der Kaufleute und Küper unternimmt, und wer es nicht vom Roman her schon weiß, der kann vermuten, daß Ottjen auf seinem neuen Tätigkeitsfeld noch viele helle, aber auch einige dunkle Stunden vor sich hat.

9. Teil: Sie waren allein im Kontor! 29.01.1955. 48'35".
Fast will der Name Ottjen schon nicht mehr zu dem jungen Mann passen, der seit dem letzten Mal zwei Jahre älter geworden ist und die Stimme gewechselt hat. Und daß die heitere Unbeschwertheit seiner Jugend nun eigentlich schon vorbei ist, muß auch Ottjen nun selbst erfahren, nachdem er mit seinem Freund so gerne zum Freimarkt gegangen wäre und mitten aus der Vorfreude heraus in eine üble Diebstahlaffäre hineingerät. »Sie waren allein im Kontor!« muß er sich sagen lassen, und welche Folgerungen zunächst daraus gezogen werden, ist leicht zu erraten. Aber es müßte ein anderer als Georg Droste Autor sein, wenn sich am Schluß nicht doch noch alles zum Guten wendete.

10. Teil: Wo sünd de veer RCF 49? 12.02.1955. 35'20".
Daß der A-kü-fi (Abkürzungsfimmel) nicht erst in unseren, sondern schon zu Ottjen Alldags Zeiten umging, lehrt uns der merkwürdige Titel der 10. Folge dieser Hörspielreihe. Gespannt wird man fragen: Was heißt RCF 49? Nun, noch gespannter als nach dieser in Küperkreisen gebräuchlichen Abkürzung für einen Ballen einer ganz bestimmten Tabaksorte stellt sich die Frage, die diese ganze Sendung in Bewegung setzt: »wo sünd de veer RCF 49?« 56 Ballen verzeichnet die Lagerliste, 52 sind nur vorhanden. Vier Ballen fehlen also und lösen im ganzen Handelshaus Schröder und Sohn ein wirbelndes Durcheinander aus. Diebstahl? Betrug? Listenfälschung? Ottjen steht mitten im Kreuzfeuer der Nachforschungen und Verhöre, an denen sich schließlich sogar ein Herr in unverhüllt kriminalistischem Ton beteiligt. Am Ende aber löst sich die Bombe in ein Riesengelächter auf. Die vier Ballen werden völlig unversehrt gefunden – aber wo und wie, das sei der Sendung vorbehalten.

11. Teil: Ick gev di hunnert Mark! 26.02.1955. 44'55".
Zum ersten Mal ist der Held unserer Geschichte einer echten Versuchung ausgesetzt. Eigenes Geld hat Ottjen eigentlich noch nie in den Händen gehabt. Nun naht die Weihnachtszeit, und wie gerne hätte er seinen Eltern Geschenke gemacht. Aber da der Versucher in Gestalt eines gewissen Emil Berx an ihn herantritt mit dem angebot »Ick geef di hunnert Mark«, da hat Ottjen einen harten inneren Kampf zu bestehen. Soll er vom Schicksal für seine Standfestigkeit belohnt werden? Fast möchte man es glauben, nachdem ihm der Zufall einen Brief, einen Irrläufer in die Hände gespielt hat, durch dessen Preisgabe er seinen Chef und dessen Firma vor großen Verlegenheiten bewahren kann.

12. Teil: Es lebe der Eiswurm! 12.03.1955. 40'40".
Zwei von den vielen Personen, die Ottjen Alldag durch seine »Lehrtied« begleiten, werden in der 12. Folge vom Rande des Geschehens in dessen Mittelpunkt gezogen. Einmal ist es Frau Ehlers, die Hausmeisterin und Reinemachefrau bei Schröder & Sohn, die sich einen furchtbaren Bären aufbinden lassen muß – der Titel »Es lebe der Eiswurm« ist darauf gemünzt. Aber zum Ausgleich erhält sie ausgiebig Gelegenheit, Ottjen und damit auch allen seinen Freunden an den Lautsprechern etwas aus der bewegten Vorgeschichte des Handelshauses zu erzählen. Als zweite Randfigur rückt Schorse Denker, dessen hervorstechendste Eigenschaft bisher sein gleichbleibendes Interesse für alkoholische Getränke war, unversehens zum Held des Tages auf. Denn wie hätte man jenen gefährlichen Einbrecher wohl unschädlich machen wollen, wenn Schorse seinem Freund Danneboom unter Verachtung der Lebensgefahr nicht so kräftig beigestanden hätte.

13. Teil: De Junior is utneiht! 26.03.1955. 49'10".
Zum letzten Mal beobachten wir den Helden unserer Sendereihe in der Umgebung der Kaufleute und Küper. Ein neues Kapitel in seinem Lebensbuch kündigt sich an, aber es wird nicht aufgeschlagen, ehe wir mit Ottjen zusammen die dunkelsten Stunden der Firma Schröder & Sohn erlebt haben. Jetzt wird es offenbar: Der Junior-Chef, der es inzwischen vorgezogen hat, das Weite zu suchen, hat die Firma durch betrügerische Machenschaften an den Rand des Ruins gebracht. Aber wie der alte Schröder zur Schar jener »königlichen Kaufleute« gehört, von denen die Welt heute noch mit Hochachtung spricht, so wird er nun auch königlich belohnt für lebenslange Redlichkeit und Treue. Unerwartet wächst ihm von allen Seiten tatkräftige Hilfe zu, und wir werden Zeugen von Szenen, wie man sie sich im heutigen Kahlschlag menschlicher Werte kaum noch vorzustellen vermag.

14. Teil: Ick gah hüt na Barkenloh. 09.04.1955. 47'50".
Mit dieser Folge wird im Lebensbuch Ottjen Alldags ein ganz neues Kapitel aufgeschlagen, und zwar das letzte, das Droste uns beschrieben hat. Wie für jeden Menschen, so hat der Tod seiner Mutter auch für unseren Helden einen tiefen Einschnitt in sein Leben mit sich gebracht. Um seines Kummers Herr zu werden, beschließt Ottjen, wieder einmal hinauszufahren in das Teufelsmoor, wo er sich als Kind schon einmal so wohl gefühlt hat. Dort begegnet er nun allen seit jener Zeit lieb vertrauten Menschen wieder – auch jenem Mädchen, das er als seine »Moorhex« eigentlich nie vergessen hat. Und er beginnt zu erkennen, daß diese treu bewahrte Erinnerung ganz bestimmte Gründe hat und sich nun schlagartig in eine brennende Hoffnung verwandelt.

15. Teil: Ottjen, de Moorhex tütt di dal! 30.04.1955. 59'20".
»Ottjen, de Moorhex tutt di dal!« steht es wie eine warnende Beschwörung über diesem Kapitel zu lesen. Aber es bleibt kein Geheimnis, daß unser Ottjen sehr wohl bereit ist, sich von der »Moorhex« für sein ganzes weiteres Leben bannen zu lassen. Und damit ist auch unschwer zu erkennen, daß wir kurz vor dem Abschluß dieser Hörspielreihe stehen, die 14 Tage später die berühmte Fahnenweihe als einen Höhepunkt zwerchfellerschütternder Komik bringen wird.

16. Teil: ... indem wir nu vor die Fauhnenweihe stehn. 14.05.1955. 70'00".
Diese Folge bildet den Höhepunkt und zugleich den Abschluß der plattdeutschen Hörspielreihe nach dem bekannten Bremer Ottjen Alldag-Roman von Georg Droste. Außer der berühmten, als Glanzstück niederdeutscher Vortragskunst unsterblichen »Fauhnenweihe« erleben wir hier, wie Ottjen Alldag endgültig den schon lange gelegten Fallstricken der Liebe zum Opfer fällt. Die Hörer werden entlassen mit der Gewißheit, daß Ottjen mit seiner »Moorhex« vor den Alltag tritt, und in der Hoffnung, daß den beiden ein langes glückliches Leben beschieden sein möge.

Seit dem 8. Dezember 2007 sendet Radio Bremen, seit dem 15. Dezember auch der NDR auf mehreren Kanälen eine gekürzte Neufassung der Hörspielreihe: »Respektvoll gerafft und gestrafft soll sie nun dem geneigten Publikum nach und nach wieder zu Gehör gebracht werden.«

Achtern Diek

Ernstes und Heiteres vom alten Osterdeich

Aus der Jugendzeit eines Bremer Jungen

Vorwort.

»Ach! wenn in unsrer engen Zelle
Die Lampe freundlich wieder brennt,
Dann wird's in unserm Busen helle,
Im Herzen, das sich selber kennt!«[22]

Zwar pflegen wir ehrfurchtsvoll die erhabenen Empfindungen unseres großen Goethe zu respektieren, aber dies schließt nicht aus, daß wir uns auch ohne die brennende Lampe in unserer häuslichen Klause zeitweilig so recht von Herzen gemütlich fühlen können, und gerade die Dämmerstunde ist es, die von Tausenden so oft als traut und poetisch empfunden und verherrlicht worden ist. Eine solche Dämmerstunde nun war es, die mir den Impuls zum Schreiben der nachfolgenden Blätter brachte.

Draußen beginnt es zu dunkeln, die Straßenlaternen werden angezündet, meine Kinder kommen vom Spielen im Freien ins Haus, und nun beginnt, wie das so oft geschieht, ein Betteln und Pratzen: »Bitte! Erzähl mal 'ne Geschichte, ein Märchen oder mal etwas aus Deiner Jugendzeit vom alten Osterdeich!« So bittet und schwadroniert es durcheinander, bis es endlich der Ältesten gelingt, sich das Wort zu verschaffen und sich mit weiser[23] Stimme an mich wendend meint sie: »Sieh mal, Vater, Du hast uns nun schon so manches erzählt vom alten Osterdeich und wie es dort früher aussah, von Großmutter Boschen und von der alten Rieke; wie wäre es, wenn Du dies alles einmal in einem Buche schildern würdest, Deine ganze Jugendzeit und alles, was Du erlebt hast. Dann verkaufen wir die Bücher und werden reiche Leute.« Diese sehr ernsthaft gesprochenen Worte erregten bei mir natürlich zuerst große Heiterkeit, ich mußte lachen und wieder lachen. »Also Du meinst«, antwortete ich, »ich soll ein Buch schreiben? Hm! das wäre ein Spaß. Wer würde denn wohl ein von so einem Unbekannten, so einem wie man wohl zu sagen pflegt gewöhnlichen Europäer geschriebenes Buch lesen oder gar kaufen? Ja, wenn ein Peter Rosegger »Mein Weltleben«[24] schreibt, wenn ein Otto Ernst sein »Asmus Sempers Jugendland«[25] veröffentlicht oder wenn unser lieber Wilhelm Busch so ein

---

[22] Goethe: Faust, Verse 1194-1197.
[23] Möglicherweise Hörfehler, statt: leiser (die älteste Tochter dürfte etwa 14 Jahre gewesen und kaum ›weise‹, höchstens ›altklug‹ genannt worden sein).
[24] Autobiografie (1898).
[25] Autobiografischer Roman (1905), fortgesetzt (ähnlich Drostes »Ottjen-Alldag«-Trilogie) als: »Semper der Jüngling« (1908) und »Semper der Mann« (1916).

»Von mir, über mich«[26] herausgibt, so sind das alles Schöpfungen von bekannten Künstlern, Dichtern und Schriftstellern, die das deutsche Volk mit Recht jubelnd begrüßt und mit Recht begeistert ans Herz drückt, so sind das Schöpfungen von eigenster Originalität, voll tiefer Gedanken, oder voll von sprudelndem, urwüchsigem Humor – aber? – Nein, wie gesagt, – das gibt Nichts!« – Und doch! Und doch! – Der Gedanke ließ mir keine Ruhe! Wär's nicht doch so ein bischen originell, eine heimatliche Gegend zu schildern, die in ihrer Eigenart jetzt spurlos verschwunden, die so gänzlich umgewandelt ist; wäre es nicht vielleicht doch für manchen etwas interessant, zu lesen von einer vergangenen Generation, die einst auf dem jetzt ihm gehörigen Grund und Boden gelebt und gehaust hat? Würden nicht vielleicht bei manchem Leser – ganz besonders denke ich dabei an meine einstigen Herren Spielgefährten – alte, längst vergangene Bilder aus der Jugendzeit wieder auftauchen und lebendig werden? Vielleicht zählen sie sich dann zu denjenigen, von denen man sagt: »Solche Menschen leben ihr Leben zwei mal, welche fähig sind, eine schön dahingeschwundene Zeit noch einmal an ihrem Geiste vorüberziehen zu lassen!« Darum: Ich will es wagen! Ich habe Vertrauen zu meinen Mitbürgern, zu den »Tagenbaren«, die zu allen Zeiten Interesse gezeigt haben für Bremensien, die Schilderungen aus Bremens Vergangenheit stets mit Wohlwollen aufnahmen.

Im Voraus sei jedoch bemerkt: das Gebotene enthält keinerlei Tendenz; es sind keine Probleme darin verarbeitet, und darum wolle man es auffassen als Plauderei, als Unterhaltung. Und in diesem Sinne bittet um gnädige Kritik

der Verfasser.

---

[26] Autobiografie (1893).

1.
Unser Haus hinter dem alten Deich.

Obgleich ich bestimmt weiß und mein amtlich beglaubigter Geburtsschein bestätigt, daß ich am 13. Dezember 1866 geboren bin, kann ich doch nicht genau sagen, wann ich eigentlich das Licht der Welt erblickt habe, denn in unserer Schlafkammer, in welcher ich nach meinem Eintritt in das Weltbürgertum es eigentlich hätte erblicken müssen, war es so dunkel, daß meine Großmutter beim Betreten derselben oft zu sagen pflegte: »Hier mutt man de Katte vor de Knee binnen, wenn man wat sehn will!« Dazu kam noch, daß man mich, nachdem ich in die Erscheinung getreten war, nicht etwa in einen modernen, mit allen Schikanen der Neuzeit ausgerüsteten Kinderwagen, sondern in eine uralte sogenannte »Bremer Kopfwiege« legte und mir durch das Rumpumpeln, das diese Wiege verursachte, nicht allein das Hören, sondern auch das Sehen verging; denn die Großmütter betrachteten es früher als ihre heiligste Pflicht, den Neugeborenen so viel wie möglich zu rütteln und zu schütteln. Aus diesen Gründen wird es wohl begreiflich sein, daß es mir unmöglich ist, aus der ersten Zeit meines Erdendaseins irgendetwas von Interesse zu berichten. Aus dieser Periode ist mir wie jedem andern Sterblichen nur die Erinnerung von dem Einblick in das Nichts geblieben. – Was nun die Dunkelheit der erwähnten Schlafkammer anbetrifft, so hatte diese ihre Ursache in der außerordentlich tiefen Lage unseres Hauses, denn es lag unmittelbar hinter dem ehemaligen Osterdeich. Wer heute auf der breiten Promenade des jetzigen Deiches lustwandelt und sieht sich vielleicht nach einem früheren Deich um, der wird sich sagen müssen: »Ich suche ihn wohl hin und her und finde seine Spur nicht mehr.« Die großen, palastartigen, herrschaftlichen Häuser schauen mit ihren blanken Augen wohl weit hinaus in das grüne Wesertal, aber erzählen können sie nichts aus früheren Tagen; denn gerade dort, wo diese Häuser ihre stolzen Häupter erheben, befand sich der alte Deich. Nur eine Spur, und auch diese ist nur dem Eingeweihten bekannt, findet sich in der Weserstraße. Hier kann man die Lage und Richtung des früheren Deiches noch feststellen, denn jene beiden querstehenden Häuser Nr. 1 a und 1 b sind direkt auf dem Kopf desselben erbaut worden, und in dieser Richtung beim Altenwall beginnend, zog sich der Deich weiter fort; in frühester Zeit bis zum Sielwall, den Namen Punkendeich (plattdeutsch Puntjendiek) führend. Nach dem verhängnisvollen Deichbruch von 1827, der eine verheerende Überschwemmung verursachte, deren nähere Schilderungen sich im letzten Kapitel finden[27], hat man dann begonnen, den Weserdeich zu verstärken, und zwar geschah dies, indem man durch Anfahren von Erdmassen das weite Vorland zwischen der Weser und dem alten Deich ausfüllte und eine neue, mehr widerstandsfähige Deichdossierung schuf. Bis zum Jahre 1890 bildete die in der Mitte der Kiespromenade befindliche Reihe der dicken Bäume die Kante der Dossierung. Mit der derzeit vorgenommenen Aufschüttung der Pauliner Marsch hat der Osterdeich bis zum Altenwall nochmals eine Verbreiterung und Verstärkung erfahren. Die erwähnte erste Erhöhung des Vorlandes geschah in den 1830er Jahren. Doch begann man allmählich und zwar in den 50er und 60er Jahren das dadurch gewonnene Terrain als Baugrund zu verwenden und damit nach und nach den alten Deich zu planieren und den Bauplätzen einzuverleiben, so daß die hinter demselben liegenden kleinen, altertümlichen Häuser eines nach dem andern verschwanden. Mein Geburtshaus war nun eines der letzten, das der fortschreitenden Kultur zum Opfer fiel, und hat bis zum Jahre 1880 bezw. bis zur Erbauung des Frerich'schen Hauses traulich hinter dem alten Deich versteckt fast 150 Jahre die von der Weser kommenden Weststürme über sich dahinbrausen lassen. Es war so recht idyllisch anzusehen; ein rotes Ziegeldach, grüne Fensterläden, eine ebenso gestrichene Haustür, welche aus zwei Teilen und zwar aus einer oberen und einer unteren Tür bestand. Das Dach war so niedrig, daß ein mittelgroßer Mann bequem aus der Dachrinne trinken konnte. Man hatte sich aber bei unserm Hause den Luxus einer solchen Gosse nicht erlaubt; wenn es regnete, gab es einfach einen »Druppenfall«. Vor unserm Hause, auf dem Kopfe des Deiches, standen zwei gewaltige Pappelbäume, die mit ihrem mächtigen Wurzelwerk den Deich gefestigt und mit dem sich über das Haus wölbenden Blätterdach dasselbe wohl ein Jahrhundert lang beschirmt hatten. Mit der Erbauung des Hauses Rhederstraße Nr. 17 im Jahre 1869/70 – der Vorgarten dieses Hauses liegt genau auf dem alten Deich – hatte man von dem linksstehenden Baum die Wurzeln und Äste abgehauen; aber der gewaltige Baumstumpf ragte noch empor, seine Rinde war freilich mit der Zeit abgefallen und die weiß-schimmernde gigantische Baumleiche gewährte in der Dunkelheit des Abends oder der Nacht einen gespenstischen Anblick. Der zweite, vom Osterdeich aus rechtsstehende Baum war noch frisch und grün. Unter seinem Blätterdache habe ich meine Jugendzeit verlebt, und was dem Dichter der Lindenbaum am Brunnen vor dem Tore ist, das war mir in den Tagen meiner Kindheit jener Pappelbaum.

---

[27] Tatsächlich: im vorletzten.

Wohl liegen fast vierzig Jahre zwischen dem Jetzt und jener Zeit, jener herrlichen Jugendzeit; aber noch heute höre ich das geheimnisvolle Rauschen der mächtigen Baumkrone, wenn ein leiser Windhauch sie durchzog, und noch heute klingt mir das gewaltige Getöse in den Ohren, wenn der Weststurm brauste und mit den Ästen und Zweigen sein Spiel trieb. Ein hübscher Blumengarten, teils auf dem Deich, teils auf der schrägen Dossierung desselben, mit Stachelbeerbüschen, hochstämmigen Stockrosen und mächtigen Sonnenblumen vervollständigte das idyllische Bild und gestaltete das Ganze zu einem richtigen ländlichen Stilleben. Auch das Innere des Hauses war recht ländlich-sittlich angelegt. Eine große Diele, links davon die Wohnstube mit einem Fenster nach dem Deiche, hinter derselben eine schmale Küche mit einem steinernen Herd und einem darüber befindlichen offenen Rauchfang, dann die anfangs erwähnte dunkle Schlafkammer, im Hintergrunde des Hauses eine große Waschküche und außerdem noch ein kleines dürftiges Stübchen, welches gewöhnlich von einer alten Witwe mietweise bewohnt wurde. Auf der Hausdiele, gerade der Stubentür gegenüber, befand sich unter der Decke an einem dicken Balken ein Schwalbennest. Alle Jahre, sobald es Frühling wurde, entfernte mein Vater eine Blechscheibe aus einem neben der Haustüre befindlichen kleinen Fenster, und wir konnten bestimmt darauf rechnen, daß eines Tages mit dem uns so wohl bekannten »Tschiehwiet« unser Schwalbenpaar durch die offene Scheibe schoß und sein Nest wieder aufsuchte. Sie brüteten jeden Sommer zweimal. Ich konnte mich als Kind stundenlang damit unterhalten, den unermüdlichen Tieren zuzusehen, wie sie ihre Jungen fütterten. Welch einen Jubel gab es, wenn die Kleinen ihren ersten Flug riskierten, sich auf die offene Stubentür setzten und sich ruhig von uns schaukeln ließen. Die Mutter lehrte uns dann, wenn wir dem Geschwätz der Schwalben lauschten, die Schwalbensprache: »Als ick weg gung, als ick weg gung, weer'n alle Kisten un Kasten vull, als ick wedder keem, als ick wedder keem, weer alles verklickert un verklackert, verklickert un verklackert.«[28] Und wenn an Sonntagen die gute alte Großmutter mit uns hantierte und uns Kinder sonntäglich herausputzte, dann sagte sie wohl: »Muß di[29] fein waschen und fin maken laten, kiek mal use

---

[28] Volkstümlich:
Schwalbengezwitscher.
As ik hier dat erstemal was, das lestemal wast, dit Vat vull, was dat Vat full; as ik wedderkam, was alles verschlickert, verschlakkert, verschli – rt!
(aus: Kinder- und Ammen-Reime in plattdeutscher Mundart [von Heinrich Smidt]. Dritte Auflage. Bremen [1906]: E. v. Masars, Seite 43).
[29] Vorlage: die.

38

lüttjen Swalken an, de hebbt hüte alle en schönet wittet Vorhemd vor, daran kannst du sehn, dat hüte Sonndag is!« Ja, die lieben Schwalben! sie waren jahrelang unsere lieben Gäste, solange das Glück unter unserm Dache weilte, und welch ein tragisches Ereignis knüpft sich daran, als sie zum letzten Mal Abschied nahmen – Abschied für immer.

2.
Aus der Jugend-Dämmerzeit.

»Man muß lachen, ehe man glücklich ward, man könnte sonst sterben, ohne gelacht zu haben.«[30]

Zu allen Zeiten haben sich sowohl Philosophen, als auch gewöhnliche Sterbliche die Köpfe zerbrochen über die Erreichbarkeit oder besser die Unerreichbarkeit des menschlichen Glückes; worin dasselbe liegen soll, wie der Mensch sich benehmen muß, wenn er das Glück erreicht zu haben glaubt, und dergleichen mehr. Die meisten Menschen sind sich aber darüber einig, daß es keinen dauernden Glückszustand im menschlichen Leben gibt. Lebensanschauungen erwerben wir uns auf Grund unserer Individualität, sie sind das Produkt unserer Erfahrungen und der Schicksale, die uns treffen; nur Wenigen ist die Kraft vergönnt, sich über ihr Schicksal zu stellen. Mit dem Erwachen des Bewußtseins beginnt auch die Empfindung für die zwar zuerst noch kleinen Kümmernisse und Nadelstiche des täglichen Lebens, unbestritten ist jedoch die Jugendzeit derjenige Lebensabschnitt, in dem wir uns frei finden von inneren Kämpfen. Wir leben stets dem Augenblicke, fühlen uns innerlich harmonisch und kommen dadurch dem Glückszustand am nächsten. Die Hauptvorbedingung für diese Harmonie ist jedoch die körperliche Gesundheit, und mit wenigen Ausnahmen wird uns diese ja gerade in der Jugendzeit, in der tausendfach verherrlichten Jugendzeit, zuteil. In den meisten Fällen steht uns noch ein Überschuß an Kraft zur Verfügung, und hierin liegt die Erklärung für die sogenannten tollen Jugendstreiche, für den jugendlichen Übermut. – Eigenartig ist im späteren Lebensalter die Erinnerung an die ersten Stadien der Kindheit. Aus dem Zustand des Unbewußten erwachend, beginnt allmählich aus diesem Nebel der Begriff sich zu bilden, erst verschwommen und dämmerhaft, und dann mit der Zunahme des Begriffes hat auch die Erinnerung eine deutlichere und festere Form. Doch sind es meistens aus dem zweiten und dritten Lebensjahre nur einzelne Episoden, deren wir uns erinnern, und auch diese wären uns vielleicht verloren gegangen, wenn sie nicht durch die Erzählungen der Eltern oder anderer Erwachsener aufgefrischt wären. – In meiner anfangs erwähnten rumpumpelnden Kopfwiege in der dunklen Schlafkammer war ich sorgsam gegen die Einwirkung des Lichtes, sowie gegen die Einatmung von Sauerstoff geschützt gewesen; ein unzählige Male um den Brustkasten

---

[30] Il faut rire avant que d'être heureux, de peur de mourir sans avoir ri (Jean de La Bruyère).

getakeltes Wickelband sorgte dafür, daß die Respiration nach Möglichkeit unterdrückt wurde und daß nach der Meinung meiner guten Großmutter »de Bengel keenen krummen Puckel un een starket Krüz« kriegte. Nachdem ich nun endlich die meinen Korpus einengenden Fesseln abgestreift, nachdem auch das Rutsch- und Krabbelstadium hinter mir lag und die »Jebrüder Beeneken« – wie der Berliner sagt – imstande waren, den Kerl in menschenwürdig aufrechter Haltung fortzubewegen, war es dem Lichte zustrebend meine Hauptsorge, die vor unserm Hause befindliche schräge Deichdossierung zu erklimmen. Ich wählte dazu nicht die in den Deich eingelassenen Treppenstufen, sondern krallte mich in die Grashalme und kroch auf dem Bauche zum Deichkopf empor. Nach unzähligen mißlungenen Versuchen hatte ich endlich mein Ziel erreicht; nun war der Osterdeich meine Welt; hier fühlte ich mich als Freiherr »von und zu«, und diese Anschauung habe ich mir bis zu meinem 14. Lebensjahre bewahrt. Manches Mal hat mich der Wind vom Deich herab- und die Dossierung hinuntergeweht, und die Ursache mit Wirkung verwechselnd, schalt ich auf den bösen, brausenden Pappelbaum, der so starken Wind machte. – Oft bin ich am Schürzenbande der Mutter oder Großmutter ans Weserufer getrottet und habe hinübergeblickt nach dem Werder, wo die großen Wauwaus Gras aßen; bis mir dann erklärt wurde, daß dies keine Hunde, sondern Buhkühe seien. Unter der Aufsicht der Großmutter im Ufersande spielend, hatte ich einst aus umherliegenden Steinen einen kleinen Turm gebaut, als ein uraltes Mütterchen sich zu meiner Großmutter gesellte und ohne weiteres mein Bauwerk als Sitzplatz benutzte. Darauf war dasselbe jedoch nicht eingerichtet, es brach zusammen und die alte Madam lag zeternd und jammernd auf dem Steinhaufen im Sande. Es war keine geringere als das berühmte, altbremische Orakel, die Kartenlegerin Fike Peimann. Als Kopfbedeckung trug sie einen riesigen Capot-Hut aus Stroh, mit faustgroßen gelben und roten Rosen und breiten Bändern in allen Farben geschmückt. Aber alles war verwittert und verblichen wie das Gesicht der bereits über 90 Jahre alten Matrone. In einer, aus einem bunten Teppichstück hergestellten großen Tasche trug sie Band und Zwirn zum Verkauf; ein Kartenspiel hatte sie jedoch stets in den Falten ihrer Kleidung verborgen, und gläubige Seelen fanden sich genug, die sich von ihr die Zukunft voraussagen ließen. Passierte irgend ein großes weltgeschichtliches Ereignis, Krieg, Revolution, Erdbeben oder dergleichen, so hieß es: »Dat hett Fike Peimann all vorutseggt, und dar schall ook noch veel mehr passeern.« Heute gibt es wohl kaum noch ein Dutzend Menschen, welche Fike Peimann persönlich gekannt haben. Ich habe die Ehre, mich zu diesen zu zählen. Die Genannte war eines der berühmtesten Bremer Unikums. – Auch aus dem so verhängnisvollen Sommer 1870 sind mir einzelne Erinnerungen geblieben. Die Eltern hatten ernste Gespräche über Krieg und Soldaten, und im Spätsommer konnte man gefangene französische Soldaten, sowie auch jene schwarz-braunen Turkos[31] über den Osterdeich marschieren sehen, begleitet von deutschen Reservisten. Größere Knaben hatten mich gelehrt, daß guten Tag »*bon jour*« heiße, und als wieder einmal ein Trupp jener braunen Soldaten mit roten Pluderhosen vorbeimarschierte, puddelte ich auf einen los, gab ihm die Hand und rief: »*Bon jour!*« Als der schwarze Kerl mich aber packte und auf seinen Arm nahm, als ich die fletschenden Zähne und die rollenden Augen sah, wurde mir die Sache aber doch etwas ungemütlich; mein lautes Schreien veranlaßte den Gefangenen, mich nieder zu setzen, und mit breitem Grinsen zog er weiter. Verwundete Offiziere wurden oft am Osterdeich spazieren geführt; ich betrachtete die bleichen Gesichter und verbundenen Glieder mit Ehrfurcht und Grausen; es kam mir eine Ahnung, daß der Krieg etwas Schreckliches sein müsse. Nur sehr verschwommen habe ich noch das Bild vor Augen, als auf dem Werder eine Truppenschau über 16 000 Mann Landwehr stattfand; desto deutlicher aber weiß ich mich zu erinnern, daß meine Großmutter am 3. September mit dem Ausruf: »Hurrah, es ist Friede!« für uns Kinder ein Spint[32] Birnen durch die Stube rollen ließ. Nun, wie es mit dem Frieden vom 2. September[33] wurde, weiß ja jedes Kind, aber nach der damaligen Auffassung hielt man ja den Krieg mit dem Sturz des französischen Kaisertums für beendet. Dann kam der schreckliche Winter 1870/71, unter dem auch wir in unserm kleinen Fachwerkhause schwer gelitten haben. Trotzdem unser kleiner Kanonenofen fortwährend glühte und ein ganzes Lager von Holz und Torf verschlungen hat, waren die Fenster nicht vom Eise zu befreien; das Trinkwasser fror uns in der Stube, und die Wiege des jüngsten Brüderchens hatten wir ganz dicht an den Ofen gezogen. Der Raum zwischen dem Deich und unserm Hause war ganz mit Schnee ausgefüllt, so daß auch die unteren Fensterscheiben noch bedeckt waren. Eine richtige Gottesmauer war um unser Häuschen gebaut. Die Kälte war schrecklich; man sprach von 22° Reaumur[34]. Unsere Fenster-

---

[31] In der französischen Armee kämpften ›Zuaven‹ (Kabylen aus Nordafrika) und ›Turkos‹ (Angehörige asiatischer Turkvölker) als Söldnertruppen mit.
[32] Altes, regional unterschiedliches Trockenhohlmaß (z.B. für Getreide), 1 Spint (Bremisch) entspricht 4,63 Litern; im 5. Kapitel wird ein Zylinder scherzhaft Spint genannt.
[33] Nach der Schlacht bei Sedan am 1. September 1870 und der Kapitulation am 2. September (später gefeiert als Sedanstag) war in Deutschland das Kriegsende erwartet worden.
[34] Entspricht −27,5° Celsius.

läden blieben in solch kalten Wintertagen auch in den Tagesstunden geschlossen. Es herrschte dann ein mattes Dämmerlicht in der Wohnstube und die kleine Petroleumfunzel qualmte den ganzen Tag. In diesem Eskimozustand haben wir auch sonst manchen Winter hinter unserm Deiche zugebracht, aber der von 1870/71 war einer der strengsten. Oft gelang es der Mittagssonne, den Schnee auf dem Dache etwas aufzutauen, und es bildeten sich dann an den Dachziegeln meterlange, armdicke Eiszapfen. Aber bekanntlich ist es auch 1871 Frühling geworden, Frühling in der Natur, in den Menschenherzen und auf den Schlachtfeldern auf französischem Boden. Jeder Frühling bringt Blumen in reicher Fülle, aber wenn er die Friedenspalmen bringt nach blutigen Wintertagen, wenn mit den Schneeglöckchen auch die Friedensglocken läuten, dann ist er doppelt kostbar und Segen bringend. Auch unsere wackeren 75er[35] zogen am 15. Juni wieder in Bremen ein. Ich saß in einem ausgeräumten Schaufenster an der Ansgaritorstraße und sah unser Bataillon vorbeimarschieren. Mit Eichenlaub geschmückt zogen sie zum Domshof; ich schrie Hurrah und strampelte mit den Beinen, so daß ich die Spiegelscheibe eingetreten haben würde, wenn mich nicht mein Vater beim Kragen gepackt und zurückgezogen hätte.

Lind und sommerlich zog's über den Deich und nun begann es auch auf der Nordseite sich zu regen; Löwenzahn und Hahnenfuß, Bienensaug[36] und Gundermann wucherten üppig im grünen Rasen der schrägen Dossierung. Fast waren diese bescheidenen und mir doch so lieben Kinder der Flora vom Fenster unseres Hauses aus mit den Händen erreichbar. Die Riesenpappel vor unserm Hause begann zu grünen und streute dann später die weißen, weichen, baumwollartigen Flocken über den Deich und unser Haus. Nicht nur die Fensterläden, sondern auch Türe und Fenster waren jetzt weit geöffnet; die warme Sommerluft zog in das Haus, unsere Schwalben waren gekommen und hatten ihr altes Nest bezogen. Dann konnten wir auch bestimmt darauf rechnen, daß unsere liebe alte Großmutter ihr molliges Heim im St. Petri-Witwenhaus[37] verließ und uns besuchte. »Kiek mal kiek! Da sind ja ook use Swalken wedder! Ne, Kinners,

---

[35] Infanterie-Regiment »Bremen« (1. Hanseatisches) Nr. 75.
[36] Taubnessel.
[37] Das Wohnstift der Domgemeinde befand sich zu Drostes Zeit in der Buchtstraße (›Buckstraten‹, wie auch die Freischule, in die Georg ging), heute am Osterdeich.

wat wahnt ji hier doch schön achtern Diek! Aber erst gevt mi mal 'n Stohl; dat will nich mehr so recht mit de Luft, ich mutt to veel happachen, un denn ganz von'r Buckstraaten her; nee Kinners, bald weer ick woll nich mehr kamen känen.« So und ähnlich stöhnte »die gute alte Oma« schon verschiedene Jahre, und jedesmal, wenn sie kam, wiederholte sie dasselbe. An den Besuchstagen trug sie eine schneeweiße Haube und, altmodisch um die Schultern geschlungen, das lang herabhängende kunterbunte »Umslagedook«, ihr Prunkstück und Heiligtum. »Min gewirkten Longschal, de hett mi twee un 'n halbe Pistole kost't« (eine Pistole[38] nach jetzigem Werte etwa 18 M). Als Kind war es mir immer unklar, wie man für Pistolen ein »Umslagedook« kaufen konnte, und nun erst die lächerliche, und nach meinen Begriffen völlig wertlose halbe Pistole!

Im Jahre 1801 geboren, war die Großmutter der Typus einer alten Bremerin, schlicht und recht entstammte sie der guten alten Zeit, sprach lieber platt- als hochdeutsch und schüttelte den Kopf über die moderne Welt, wie alle Großmütter zu tun pflegen. Aber sie war eine gute Seele, und es zog sie trotz des »Happachens« doch immer wieder zu ihrer Tochter, meiner Mutter, und zu ihren Enkelkindern hin. Sie konnte noch manches erzählen aus der Franzosenzeit, und unvergeßlich sind mir die traulichen Dämmerstunden, wenn sie in ihrer schlichten, einfachen Weise schilderte, wie unser früh verstorbener Großvater bei Waterloo als Feldwebel unter Blücher mitgekämpft, sich das eiserne Kreuz und die Ehrenmedaille errungen habe, »dar stunn upp: ›Preußens tapferm Krieger!‹ Aber de Strapazen harr'n em too arg mitnahmen; min Sel'ge is blos 42 Jahr old worn.«[39] Ihr Platz war in dem alten Lehnstuhl, mein jüngeres Brüderchen saß dann auf ihrem Schooße, und wenn das kleine Kerlchen unruhig wurde, hatten wir den Hochgenuß, »Oma« singen zu hören: »In'r Buckstraaten, in'r Buckstraaten, dar steiht so'n[40] groot Hus, dar keemen all' Dage drei Jumpfern herut!«[41]

---

38 In Bremen gab es bis 1872 eine Goldwährung mit dem Taler (Goldtaler) als Rechnungseinheit (1873 wurde die Markwährung als Reichswährung eingeführt). Sie fußte auf dem Louis d'or, welcher der spanischen Dublone entsprach. Der Goldtaler wurde auch Pistole genannt.
39 Droste schrieb »Achtern Diek« in seinem 42. Lebensjahr.
40 Vorlage: soh'n.
41 Beginn eines volkstümlichen Bremer Liedes:
    In der Buchtstraten, in der Buchtstraten
    Da steit en glad Huus,
    Da kiekt alle Avend
    Dre Jumfern herut. –

Wenn meine Schwester, die neckische Lene, dann sagte: »Oma, mach' uns mal bange«, dann sang sie mit dumpf verstellter und doch so urkomisch klingender Grabesstimme: »Ich kuckt mal aus der Lauken (Luke) raus, da war es picke deister, die Lichter waren ausgepaust, die Menschen waren verbeistert.« Wenn aber Oma nur ein tolles Lachen und Händeklatschen erzielte, wurde sie ernster und deklamierte mit Pathos, indem sie die Schürze vor das Gesicht schlug: »Der Mond, der scheint so helle; die Toten, sie reiten so schnelle; Feinsliebchen, graut dir nicht?«[42] – Dann wurden wir Kinder doch etwas kleinlaut, und das lustige Lachen verstummte. Zwar war es in der Stube bei der Großmutter mit dem Gruseln nicht so schlimm, aber außerhalb des Hauses, wenn abends der Mond sein fahles Dämmerlicht auf den Osterdeich ergoß, wenn die Pappel ihren mächtigen, dunklen Schatten auf den Weg und auf den Platz vor dem Hause warf, dann sah ich in jedem Schatten eines Baumastes ein schwarzes Roß, und die mondhelle Fläche über dem Ast war der Tote, hui! Die Toten, sie reiten so schnelle! Der verstümmelte gewaltige Rumpf der andern abgestorbenen Pappel, welche an der Seite nach der Rhederstraße stand, gestaltete sich zu einem mächtigen Riesen, der seinen gigantischen Knochenarm gen Himmel streckte. Das war der einzige Ast, der noch stehen geblieben war; aber die kindliche und erregte Phantasie machte sich die tollsten Bilder daraus.

Großmutter hatte natürlich als alte Bremerin auch der Hinrichtung der Giftmischerin Gesche Margarethe Gottfried im Jahre 1831 beigewohnt und schilderte diesen Akt in geradezu haarsträubender Weise. Durch diese Erzählungen und die gegenseitige Anhänglichkeit gestalteten sich die Besuchstage der Großmutter immer zu richtigen Festtagen. Nur mit dem Vater hatte sie manchmal hitzige Debatten, wenn es sich um den Fortschritt der Zeit, um etwas Neues und Modernes handelte. Mit dem Dezimalsystem, insbesondere mit der neuen Reichswährung, konnte sie sich nie aussöhnen. »Wat weet ick von Mark un Pfennig; se harr'n us man use schönen Bremer Grotens laten schollt, dar gungen twee un sebenzig up'n Dahler, un de schönen Seß- un Twolf-Groten-Stucke! Jetzt kost't all's en

---

(aus: Kinder- und Ammen-Reime in plattdeutscher Mundart [von Heinrich Smidt]. Dritte Auflage. Bremen [1906]: E. v. Masars, Seite 7).

[42] Fragment eines verschollenen Liedes, das Gottfried August Bürger zu seiner »Lenore« anregte (vgl. Friedrich Christoph Drohsin: Ueber Balladendichtung im Allgemeinen, insbesondere die Lenore Bürgers. In: Archiv für das Studium der neueren Sprachen und Literaturen. Hrsg. von Ludwig Herrig. 31. Band. Braunschweig 1862: Westermann, Seiten 1-16, hier: Seite 11).

Groschen, wat sonst en Groten kosten de; jetzt sind wi alle preisch (preußisch). Ne, dat man sowat ook noch erleben mutt! In min Kinnertied bin ick französisch wesen, un nun sogar ook noch preisch.« Mein Vater warf dann wohl ein, sie müsse doch bedenken, daß wir jetzt ein einiges deutsche Reich hätten und daß wir niemals Gefahr liefen, wieder französisch zu werden; aber sie blieb eigensinnig dabei: »Wi sind Bremer, un willt Bremer blieben; un de Preiss' hätt hier nix to kummandieren.« Lachend und kopfschüttelnd pflegte sich dann mein Vater aus der Debatte zu ziehen, und ich erinnere mich noch, wie er einmal neckend sagte: »Na, Mutter, in'n Wäkenblatt hätt' stahn, dat ji bald ook preußische Inquatierung in jo'n Wittweenhus kriegt, denn kummt en richtiget preußischet Schillerhus vor de Deer in'r Buckstraaten!« Dann schlug's aber dreizehn und Großmutter zog sich knurrend in sich selbst zurück. Aber ihr Grollen war nur von kurzer Dauer, bald verschwanden die bitterbösen Falten von ihrer Stirn, und nach einer Viertelstunde konnte man sie beobachten, wie sie den kleinen Ludwig auf dem Schoße mit dem Stuhl »stipp stappte« und im Mazurka-Takte vor sich hinsummte: »Wenn de Hund mit de Wust ut'n Steendor loppt un mit'n Kopp an'n Ecksteen stott't. Jan, kiek mal ut, ob de Luft noch rein, sollen wir, wollen wir lustig sein.«[43] War sie einmal ganz besonders »up'n Strump«, dann riskierte sie auch wohl mal einen Rheinländer-Tritt durch die Stube nach dem Takte: Kaiser von Rom, Napoleon sein Sohn, war noch zu klein, ein Kaiser zu sein, rück'n bischen weiter, rück'n bischen weiter, dreh dich mal um!«[44] Dann öffnete sich ein klein

---

[43] Eine in ganz Norddeutschland – in vielen Varianten – verbreitete Parodie auf die Polka, deren Text beginnt: »Wenn der Mut in der Brust seine Spannkraft übt«. Tardel vermutet, dass die von Droste zitierte Version eher nach Hamburg passt als nach Bremen, weil es in Hamburg ein Steintor gibt, während die Bezeichnung ›Steintor‹ in Bremen durch Korruption des niederdeutschen Steentoorn = steinerner Turm entstand (Hermann Tardel: Bremen im Sprichwort, Reim und Volkslied. Bremen 1947: Hans Kasten, Seite 81). Auch Droste macht – in anderem Zusammenhang darauf aufmerksam: »›Vor dem Steintor‹ seggt wi ok nich, wiel dat mit 'n Door niemals wat to dohn harrt hett. In olen Tieden, as de ›Dobben‹, en olen häßlichen Muddengraben, noch von'r Weser bit nah'r Sliepmöhlen gung, föhrde bien ›Sielwall‹ eene Brugge daröber. Bie disse Brugge stund en steenern Toorn, un wenn de Lüde von'n ›Swarten Mähr‹ keemen un in de Stadt wollen, stunnen se ›Vor'n Steentoorn‹, aber niemals ›Vor dem Steintor‹.« (En Spaziergang dör Old-Bremen, in: For de Fierstunnen, Zweite Auflage, 1922, Seite 55 [mit zwei Korrekturen: ›nah'r‹ statt: ›nahr‹, ›daröber.‹ statt: ›daröber,‹].

[44] Abzählreim, in zahlreichen Varianten verbreitet, zum Beispiel auch so:
Der Kaiser von Rom,
Napoleon sein Sohn,
der war noch zu klein
um Kaiser zu sein.

wenig die Stubentür, das milde, freundliche Gesicht meiner Mutter schaute durch die Spalte, »kiek mal, kiek, Großmutter kann noch danzen!« Der Kleine klatschte vor Vergnügen in die Hände; das Alles war so gemütlich und harmonisch, daß es eine Lust war zu leben,

»Achtern Diek!«

---

er stieg auf eine Leiter
eine Stufe weiter ...
... und blieb stehn!

3.
Der Tod der Geschwister.

»Durch die Straßen der Städte, vom Jammer gefolget, schreitet das Unglück; lauernd umschleicht es die Häuser der Menschen, heute an dieser Pforte pocht es, morgen an jener und noch keinen hat es verschonet!«[45]

Dies Schillerwort hat auch für unser stilles, friedliches Heim voll und ganz seine Bedeutung gehabt, denn die schwarze, unheimliche Gestalt des Todes streckte unerbittlich ihre dürre Knochenhand nach zwei jungen und so frisch emporblühenden Menschenleben aus! –

Der Sommer von 1872 war gekommen, alles grünte, blühte und duftete; summend krochen die Hummeln in die rotleuchtenden, glockenartigen Blüten unserer Stockrosen. Vom leisen Sommerhauch bewegt, zischelten und klapperten die Blätter der Pappel aneinander und alles atmete Frieden, ein Bild der Ruhe und des Glücks.

Vorspuk, Ahnungen, überhaupt alles dergleichen, was mit den Naturgesetzen in Widerspruch steht, gibt es nicht, ich habe nie an so etwas glauben können. Auch meine Mutter, eine aufgeklärte Frau mit guter Geistesbildung, glaubte nicht daran; aber was sie an einem jener soeben geschilderten Sommertage erlebte, hat sie veranlaßt, für diesen einen Fall ihre Meinung zu ändern.

An jenem Tage saß sie mit einer Näharbeit beschäftigt auf der Bank unter dem grünen Pappelbaum; meine siebenjährige Schwester Magdalene hockte neben ihr auf einer Fußbank und machte die ersten Strickversuche; der Mutter gegenüber saß Frau Fischer, eine ältere Person, die Mieterin unserer Hinterstube. Alles war still und friedlich, die Haustür weit ge-

---

[45] Schiller: Die Braut von Messina IV/4:
Durch die Straßen der Städte,
Vom Jammer gefolget,
Schreitet das Unglück –
Lauernd umschleicht es
Die Häuser der Menschen,
Heute an dieser
Pforte pocht es,
Morgen an jener,
Aber noch keinen hat es verschont.

öffnet. Plötzlich tönte ein lautes, dumpfes Dröhnen aus dem Hause heraus; alle drei vor dem Hause befindlichen Personen haben dieses Geräusch deutlich vernommen, meine Schwester ließ mit dem Ausruf: »O, Mama!« ihr Strickzeug in den Schoß sinken und sah die Mutter angstvoll fragend an. Frau Fischer, die voll Aberglauben und Spukgeschichten steckte, sagte sofort und bestimmt: »Dat hett wat to bedüden!« Die beiden Frauen begaben sich nun in das Haus und untersuchten es von unten bis oben, in allen Ecken und Winkeln, ohne das geringste entdecken zu können, was eine Erklärung für das soeben gehörte Geräusch hätte abgeben können. Als am Abend mein Vater heimkam, erzählte die Mutter ihm etwas bedrückt und geängstigt das Geschehene und fügte hinzu, es sei ein Geräusch gewesen, als wenn man einen schweren Gegenstand auf die Kellerluke im Hause niedersetzte. Mein Vater schüttelte den Kopf, denn er war einer der Letzten, welcher für Spuk und Vorbedeutung zu haben war. Man überlegte, grübelte und probierte, wodurch wohl das Geräusch entstanden sei; aber man kam zu keinem Resultat. Im Hause hatte sich niemand befunden, nur die Schwalben waren aus- und eingeflogen, denn sie hatten Junge gebrütet und fütterten fleißig. Meine Eltern ahnten nicht, daß es die letzte Brut sein sollte.

Es vergingen nun mehrere Tage und wir Geschwister erkrankten an den Masern. Meine älteste Schwester Marie und ich waren bald nach normalem Verlauf wieder hergestellt, aber die siebenjährige Lene, ein sehr zartes und schwächliches Kind, lag schwer darnieder. Nach kurzer Zeit stellte sich eine Lungenentzündung ein, und als nach kummervoll durchwachten Nächten meine Mutter gebrochen und verzweifelt an einem Totenbette stand, da klang die heisere Stimme der Frau Fischer hinter ihr: »Hew ick et nich seggt, et harr wat to bedüden? Denkt Se noch an dat gräsige Bummsen?« Und o Schrecken, das dröhnende Geräusch, das die Frauen damals gehört hatten, wiederholte sich genau, als der Sarg für die kleine Leiche gebracht und von dem Tischler auf die hohle Kellerluke gestellt wurde.

Als die Beerdigung vorüber und für meine Eltern das Haus so unsagbar öde und leer geworden war, da war es wieder die unheilverkündende Frau Fischer, welche die Worte sprach: »Hier in'n Huse passeert noch mehr«, und leider hatte sie recht. Mein allerliebster, drolliger Spielgefährte, mein Bruder Ludwig, unser Jüngster, der Liebling der Eltern, lag vier Wochen später auf derselben Stelle im Sarge. Noch einmal hatte meine Mutter das dumpfe Geräusch zu hören; nur einen einzigen herzzerreißenden Schrei hat sie ausstoßen können, als man den kleinen Toten aus dem Hause trug.

Nur allzu deutlich sehe ich noch ihr geisterbleiches Antlitz mit den ins Leere starrenden Augen; sie hatte keine Tränen, aber die ungeweinten Tränen sind bekanntlich die heißesten.

Wie mein Vater mir in allen Lebenslagen stets ein leuchtendes Vorbild gewesen ist, so habe ich ihn auch bei diesen schweren Schicksalsschlägen nur bewundern können. Wo es galt, seinen Gemütszustand zu verbergen, zeigte er Gleichmut und ein eigentümlich verschlossenes Wesen; aber in späteren Zeiten ist es mir klar geworden, wie es da drinnen bei ihm getobt und wie der Schmerz bei ihm genagt hat.

Regelmäßig an jedem Sonntage wanderten wir nun hinaus zum Heerdentors-Friedhof und umstanden die kleinen Gräber. Als die Hügel geebnet waren, stieß mein Vater mit seinem Spazierstock in die lockere Erde. Der Sarg des Bruders war der Oberfläche so nahe gekommen, daß der Stock den Deckel desselben berührte, denn der Kirchhof war überfüllt und wurde bald darauf für Beerdigungen geschlossen.

Ein größeres Familiengrab lag, durch einen schmalen Weg von unsern Gräbern getrennt, denselben gegenüber. Auf diesem Grabe befand sich ein hohes, massives Eisenkreuz, und dort, wo der Querbalken den Stamm des Kreuzes durchschnitt, war plastisch eine goldene, sich in den Schwanz beißende Schlange. In diesem Ringe sah man einen Schmetterling mit ausgebreiteten Flügeln und darunter die Worte, ebenfalls in erhabenen goldenen Buchstaben: »Tot ist nicht tot!« Mein Vater erklärte uns, die Schlange sei das Symbol der Unendlichkeit, und der Schmetterling bedeute die Auferstehung. Oft und lange hat meine Mutter dieses Sinnbild und die goldenen Worte angestarrt; sie hat manches Jahr gerungen und versucht, darin einen Trost zu finden, aber sie war nicht dazu veranlagt, es ist ihr nicht geglückt. –

»Dreißig Jahre muß von nun ab Alles hier unberührt liegen bleiben«, sagte mein Vater, als wir eines Sonntags wieder den Kirchhof verließen. Wo sind die dreißig Jahre geblieben? Jetzt erinnert wohl nichts mehr daran, daß dort, wo die schönen Anlagen sind, einstmals unter kühlem Rasen Tausende ausgeruht von ihrer Arbeit.

Und weiter rollt das Rad der Zeit, noch einige Jahrzehnte und niemand denkt mehr daran, wieviel Schmerz und Gram, wieviele gebrochene Herzen und ungezählte Tränen diese Stätte einst gesehen und getragen hat.

Wenn wir Sonntags dem Heerdentors-Friedhof den Rücken gekehrt hatten, wurde gewöhnlich ein Spaziergang in den damals im Entstehen begriffenen Bürgerpark[46] unternommen. Das Ziel unserer Wanderung war jedesmal »Hemlebs Friedenszelt« am Kuhgraben. In diesem Sommergarten herrschte Sonntags ein reges, aber sinnig gemütliches Treiben, ein Stück altbremisch-bürgerlichen »Sonndags-Vergnögen.« Wenn die Sonne im Sinken war, ging es wieder dem Hause zu und die Eltern betraten dasselbe mit ebenso schwerem Herzen, wie sie es verlassen hatten, denn zwei Stühle an unserm Tische blieben leer.

Auch für mich begann eine trübe Zeit. Zwar kann man als sechsjähriger Junge[47] noch nicht teilnehmen am Schmerz gebeugter Eltern, aber wenn man Vater und Mutter immer so traurig und verschlossen sieht, wenn kein fröhliches Lachen oder munterer Scherz im Hause zu hören ist, dann wird einem so bange, so eigen zu mute. Ein Kind, das der Liebe und Zärtlichkeit des Mutterherzens entbehrt, ist wie eine Blumenblüte im Mondenschein; sie zieht sich fröstelnd in ihren Kelch zurück und sehnt sich nach dem wärmenden Sonnenstrahl. Ich habe diese Eindrücke nie vergessen können.

Meine Mutter kannte die beiden ihr verbliebenen Kinder kaum noch, mechanisch erfüllte sie ihre häuslichen Pflichten; aber für mich gab's kein freundliches Wort; es schien als hätte sie alle Liebe zum Kirchhof gebracht. In späteren Jahren hat sie's mir oft geklagt, wie's ihr so unsagbar weh im Herzen war, wenn sie beobachtete, wie ich so ganz allein auf dem Deiche spielte; denn die ältere Schwester ging bereits zur Schule.

Doch die Zeit war auch hier die beste Trösterin, und wie allmählich das kranke Mutterherz genesen ist, war auch für mich wieder ein Plätzchen drin. Der Umgang mit der abergläubischen Frau Fischer war in der Zeit der traurigen Ereignisse für meine seelisch und körperlich leidende Mutter durchaus nicht von Vorteil; denn auch jetzt ließ die Frau ihren Unkenruf ertönen: »Hier passeert noch mehr in'n Huse!« Und eines Tages setzte sie leise und angstvoll hinzu: »Jetzt kam ick an de Riege«, und merkwürdig war's, bald darauf stand wieder ein Sarg auf der Kellerluke; noch einmal kamen die schwarzen Männer und holten sie weg, die alte rätselhafte Frau Fischer.

Man sagt: »Wo Schwalben im Hause nisten, herrscht das Glück«. Bei uns schien's umgekehrt zu sein; wo das Glück fortzieht, ziehen auch die Schwalben fort. Eines Mittags, es war im August desselben Jahres, um-

---

[46] Mit der Anlage des Bürgerparks auf der Bürgerweide war in Drostes Geburtsjahr begonnen worden, und zwar mit der stadtnahen Hälfte (später kam der Teil hinzu, der bis an den Stadtwald reicht).
[47] Georg wurde am 13. Dezember des Jahres sechs Jahre alt.

flatterte das Schwalbenpaar in auffälliger Weise das Nest; sie pickten heftig daran, schlugen mit den Flügeln dagegen, und siehe da: Klapp, da lag es zu unseren Füßen auf der Hausdiele. Diesen merkwürdigen Vorgang habe ich selbst erlebt und mit eigenen Augen gesehen, ebenso meine Eltern und meine Schwester. Die Schwalben haben ihr Nest gewaltsam zerstört und herabgeworfen. Sie flatterten noch ein paarmal im Hausflur umher, setzten sich zum letztenmal auf die Stubentür, wetzten ihre Schnäbel und dann: »Wiwitt!« fort waren sie und sind niemals wieder zurückgekehrt. Ebenso wie uns nie eine Erklärung für das dröhnende Geräusch im Hause geworden ist, haben wir auch nicht die eigentliche Ursache ergründen können, weshalb die Schwalben ihr Nest zerstört haben; kluge Leute meinten freilich bedeutungsvoll: »De Swalken känt den Liekengeruch nich verdrägen, darum hebbt se dat Nest runner smäten«.

Der Frühling kam und brachte auch seine Schwalben mit. Wir hatten das Flugloch frei gemacht, und warteten und warteten – aber vergebens. Ich ging betrübt ans Ufer der Weser, wo die Schwalben über das Wasser strichen, und sang sehnsuchtsvoll: »Liebe Schwalben kamt doch wedder, boo't jo'n Nest doch achtern Diek!« Dann legte ich mich ins Gras, starrte den blauen Himmel und die segelnden Wolken an. Zwitschernd und schwatzend strichen die Schwalben dicht über mich hin und raunten mir zu:

>»Känt nich wedder boo'n,
>Känt nich wedder boo'n
>Achtern Diek, achtern Diek,
>Dor is't nich to troo'n,
>Dor is't nich to troo'n,
>Steiht 'ne Liek, steiht ne Liek!«

4.
Unsere Nachbarschaft.

Wer hat Großmutter Boschen gekannt? – – Niemand? – Schade! Aber es ist nicht schwer, das Versäumte nachzuholen, man begebe sich in den Bleikeller unter unserm Dom, dort lasse man sich die sogenannte »englische Gräfin« vorstellen; das ehrwürdige Ledergesicht dieser Dame denke man sich beschattet von einer großen, schwarzen, weit vorstehenden Haube, etwa wie sie die katholischen Schwestern tragen; im Hintergrunde dieses Haubenvorsprunges eine mächtige Hornbrille mit breiter Fassung und Gläsern von der Größe eines Fünfmarkstückes. Tausend kleine Runzeln und Fältchen im Gesichte, machte sie mit ihren ausdruckslosen Zügen tatsächlich den Eindruck, als ob sie soeben aus dem Bleikeller auf Urlaub gekommen sei. Im Jahre 1780 geboren, war die Allerwelts-»Großmudder Boschen« die älteste Anwohnerin »Achtern Diek«.

So habe ich sie gekannt in den Jahren meiner Jugendzeit; so sehe ich sie im Geiste noch heute an ihrem kleinen Fenster sitzen, mit einer Handarbeit beschäftigt oder in einem alten Gesangbuche lesend. Das Buch schien von vornherein für schwachsichtige alte Leute gedruckt zu sein, denn die Buchstaben waren enorm groß und wenn man durch die Fensterscheiben mit durch die beim Lesen auf Großmutters Nasenspitze hängende Brille sah, so erschien die Schrift beinahe von der Größe eines Zeitungskopfes. Die Brillengläser waren Vergrößerungslinsen, auf beiden Seiten erhaben, und wer Gelegenheit hatte, der Alten unter die Haube in das Antlitz zu sehn, dem erschienen ihre Augen in einer fürchterlichen Größe. –

Ihr Haus stand dem unsrigen am nächsten und wir hielten gute Nachbarschaft mit der alten, urgemütlich »Großmudder Boschen«. Aber an ihr hat sich das Sprichwort: »90 Jahre der Kinder Spott«[48] bewiesen, und ich denke noch mit Reue daran, wie ich im Übermut meiner Flegeljahre mit andern

---

[48] Sprichwort:
Zehn Jahr ein Kind,
zwanzig Jahr ein Jüngling,
dreißig Jahr ein Mann,
vierzig Jahr wohlgetan,
fünfzig Jahr stille stahn,
sechzig Jahr geht's Alter an,
siebzig Jahr ein Greis,
achtzig Jahr nimmer weis,
neunzig Jahr der Kinder Spott,
hundert Jahre gnade Gott.

Spießgesellen und Altersgenossen die gute Alte gefoppt, geärgert und geängstigt habe. Aber man weiß sich ja so leicht zu trösten: »Jugend hat keine Tugend« und »De ruhgsten Fohlen weerd de glattsten Peere«.

Wenn die gute Alte so am Fenster saß und Strümpfe stopfte, dann war das Einfädeln des Wollfadens immer ein großes Gaudium für uns, denn dies Experiment dauerte immer minutenlang. Sie zielte und zielte, aber die zittrigen Finger steckten den Faden immer vorbei, bald rechts, bald links. »Großmudder Boschen schutt een Hasen dod!« »Großmudder, ziel doch!« »Feste! Bums! Wedder vorbi!« So höhnte und johlte es hinter ihrem Fenster. Endlich, wenn es ihr zu bunt wurde, drehte sie langsam und mechanisch wie eine Wachsfigur den Kopf zum Fenster; aber der Ausdruck ihres Gesichtes blieb unverändert, denn ihr Mienenspiel funktionierte nicht mehr. Dann erhob sie sich schwerfällig, stützte sich auf einen dicken, mit einer mächtigen krummen Krücke versehenen Stock und schlürfte gebeugt und mühsam, Stopfnadel und Garn in der welken Hand, zu meiner Mutter: »Nabersche, drah se mi dit mal in, de vermuckten Jung's lat't mi nich dar to kamen«. Meine Mutter war gern bereit und mit der eingefädelten Stopfnadel strebte die Alte wieder ihrer Behausung zu.

Während dieser Zeit waren wir Jungen aber nicht untätig gewesen. In dem Augenblicke, als sie sich erhob, war alles vom Erdboden verschwunden; hinter den dicken Pappelbäumen, in Winkeln und Ecken flüsterte und kicherte es teuflisch. Wenn sie aber in unserm Hause war, stürzte alles hervor und im Nu war der Fensterladen vor »Großmudder Boschens« kleinem Stubenfenster zugeklappt. Sie schlumpte arglos an dem geschlossenen Laden vorüber, denn die weit vorstehende Haube hinderte sie, zur Seite zur blicken; dann ging's um die Ecke, in die Haustüre und in die Stube, die sie tageshell verlassen und jetzt stockfinster wiederfand. Wir standen dann lauschend hinter dem Fensterladen und hörten, wie Großmutter brummte: »Dat is ja woll Spökeree[49], wer hätt mi dat Finster dicht makt?« Wir kalkulierten dann ganz richtig, daß sie zurückkommen würde, um den Laden zu öffnen. Sobald wir aber drinnen die Stubentüre klappen hörten, wurde mit affenartiger Geschwindigkeit der Fensterladen wieder geöffnet und wenn die Alte um die Ecke kam, war der Platz hinter ihrem Fenster leer und alles in bester Ordnung.

Durch solche und ähnliche Max und Moritz-Streiche haben wir oft der guten Alten das Leben ein bißchen sauer gemacht, uns jedoch in toller

---

[49] Vorlage: Spökere.

Jugendlust dasselbe erheitert. Oft, wenn wir es zu arg trieben, kam meine Mutter dazwischen und machte dem Spektakel ein Ende.

Als Entschädigung für die Foppereien habe ich jedoch der alten hülflosen Großmutter Boschen manchen kleinen Dienst geleistet. Ich holte für sie Wasser, spaltete ihr das Brennholz und machte sonstige kleine Besorgungen. So war auch im Winter, wenn sie gleich uns, vollständig eingeschneit, im Hause hockte, die Losung: »Jetzt möt't wi woll ook mal Großmudder Boschen ut'n Snee kleien!« und nachdem wir uns aus dem Hause herausgeschaufelt und gefegt hatten, wurde auch für unsere gute Nachbarin Bahn gemacht. Aber unvergeßlich bleibt mir die Überraschung, die wir ihr einstmals bereiteten und die sie für das Schneefegen mit in den Kauf nehmen mußte. In der Dunkelheit eines Dezember-Nachmittags waren wir mit etwa einem halben Dutzend Jungens emsig, aber lautlos damit beschäftigt, einen Schneeballen durch Hin- und Herrollen auf der Deichdossierung zu einer riesenhaften Größe zu formieren. Er bildete den Rumpf zu einem gigantischen Schneemann, den wir dicht vor Großmutter Boschens Haustüre aufpflanzten. Es fehlte Nichts daran, Augen, Mund und Nase waren aus Kohlenstücken hergestellt; sogar einen alten Zylinder meines Vaters hatten wir ihm aufgestülpt und den Schneekerl auch sonst noch mit verschiedenen Kleiderlumpen behängt. Das Beste war jedoch, daß man beim Öffnen der oberen Haustürhälfte dem Kerl direkt in das Gesicht sah; denn die Türe schlug nach Innen und die Nase des Schneemannes stieß fast dagegen. Am andern Morgen klopfte Großmutter Boschen an unser Stubenfenster: »Nabersche, kam Se doch mal rut, dar steiht een grooten Keerl vor mien Husdör!« Sie hatte sich mühsam an dem »grooten Keerl« vorbeigezwängt, um meine Mutter zu holen, und als diese, einen Lebendigen vermutend, um die Ecke bog und nun dem ernst und würdig dreinschauenden Schneemann in das Gesicht sah, brach sie doch in ein schallendes Gelächter aus.

Großmudder Boschen aber schüttelte langsam und bedächtig ihr altes Haupt und murmelte: »So'n slechte Welt, de vermuckten Jungens, mi ohlet Minsch so to verjagen; dar harr ick binah toveel von kreegen, als ick so de Husdör apen makte und de groote Keerl dar vor mi stund!«

Aber so ganz schlimm wird es mit dem Schrecken nicht gewesen sein, sie war eben zu alt und stumpf und für seelische Erschütterungen nur schwer zugängig.

Als jedoch meine Mutter ihr später einmal mitteilte: »Großmudder, jetzt kriegt wi ook een nee'n Karkhoff, de kummt nah Swachhusen, nah'n

Rhiensbarg henn,« – – da kam doch noch einmal wieder Leben in die alten verwitterten Züge: »Nabersche, is dat gewiss[50] wahr? En Karkhoff up'n Rhiensbarg, wo ick geboren bin, wo mien Ollernhus stahn hett; un dor kam ick to ruhn, wenn ick doode bin?« Dann faltete sie die welken Hände und ein paar helle Tränen perlten unter der großen Hornbrille hervor, langsam von einer Runzel in die andere die pergamentartigen Backen herunterrinnend.

Aber ihr Grab auf dem Rhiensberger Friedhof war keineswegs eines der Ersten, sie erreichte das seltene Alter von 98 Jahren. Der Tod war für sie keine Qual, aber auch keine Erlösung aus Krankheitsqualen. Er war der natürliche Schluß eines naturgemäß geführten Erdendaseins. Unbewußt, ohne Todeskampf, indem sie friedlich im Lehnstuhl saß, verlängerte sich ihr Mittagsschlaf zum ewigen Schlaf; ihre Lebenskraft war harmonisch bis zum letzten Rest verbraucht. Wie selten ist doch in unseren Tagen ein solches Lebensalter und ein solch schöner natürlicher Tod!

Ging man durch den erwähnten Gang an der Haustür der Witwe Boschen vorbei, so befand man sich auf einem Hofplatze, der, nur etwa 8–10 Meter im Geviert, von mehreren kleinen Häuschen begrenzt wurde. Um den Kontrast zwischen dem Vergangenen und der Gegenwart in das richtige Licht zu stellen, kann ich nicht umhin, den verehrten Leser auch dorthin zu führen, ihm die Menschen, die einst auf dem jetzigen Frerich'schen Grundstück gehaust haben, zu zeigen und, so weit dies möglich, auch die Verhältnisse zu schildern, in welchen sie gelebt haben. Und was für Verhältnisse waren es! Ich nannte die Behausungen Häuschen. Das klingt freilich ganz niedlich; auch Hütten wäre recht poetisch, aber in Wirklichkeit waren es elende, jammervolle Höhlen, erbärmliche Löcher. Man würde Bremen und Umgebung vergeblich absuchen, um eine menschliche Behausung zu finden, die nur annähernd eine Ähnlichkeit hätte mit den trostlosen Baracken, die sich hinter dem Hause der Großmutter Boschen befanden. Ein rohgezimmertes Balkengefüge war mit Weidengeflecht ausgefüllt und mit Lehm verschmiert und verputzt, und auch der Fußboden bestand aus Lehm. In einer solchen Behausung, die nur aus einem einzigen Raume bestand, lebten und wirtschafteten Menschen, die teils unverschuldete, bittere Armut in solche Verhältnisse gedrängt, teils in ihrer Schwäche auf

---

[50] Vorlage: gewisse.

eine tiefe Stufe menschlicher Verkommenheit gesunken, durch Trunksucht und Laster dorthin gekommen waren.

Freilich, als Kind sieht man das Leben nicht von der tragischen Seite an, aber ich habe die Szenen doch nie vergessen können, die sich dort abgespielt haben; ich habe dort Menschen im tiefsten Elend verkommen sehen. Hunger und Not herrschten in dieser traurigen Kolonie des Unter-Proletariats. Obgleich unsere häuslichen Verhältnisse die denkbar einfachsten waren, so hielten wir uns doch für die reinen Aristokraten gegenüber diesem Takelzeug.

Aus diesen Gründen war es mir auch von meinen Eltern auf's strengste verboten, durch Großmutter Boschens Gang zu gehen und den Hinterhof zu betreten, oder gar mit den dort lebenden, von Schmutz und Lumpen starrenden Kindern zu verkehren, die oft tagelang ohne jede Aufsicht das Aussehen hatten, als seien sie von einer Zigeunerbande ausgestoßen.

Trotzdem fanden sich oft Gelegenheiten, dieses Verbot zu umgehen, und ich habe manchen Blick hineingetan in die Jammerhöhlen und das grinsende Elend dort mit angesehen. Wie manches Mal gab es dort abends oder gar nachts scheußliche Szenen, wüstes Geschimpfe, Raufereien und nicht selten blutige Schädel.

Aber auch diese Sache hatte wieder für die Umwohnenden und besonders für die Jugend ihre heitere Seite, und es war allemal ein großes Gaudium, wenn sich die Gesellschaft auf dem Hinterhof in den Haaren lag. »Hüte abend giwt dat woll wedder ene schöne Nachtmusik, Koort Wenzel un de »Hess'« sind wedder mit'n bösen Brand an de Borg kamen,« hieß es in der Nachbarschaft.

Koort Wenzel war ein ehemaliger Sandschiffer, der seine Arbeitskraft zum größten Teil dem Fusel geopfert hatte; jetzt war er Gelegenheitsarbeiter. Doch war dies so zu verstehen, daß er sich ängstlich bemühte, jeder Gelegenheit zum Arbeiten aus dem Wege zu gehen. Seine getreue Ehehälfte Jenni handelte mit »frische Schellfisch un Butte«, und dieser Handel mußte denn auch für Koort die täglichen Schnapsgroschen abwerfen. Kupferrot, mit einem bläulichen Schein, leuchtete sein Gesicht, und die Nase glich einer dicken, reifen Erdbeere.

»De Hess'« war ein kleines Kerlchen aus »Dormschtodt«. Wenn er sprach oder schimpfte, geschah dies in einem Gemisch von Bremer Platt- und hessischem Hochdeutsch. Ein geborener Zigarrenmacher, hatte er aus Gesundheitsrücksichten diesem Beruf den Rücken gekehrt; denn es war ihm »uff de Luft gefalle, un er kunnt den Schtoob nit verdraache«. Gegen diesen »Schtoob« gebrauchte er dieselbe Universal-Medizin, die auch Koort Wenzel als Grillenscheucher und Sorgenbrecher zu sich nahm.

Der Hess' betrieb jetzt einen Produktenhandel *vulgo* Lumpensammeln. Da er jedoch sein Betriebskapital größtenteils in Medizin anzulegen pflegte, bezw. es in verschiedenen Branntweinbrennereien als stiller Teilhaber einschoß, so verschaffte er sich stets seine Knochen, Lumpen, Metall und dergleichen auf dem Wege der Freibeuterei, indem er wie ein emsiger Naturforscher die Schuttablagerungsplätze am Weserstrande eifrig durchschnüffelte und alles, was ihm dessen würdig schien, in seinen Lumpensack gleiten ließ.

Da er jedoch seine Studien auch auf andere Gebiete auszudehnen pflegte, und da er als Geschäftsprinzip die brittische Devise: »*All is fish, that comes in our net*«[51] erwählt hatte, so verschwanden in der Tiefe seines Zaubersackes sehr oft Gegenstände, die der Polizei Veranlassung gaben, den eifrigen Sammler ab und zu ins Verhör zu nehmen. Dann war er plötzlich auf einige Zeit von der Bildfläche verschwunden. Die Nachbarschaft erzählte sich dann: »De Hess' hätt sick woll wedder wat unner'n Nägel stott't«, und ein anderer meinte: »De arme Deubel hett ook gar to klebrige Finger, dar bliwt em alle Näse lang wat an sitten, jetzt weert se em woll wedder de Hänne waschen in Kricks Hotel (Detentionshaus vor dem Ostertor)«.

Spinnenfeindschaft herrschte zwischen Koort Wenzel und dem Hessen, und der geringfügigste Anlaß wurde beiderseits benutzt, um sie so oft wie möglich zum Austrag zu bringen. Hei! Da gings ja schon wieder einmal los! »Horch, der Wilde tobt schon an den Mauern!«[52] Alle Gebote und Verbote waren in den Wind geschlagen; schnell durch den Gang, und wie eine Katze kauerte ich hinter dem alten Ellhornbusch[53] in sicherem Verstecke.

Das war ein Gaudium! »Wenn du dine ohlen verdammten Zigarrenmakerswine noch mal upp'n Hoff lopen läßt«, brüllt Koort Wenzel, »denn pett ick jem dat Knick aff. Hest' mi verstahn, du blinne Hess'[54]?« Der »Hess'«

---

51 Volkstümlich, in »Witts Recreations« von 1644 heißt es:
But death is sure to kill all he can get
And all is fish with him that comes to net.
52 Aus Schillers Gedicht »Hektors Abschied«.
53 Möglicherweise Hörfehler, statt: Ellernbusch = Erlenbusch.
54 Der blinde Hesse: Gestalt der Bremer Volksdichtung:

blieb ihm die Antwort nicht schuldig: »Wenn du dir unnerschteihst, un vergribbst dir an meine Kanickel, dann schlog ick dir die Gnoche gabutt, du Affekopp!« Na, das war etwas für unsern Koort; er setzte sich in Positur: »Wat wullt du, Pollak? Gnoche kabutt! Du Hampelmann! Di lat ick mit'n stieben Arm ut'n Finster verhungern. Kumm doch mal her, du Smachtlappen, ick sett di äber'n Diek un lat di versupen, wie'n Waterrotte.«

So ging's hinüber und herüber, bis schließlich einer der beiden Helden zum Angriff überging. Die beiderseitigen zarten Ehehälften stürzten sich mit fliegenden Haaren und flatternden Fahnen mit in den Kampf. So mußte es kommen, das war was Rechtes! Oftmals kam die Polizei dazwischen und stiftete Ruhe, manchmal fiel auch dem Nachtwächter diese nicht gerade dankbare Aufgabe zu.

Ebenso interessant war's auch, wenn sich spät abends oder nachts häusliche Szenen abspielten zwischen Koort und seiner Schellfisch-Jenni. Anfangs hörte man ein dumpfes Grollen und Knurren aus Koorts Kehle, unterbrochen von Jennis kreischender Schellfischstimme. Auch einzelne Sätze waren schon zu verstehen: »Du Fulpuk, scholl'st man arbeiten, aber ick kann mi for di to Schanne quälen, du ole Lunkepunk. Morgen in'n Dage gah ick nahn Senator un lat di nahn Drehmaster twuschen de Bruggen bringen.« Jetzt platzte die Bombe. Bumms! Bumms! Klirr, Batsch! Dann gellende Schreie aus weiblicher Kehle: Hulpe! Hulpe! Hu! Wächter, Hulpe!

Wer so etwas zum erstenmal Male hörte, hätte geglaubt, daß Koort seine Jenni mindestens kalt machen würde; aber dazu ist es nie gekommen, im Gegenteil: »Die Liebe seh' ich aus des Hasses Flammen wie einen neuverjüngten Phönix steigen.«[55] Am andern Morgen sah man das würdige Ehepaar friedlich und einträchtig ihr trautes Heim verlassen. Koort trug den Fischkorb; Jenni aber hatte einen Verband von sehr zweifelhafter Weißheit um den Kopf. »Se har sick in'n Distern 'n beten stott.« Dies war die Ant-

---

Wuppup Maidag!
Wenn de Vagel Eier leggt,
Kumt de blinde Hesse
Mit'n scharpe Meste,
Snitt den Kinnern den Kopp af [...]
(aus: Kinder- und Ammen-Reime in plattdeutscher Mundart [von Heinrich Smidt]. Dritte Auflage. Bremen [1906]: E. v. Masars, Seite 12).
55 Schiller, Die Braut von Messina I/6:
Du siehst die Liebe aus des Hasses Flammen
Wie einen neu verjüngten Phönix steigen.

wort für teilnehmende Seelen, die sich nach der Ursache von Jennis Kopfblessur erkundigten.

❖

In der elendesten und kleinsten der oben beschriebenen Wohnungen hauste die »alte Rieke«, eine hagere knochige Gestalt, das Gesicht zitronengelb mit vorstehenden Backenknochen und unheimlich und scheu blickenden Augen. Niemand wußte, woher sie stammte, niemand kannte ihren Hausnamen, man bemerkte nur, daß sie morgens mit einem leeren Sack ihre Behausung verließ und abends denselben Sack wieder leer unter dem Arme trug. Man wollte sie einmal gesehen haben, wie sie beim Stau und im Blocklande Kamillenblumen sammelte, und man erzählte sich, daß sie diese Kamillen zu einem Bäcker brächte, trocknen ließ und dann an die Apotheker verkaufte.

Wenn sie stieren Blickes und mit schwerfälligen Schritten über den »Platz« ging, wie wir die planierte Fläche zwischen dem alten und dem neuen Deich nannten, machte ich stets einen großen Bogen um sie herum, wenn sie mir gerade in den Weg kam; denn ich hatte eine merkwürdige Furcht vor dieser zerlumpten Person, obgleich sie niemandem etwas zuleide tat. Aber sie sprach mit keinem Menschen und hielt sich, wenn sie in ihren vier Pfählen war, stets zurückgezogen hinter ihrer verrammelten, rohgezimmerten Haustüre. Ein kleines, aus vier Scheiben bestehendes Fenster war von innen mit einem Sack verhangen.

Nun geschah es, daß man die alte Rieke bereits seit mehreren Tagen nicht gesehen hatte, und ich hörte, wie mein Vater eines Abends sagte: »Es hilft alles nichts, es ist unsere Menschenpflicht, daß wir uns um die Person bekümmern; denn das Pack dahinten quält sich um nichts.«

Am andern Tage faßte sich meine Mutter ein Herz, nahm mich bei der Hand und[56] wir begaben uns durch den Gang, bis vor die Türe der alten Rieke. Die Tür war von innen verriegelt. Meine Mutter klopfte wiederholt; aber drinnen rührte sich nichts. Dann nahm ich einen halben Mauerstein und schleuderte denselben trotz der Abwehr meiner Mutter gegen die Brettertür, daß es krachte; aber inwendig blieb alles still. Die Alte mußte also tot sein. Denn im Hause war sie, weil die Tür ja von innen verriegelt war.

---

[56] Vorlage Satzfehler: nnd.

Meine Mutter wollte schon unverrichteter Sache wieder nach Hause gehen, doch ich gab mich nicht zufrieden. Eine der Fensterscheiben war zerbrochen; ich konnte also den Sack mit der Hand fassen und nach längerem Zerren fiel er herunter und wir konnten nun in den Raum hineinsehen.

Ich habe viele Geschichten gelesen mit fantastischen Beschreibungen von Bettlerwohnungen und Verbrecherhöhlen, Beschreibungen, daß es einem beim Lesen heiß und kalt wurde; aber die nackte Wirklichkeit ist doch etwas ganz anderes.

In einer Ecke auf dem Lehmfußboden, einige Säcke und Lumpen als Unterlage, kauerte die Gestalt der alten Rieke. Man konnte nicht erkennen, ob noch Leben in ihr war. Meine Mutter brachte ihr Gesicht an das Loch in der Fensterscheibe, prallte aber zurück, angeekelt von der greulichen Luft, die daraus hervorströmte, dann aber rief sie doch hinein: »Rieke, lewt Se noch?« Ein schwaches Stöhnen war die Antwort aus der Ecke. Meine Mutter wußte jetzt genug und wußte auch, was sie zu tun hatte. Wir begaben uns sofort zum Polizeibüro vor dem Steintor und machten den Beamten Mitteilung von dem Gesehenen.

Nach etwa einer Stunde kam ein Polizist mit dem wohlbeleibten Dr. P. über den »Platz« und in unser Haus; die Herren baten meine Mutter, sie an den Ort des Elends zu führen. Dort angekommen kommandierte der Doktor: »Machen Sie mal auf, den Ziegenstall!« Aber die Tür war verriegelt. Ich wußte Rat; schnell lief ich nach Haus, holte ein Beil und nach einigen Schlägen hatte der Polizist die Tür geöffnet. Ich durfte nicht mit hinein, hatte auch kein Verlangen danach, merkte aber sehr wohl, daß es auch den beiden Männern schwer fiel, den Raum zu betreten. Ich weiß nur noch, daß später der Arzt und der Beamte vor unserm Hause ihre Kleidung reinigten und bürsteten und ihre Hände wuschen, daß abends ein unheimlich aussehender, zweirädriger Krankenwagen kam, mit einem plattaufliegenden Lederverdeck. Es war bereits dunkel geworden, als die beiden Männer, welche den Wagen gebracht hatten, ihn fortschoben. Wir wußten, wer sich in dem Wagen befand – die alte Rieke. Auf dem Transport zur Krankenanstalt ist sie gestorben.

Am andern Tage – es war an einem Sonntag – begab sich mein Vater aus Interesse und Neugierde in die von der alten Rieke verlassene Höhle, und ich durfte ihn begleiten. Um gegen den dort zu erwartenden Gestank gesichert zu sein, hatte mein Vater sich eine Tabakspfeife angezündet, deren Rauch sich jedoch als wirkungslos erwies.

Die nähere Beschreibung würde gegen die Ästhetik verstoßen; man hatte eben den Eindruck, als ob man sich in einen Schweinestall begebe. Es fand sich absolut nichts vor, was daran erinnerte, daß dieser Raum einem Menschen als Aufenthaltsort gedient hatte. Außer den in der Ecke liegenden Lumpen und alten Säcken, außer einigem halbzerbrochenen Geschirr, nur Schmutz.

Um das Widerliche und Menschenunwürdige eines solchen Zustandes richtig darstellen zu können, müßte man die Schilderungsgabe eines Theodor Storm, oder die Feder eines Otto Ernst zur Verfügung haben. Mir ist beides nicht gegeben; auch würde in der näheren Ausführung eine Anklage gegen die Menschheit liegen; denn die alte Rieke ist in dem Loche tatsächlich verhungert. An Nahrungsmitteln befand sich in dem Raume nicht das Geringste, nicht ein Brotbrocken.

Nach einiger Zeit hatte sich der als de »Hess'« bezeichnete Lumpensammler in der ehemaligen Behausung der alten Rieke eingenistet und benutzte den Raum als Kaninchenstall; er konnte nun die Züchterei seiner »Zigarrenmakerswine« engros betreiben, ohne fürchten zu müssen, daß der gewalttätige Koort Wenzel den Tieren das Genick abtrat. Die armen Viecher haben jedoch dort manche Hunger- und Entfettungskur durchmachen müssen; denn wenn der Hesse einige Tage in stiller Zurückgezogenheit in »Kricks Hotel« vor dem Ostertor verbrachte, bekümmerte sich kein Mensch um die Kaninchen. Doch haben wir Jungens sie vor dem Hungertode bewahrt, indem wir ab und zu am Deiche Gras rupften und dies durch die zerbrochene Fensterscheibe steckten.

Der idyllische Hof, der Schauplatz der geschilderten Vorkommnisse, hat auch für einige Jahre die Ehre gehabt, eine der berühmtesten und bekanntesten Bremerinnen zu seiner Anwohnerschaft zu zählen. Und zwar war es das Urbild der Gottlob Bünteschen »Frau Ida Blitz, geborene Ungewitter« (Leidchen D . . . .)[57]. Über sie, die Gefürchtete, die Unbesiegbare, die kugelrunde Obsthändlerin, die fast ein Menschenalter die unbestrittene Beherrscherin des Rolandmarktes war, könnte ich gar vieles schreiben, könnte erzählen von den mannigfaltigen Kämpfen und harten Sträußen, die wir Jun-

---

[57] Gottlob Bünte, Pseudonym: Jan vun Moor, Bremer Volksschriftsteller, Anspielung auf eine Gestalt in seinen »Fünf Bremer Geschichten« (1884); der Name wird in »Trintjen Trellen« (in: Sunnenschien un Wulken, 1912), in »De Borgerfro un de Appelhökersche« (in: For de Fierstunnen, Zweite Auflage, 1922) und in »Old Bremer Originale« (in: »Ut mien Muskantentied«, 1925) als ›Leidchen Donners‹ angeführt, das Bremer Namensanhängsel weggelassen, also vermutlich: Adelheid Donner.

gens sowohl mit ihr, wie auch mit ihren beiden fettleibigen, ruppigen, schwarzen Kötern gehabt haben. Aber eine geheimnisvolle Macht hält mich davon zurück, denn selbst nach ihrem Tode übt sie einen suggestiven Einfluß auf mich aus. Wie eine Vision steht sie vor mir, die eine Faust auf die Hüfte gestemmt, die andre dräuend ausgestreckt; der Mund ist weit geöffnet und hat sich zum Kreise gerundet, und alles, was ich einst aus diesem Höllenschlot herausprasseln hörte an Schimpfworten, dringt wieder auf mich ein. Denn wehe! wenn sie losgelassen. Sie forderte einst nicht nur die Polizeidiener, sie forderte einen ganzen Gerichtshof in die Schranken, so daß Staatsanwalt und Gerichtshof sprachlos waren. Das geschah in einem Beleidigungsprozeß.

Aber der Lateiner sagt: »Von Toten soll man nur Gutes reden«, und darum: »Friede ihrer Asche!« Sie ist gestorben in Ehren; denn sie hielt sich stets für eine »Appelhökersche mit Ehren«, wie ich einst gelegentlich eines Zungenkampfes aus ihrem Munde hörte, als ihr Koort Wenzel zurief: »Du ohle Drache, du Appelhökersche!« Aber jedes dieser Schimpfworte quittierte sie mit einer nichts weniger als graziösen Verbeugung; jedoch nach der entgegengesetzten Richtung, als es sonst unter Kulturmenschen üblich ist, indem sie ausrief: »Mit Eehren! mit Eehren!« Das »Ee« wurde dabei natürlich mindestens drei Vierteltakte langgezogen.

Originale, ob männlich oder weiblich, sind mir immer interessant gewesen, und in diesem Punkte darf ich wohl von mir auch auf andere schließen; erfreut sich doch so ein Bremer Unikum immer der größten Popularität. Was Wunder also, wenn wir die Bilder aus unserer Jugendzeit oft und gern wieder aufsteigen sehen und uns ergötzen in der Erinnerung an dieselben. Gerade unsere Nachbarschaft »achtern Diek« war reich an Originalen, und da ich es mir zur Aufgabe gemacht habe, diese zu schildern, so kann man mich nicht verantwortlich dafür machen, wenn meine Gemäldegallerie etwas reichlich mit Frauentypen bedacht ist. –

Dort, wo jetzt der wohlgepflegte Hintergarten des herrschaftlichen Hauses von W. Albers (Osterdeich 29) sich befindet, stand das Haus von Katharine Trelle, oder »Trintjen Trell'n« wie sie von der Nachbarschaft genannt wurde. Es ist und bleibt einmal typisch-bremisch, daß dem Hausnamen weiblicher Personen unbedingt noch ein Buchstabe angehängt werden muß. »Froo Meyers« und »Froo Mullers«, »Froo Krusen« und »Froo Schulzen«. Aber trotzdem bleibt unser Bremer Platt doch obenan, mag unser verehrter Fritz Reuter noch so sehr »sin leiw Mekelburger Sprak« verherrlichen, mag der Hannoveraner noch so selbstbewußt seinem Landsmann zurufen: »Mick un Dick sall de Deibel nix daun!« und mag es der Hamburger noch so »scheun, gräun, buten Dammdor« finden: Nord, Süd, Ost, West, Bremen best'. Möge mit deinem reinen Roggen Bremer Brot sich auch das reine Bremer Platt erhalten. Damit hielt es auch unsere Nachbarin, die eben genannte »Trintjen Trell'n.«

Das von ihr bewohnte Haus war von derselben Bauart wie das unsrige, nur kleiner. Hier war sie geboren, hier hatten ihre Eltern wie auch ihre Großeltern einst gehaust; aber sie, als die Letzte ihres Stammes, war ledig geblieben und zur alten Jungfer verschrumpft. Die Erklärung hierfür lag so nahe, daß jedermann sie ihr vom Gesichte ablesen konnte. Wer Trintjen ansah, mußte eben lachen. Zwar hatte sie wie alle andern Menschen die Nase mitten im Gesicht, aber was für eine Nase! »Trintjen ehre Näse is en richtige Regentunnen«, sagte man »achtern Diek«, »denn wenn et regent, denn regent it ehr in de Näsenlöker«. Zwei geschlitzte Chinesenäuglein blinzelten und schielten blöde und nichtssagend in die Welt hinein, der Mund war von enormer Breite, »wenn se lacht, denn kriegt de Ohren Besuch.« Dieses Gesicht hätte wohl einen Wilhelm Busch begeistern und ihn zu neuem Schaffensdrang entflammen können, aber einen Freiersmann konnte es nicht reizen. Auch kam noch dazu, daß Trintjen wegen eines alten Beinschadens humpelte, und von diesem Leiden erzählte sie jedem, der es hören oder auch nicht mehr hören wollte, zum so und so vielten Male: »Mit min unglucklichet Been bin ick dreeviertel Jahr upp'n Krankenhus wesen, un wenn darmals de nöe Assistenz nich kamen weer, denn harr'n se mi, weiß Gott, dat Been adoptiert.« Diesen Satz wußte ich als kleiner Junge wörtlich auswendig, denn Trintjen kam, wenn meine Großmutter zu Besuch war, auch manchmal zu uns. Schon aus der Ferne hörte man sie schlürfen: »Eenundartig – tweeundartig.«[58] »Trintjen Trell'n kummt,« sagte meine Großmutter dann, »wenn se in de Stuben kummt, denn kiek ick in't Brodschapp, man kann ehr doch nich glieks so in't[59] Gesicht lachen.« Aber endlich mußte der Kopf doch einmal aus dem Schrank heraus, und bald war ein Gestöhn und Geklöhn im Gange. Zunächst wurde natürlich »min unglucklichet Been« nach allen Regeln der Kunst durchgearbeitet; meine Mutter pflegte dann ganz besondern Wert und Nachdruck auf das »adoptieren« zu legen, aber Trintjen merkte natürlich nichts.

Hochinteressant waren auch die medizinischen Abhandlungen, die sich gewöhnlich dem Beinthema anschlossen. Sowohl Trintjen, wie auch meine

---

[58] Vorlage: ohne Abführungszeichen.
[59] Vorlage: int.

Großmutter kramten ihren ganzen Vorrat an Hausmitteln und Rezepten dann aus, wobei besonders das Rezept-Latein in haarsträubender Weise gemißhandelt wurde. Aber man wußte eben Rat für alles. »Reimerthismus, Rieten un Ramentern in'n Kopp, garstiget Feeber« und sonstige, oft undefinierbare Krankheiten kamen zur Sprache, und als Gegenmittel nannte man: »Olem popolem, Karbeiselsteen un witten Öl – Ole kole Maisalbe – Trimi Totterich – Blutegel und Schroppköppe (ein andermal waren es Schröppkoppe), auch Haarseil und Fontanell spielten eine große Rolle.

Herzerquickend wirkte es, wenn Trintjen mit uns Kindern sprach, denn sie glaubte es sich schuldig zu sein, mit Kindern nur Hochdeutsch zu reden: »Kanns mich wohl mal vorn Groten Zwirnt holen, wenn wieder komms, geb' ich dich auch 'n scheenen Apfel.«

Meine Mutter stellte sie wegen ihrer greulichen Sprachfehler einst zur Rede und machte sie darauf aufmerksam, daß es doch richtiger sei, mit den Kindern plattdeutsch zu sprechen, da sie, Trintjen, mit dem »mir« und »mich« doch niemals richtig umzugehen wisse. Nach dieser Zurechtweisung meinte Trintjen ganz treuherzig: »Tschä, ick hew'w dar ook all äber nahdacht, mit dat mir und mich. Nu seggen Se mi doch mal genau, wie heet dat eegentlich – mir oder mich?« Meine Mutter wußte nicht, ob sie lachen oder über diese verblüffende Frage mit zum Himmel gestreckten Armen aufschreien sollte; sie wandte sich stumm ab, überzeugt, daß hier für immer Hopfen und Malz verloren seien. –

Sehr häufig sah man Trintjen, beide Ellenbogen auf die untere Hälfte ihrer Haustür gestützt und das Kinn auf den beiden Händen, mit einem unsagbar dummen Gesicht ins Leere starren. In dieser Verfassung traf sie eines Abends der ehrsame Schustermeister Frese, »Knubben Frese«, wie er genannt wurde wegen der unzähligen Pockennarben oder Knubben, die sein Gesicht aufwies. »N'abend Trintjen, Se hebbt dar woll dat Meckelnborger Wappen[60] for de Dör hungen, dat makt sick ganz hübsch.« »Hier hangt ja nicks,« sagte Trintjen in ihrer einfältigen Weise, »aber Se konnen mi woll een Gefallen dohn; wenn Se nah de Stadt got, denn bringen Se mi von Plate up'r Tieber[61] een halbet Pund Limborgerkeese mit, de is so schön scharf, un den eet ick for min Leben gern, un wenn Se denn noch so got sin willt,

---

[60] Anspielung auf den Stierkopf im Mecklenburger Wappen, volkstümlich: Ossenkopp, ›dummer Ochse‹, da Trintjen hier »mit einem unsagbar dummen Gesicht ins Leere« durch die Tür starrt.
[61] Die Straße ›Tiefer‹.

denn bringt Se mi ook glieks en Stuck Seepen mit, mi fallt dat Loopen sur un ick wull morgen waschen.«

> »Ewig in des Leders Schranken
> Tummelt Schuster seine Kraft,
> Ledern werden die Gedanken
> Und das Herz zum Stiefelschaft.«[62]

Zwar hatte unser Knubben Frese sein gutes Schusterherz nie zur Mördergrube gemacht oder es zum Stiefelschaft werden lassen; gutmütig und gefällig wie er war, versprach er Trintjen, sowohl den Käse, wie auch die gewünschte Seife aus der Stadt mitzubringen.

Aber – mit den ledern gewordenen Gedanken hatte es doch so seine eigene Bewandtnis, denn nachdem Frese seine Angelegenheiten in der Stadt besorgt und nachdem er noch bei Fritz Ehlers in der »Punschharmonie« sich durch einige Glas »Warms«[63] gestärkt bezw. seine verlederten Gedanken noch so ein bischen in *Spirito alkoholiko* eingesäuselt hatte, begab er sich auf den Heimweg, und beinahe hatte er schon seine Klause hinter dem Deich erreicht, als ihm blitzartig Trintjens Auftrag durch den Kopf fuhr. Aber, was war zu tun? Wieder umkehren nach der Tiefer, um den Käse zu kaufen, dazu verspürte er wenig Lust, denn es war mittlerweile schon spät geworden, aber etwas mußte doch geschehen.

Kurz entschlossen begab er sich nach der Kreuzstraße; der dort befindliche kleine Hökerladen war noch geöffnet. Bald war er im Besitz der Seife und kehrte zum Osterdeich zurück, um sie Trintjen zu übergeben. Die Haustür war noch geöffnet, aber von Trintjen war nichts zu hören, noch zu sehen. Leise und vorsichtig legte er das Stück Seife auf die im Hausflur befindliche Anrichte, und froh darüber, vorläufig so gut davongekommen zu sein, begab er sich in seine hinter Trintjens Hause belegene Wohnung zur Ruhe.

Am andern Morgen, als Knubben Frese in gewohnter Weise auf dem Dreibein seinen stiefologisch-ledertechnischen Studien nachhing, klopfte es an die Tür seines Laboratoriums und in der Türspalte erschien der ihm so wohlbekannte klassische Kopf Trintjens, heute für ihn ein Medusenhaupt, denn ihm fielen sofort seine Sünden, oder besser, der verbummelte Käse ein. »Hören Se mal, Frese, worum hebbt Se mi gestern abend keene Seepen

---

[62] Aus einer 1840 anonym publizierten Parodie von Schillers Gedicht »Würde der Frauen«.
[63] Warmes = Punsch.

mitbrocht? Ick sä' Se jo doch, dat ick hüte waschen wull, un nu heww ick keene Seepen.«

Frese traute seinen Ohren nicht, hatte er denn gestern abend geträumt, oder war Trintjen behext? »Wat,« sagte er, »keene Seepen? Ick heww Se doch en Stuck upp de Anrichte leggt, hebbt Se dat denn noch nich funnen?« »Ne,« antwortete Trintjen, »dar leg blos de Käse und darvon heww eck gestern abend en duchtiget Stuck äten, un ick heww ook glieks markt, dat de nich von Platen upp'r Tieber weer, de harr'n ganz äbeln Gesmack.«

Eine dunkle, unheimliche Ahnung dämmerte in Freses Hirn, mit stierem Blick starrte er Trintjen an und sagte langsam und feierlich: »Trintjen, um Gotteswillen, ick frog Se, hebbt Se von dat Stuck eten, wat ick Se gestern abend upp de Anrichte leggt heww?« »Mein Gott, Frese,« vibrierte Trintjen ganz ängstlich, »wat is denn dorbi, ick dachte, dat wör de Käse.«

Der schwere Klopfstein, den Frese zwischen seinen Knien gehalten und auf welchem er kurz zuvor eine Ledersohle mit dem Hammer bearbeitet hatte, fiel mit dumpfem Dröhnen auf den Fußboden; die Arme sanken ihm schlaff am Leibe herunter, denn es wurde ihm jetzt klar, Trintjen hatte in der Dunkelheit das Stück Seife für den sehnlichst erwarteten Limburgerkäse gehalten und auch ein Stück davon verzehrt. »Trintjen, Trintjen, Se dösiget Minsch, denn hebbt Se ja gähle Seepen eeten. Ne, Kinners, Kinners, wo kann so wat angahn, hebbt Se dar denn nix von markt, Se Dussel?«

Jetzt endlich begriff auch Trintjen den Sachverhalt. »Sooo,« meinte sie gedehnt, »darvon smeckte dat gestern abend ook so slecht, aber wer kann dat helpen, dat kann en in Distern woll mal passeern; ick frei mi man, dat ick noch en Stuck äwerlaten heww, denn kann ick ja waschen, hier is ook de Groten; adjee, Frese!«

Der verdutzte Frese sah ihr eine Zeitlang nach, dann aber löste sich der Bann und er brach in ein unbändiges Lachen aus. Am Nachmittag aber wußte die ganze Anwohnerschaft die haarsträubende Käsegeschichte, und es ging von Mund zu Mund: »Trintjen Trelln het en Stuck Seepen for Limborgerkäse eeten.«

So unglaublich diese Geschichte klingt, sie ist doch tatsächlich passiert, und mancher polnischer Arbeiter, der, wie ich einst selbst gesehen habe, ein halbes Dutzend Salzheringe verzehrte und 95prozentigen Sprit dazu trank, würde Trintjen trotzdem um ihre Geschmacksnerven und ihren gesunden Magen beneidet haben.

Selbst nach Jahren hatte Trintjen unter dem Gespött wegen der Käseangelegenheit zu leiden, und als sie längst ihre Wohnung hinterm Deich verlassen und ein kleines Häuschen in der Kreuzstraße bezogen hatte, klopfte ich eines Tages mit einem Stück Seife, das ich im Auftrage meiner Mutter zu holen hatte, an ihre Fensterscheibe: »Trintjen, wullt mal afbieten? Ächten Limburger von Plate upp'r Tieber.« «Mak dat du achtern Finster wegkummst, du Rubbubs; un scheer di nah'n Diek.«

Unendlich schwer ist ihr der Abschied von ihrem Geburtshause hinterm Deich geworden; aber mit dem Fortschreiten der Zeit verschwand ein Haus nach dem andern, und so hieß es denn eines Tages: »Trintjen Trelln hett ehr Erbe verkofft, Kunsul Albers will sick dar en groten Kasten booen laten.« Ihre Mobilien waren bereits fortgeschafft, aber noch immer irrte Trintjen schluchzend in dem leeren Hause umher; sie konnte sich nicht von der Heimatstätte trennen, und bereits waren die mit dem Abbruch beauftragten Arbeiter damit beschäftigt, den Dachstuhl niederzubrechen, schon polterte dröhnend Schutt und Geröll in das Haus hinab; aber Trintjen war immer noch nicht zum Fortgehen zu bewegen. Gewaltsam mußte sie endlich von ihrem Grundstück entfernt werden; denn sie kam in Gefahr, von herabstürzendem Gebälk getroffen zu werden. Laut schreiend und jammernd verließ sie endlich ihr Haus.

Die Kultur kennt kein Erbarmen; sie hört nicht die Seufzer, sieht nicht die Tränen derjenigen, welche zähe am Alten hängen; achtlos schreitet sie dahin über der Urväter Hausrat, zerstörend und das Alte vernichtend. Aber verjüngend schafft sie Neues, und das ist Fortschritt und Entwicklung, das ist Leben. Und eben diesem Fortschritt mußte Trintjen weichen. »Min Hus, min schönet Hus! O, har ick dat doch nich verkofft; ick will allens wedder hergeven, lat't mi bloß min Hus, min ohlet Hus!«

Meine Mutter nahm sich zunächst der Bedauernswerten an und holte sie in unser Haus. Nur mit großer Mühe gelang es ihr endlich, die Jammernde zu beruhigen und sie endlich abends nach ihrer neuen Wohnung zu geleiten. Diese, obgleich bequemer und wohnlicher wie das verlassene Vaterhaus, hat ihr das letztere nie ersetzen können; zähe klebte sie an der verlassenen heimatlichen Scholle und für Trintjen Trelln wären die Worte unseres Marschendichters Allmers nicht bestimmt gewesen, der da begeistert singt:

>»Wer die Heimat nicht liebt und die Heimat nicht ehrt,
> Ist ein Lump und des Glückes der Heimat nicht wert.«[64]

---

[64] Refrain des »Friesenliedes« von Hermann Allmers.

5.
Die Heringskrankheit.

So hatte denn Trintjen ihr altes Vaterhaus verlassen. Noch einen Tag lang pfiff der Wind über den Deich durch die von Glas und Rahmen befreiten Fensterhöhlen und durch die primitiven Räume, die der Genannten 65 Jahre ein Obdach geboten hatten und die zu verlassen ihr so unsagbar schwer geworden war. Dann stürzten unter den Brecheisen der Arbeiter auch die Umfassungsmauern des alten, morschen Hauses, und nur ein wüster Trümmerhaufen bezeichnete die Stelle, wo dasselbe weit über 100 Jahre gestanden.

Auch die Umgebung des Hauses bot ein Bild der Zerstörung. Der schöne Obstgarten, der mir so manche Mütze voll gelber Eierpflaumen, Äpfel und Birnen geliefert hatte, die mir so wohlbekannten und vertrauten Stachelbeerbüsche; alles schwand dahin, und wehmütig betrachtete ich das Werk der Zerstörung.

Aber der Schmerz war nur von kurzer Dauer, denn hier winkten andere Freuden. Gibt es wohl für einen Jungen eine schönere Tummelstätte als einen Bauplatz? Bald befand ich mich mitten unter den Arbeitern, half mit niederbrechen und zerstören, schleppte Brennholz zu Haus und führte überhaupt ein Leben wie ein rechter Arbeitsmann.

Meine äußere Erscheinung wurde natürlich dabei eine derartige, daß ich oft die unbestimmte und unangenehme Empfindung hatte, als ob der in jener Zeit häufig seitens meiner Eltern bei mir in Anwendung kommende Rohrstock nicht ausschließlich als Entstäubungsmittel meiner mit Kalk und Schmutz bedeckten und zerfetzten Kleidungsstücke diente. Nach solchen Prozeduren blieb ich zwar eine Zeitlang vom Bauplatz fern, stand jedoch vor der offenen Pforte der Einfriedungsplanke am Osterdeich, um dem Treiben zuzusehen.

Diesen meinen Standplatz hatte ich eines Tages wieder eingenommen; man war gerade mit dem Löschen von Kalk beschäftigt, und neugierig betrachtete ich das dampfende und brodelnde Schauspiel, als ein plötzlicher Windstoß die weit offene Pforte zuschlug und meine linke Hand, die ich in den Spalt bei den Türangeln gesteckt hatte, zu einer formlosen, blutigen Masse zerquetscht wurde. Auf mein entsetzliches Geschrei liefen die Arbeiter herzu, befreiten mich aus meiner scheußlichen Klemme und trugen mich nach Hause. Glücklicherweise waren keine Knochen oder Sehnen zerstört; denn Kinderhände sind noch weich und knorpelig. Nachdem ich die verwundete Hand einige Wochen in der Binde getragen hatte, war der

Schaden kuriert, und ich konnte wieder beide Pfoten zur Ausführung von allerhand »undög'sche Streiche«, wie meine Mutter es nannte, gebrauchen. Vor der tückischen Pforte hatte ich jedoch einen heillosen Respekt bekommen, und ging nie mehr dort hin.

Um jedoch wieder auf den Bauplatz zu kommen, hatte ich mir ein heimliches Schlupfloch in der Seitenplanke ausspioniert, und bald war ich wieder täglicher Gast dort. Die gemütlichen Arbeiter duldeten mich gern, denn ich machte allerlei kleine Besorgungen für sie, und die Leute hatten mir in humoristischer Weise den Titel »Bookummßär« beigelegt.

Wer den sogenannten Volkswitz richtig verstehen will, muß ihn an der Quelle studieren, muß in der Sphäre gelebt haben, wo er entsteht. Und nicht zum wenigsten herrscht in der Arbeiterklasse der freie, ungezwungene Humor, gesunder Mutterwitz und verblüffende Schlagfertigkeit. Und so hatte ich denn auf meinem[65] Bauplatz Gelegenheit, unter dem dort beschäftigten Arbeitervolk ein drolliges Stückchen zu erleben, das ich hier zum besten geben will.

Wie bei jedem Neubau, so war auch hier eine Bretterbude aufgeschlagen, in welcher die Arbeiter ihre Kleider wechselten, die Mahlzeiten einnahmen und Gerätschaften aufbewahrten. Und gerade in dieser Baubude schien ein Kobold heimlich sein Unwesen zu treiben, denn die Leute wurden durch allerlei Schabernak gehänselt und gefoppt. Bald war dem einen, bald war dem andern das Frühstück in den Rocktaschen vertauscht, so daß derjenige, der von Muttern einen ansehnlichen Packen Utziebrot[66] (Graubrot) mit Wurstauflage mitbekommen hatte, dafür Schwarzbrot mit Käse vorfand; ein anderes Mal war während der Mittagspause die ganze Reihe der Holzpantoffeln mit dreizölligen Nägeln auf dem Fußboden festgenagelt.

So gab es täglich etwas Neues, und merkwürdig war es, daß eben jeder schimpfte. Maurer, Zimmerleute und Handlanger, niemand hatte es getan, niemand wußte, wer es tat, man sah nur unschuldige Mienen oder ärgerliche Gesichter.

Glühendheiß brannte die Julisonne auf die Teerpappe der Baubude, als der Maurer Dirk Twietmeier eines Mittags in dieselbe eintrat, um seine Holzpantoffeln mit den Stiefeln zu vertauschen und sich für den Weg nach Hause umzukleiden. Aber was war das? Seine großen Schaftstiefel waren

---

[65] Vorlage: meinen.
[66] Abgeleitet von dem Begriff ›Auszugsmehl‹.

bis obenhin voll Papier gestopft, und schimpfend und fluchend mußte er zerren und zupfen, um es aus den Stiefeln zu entfernen.

Der zweite Mann, welcher in die Bude eintrat, war ein Zimmerer, der unter seinen Arbeitskollegen den Spitznamen »Scheerkohl« führte. Er hatte sich diesen Namen dadurch erworben, weil er sich rühmte, auf seiner Landparzelle am Stau im Frühjahr stets den ersten und auch den besten Scheerkohl zu ziehen. Scheerkohl sah mit seinen großen wasserblauen Augen, in der Türöffnung stehen bleibend, einen Augenblick auf den am Boden knieenden Twietmeier, der sich bemühte, den letzten Papierklumpen aus der Stiefelspitze herauszuziehen. »Na, Twietmeier, sind di[67] dine Stäbeln to grot, dat du dar noch Poppier rin stoppst?« Ein Seitenblick Twietmeiers genügte diesem, um das schalkhafte Aufblitzen in Scheerkohls Augen zu bemerken. Er antwortete nichts, murmelte aber auf dem Nachhausewege: »Jetzt weet ick Bescheet, töf Borsche, achter du, kummst mi[68], seggt man woll!«

Nachmittags fragte er dann so beiläufig den Handlanger, ob er vielleicht gesehen, daß Scheerkohl morgens nach dem Frühstück noch in der Bude gewesen, dieser bejahte und meinte: »He hett noch dat Fröhstuckspoppier uppsocht und meente, he konn den ohlen slurigen Kram nich verdrägen.« Nun wußte Twietmeier genug.

Am andern Morgen war er der Letzte beim Frühstück. Und als alle Andern die Bude bereits verlassen hatten, winkte er mich zu sich heran, drückte mir einen Silbergroschen in die Hand und sagte: »Junge, loop mal gau hen un hal mi een saltenen Hering; aber een Mälkernen. Loop fix too un kam von achtern hier wedder in de Bude, dat di numms to sehn krigt.« Nach kurzer Zeit hatte Twietmeier den gewünschten Hering, dann entfernte er aus demselben die Milch, schnitt diese in schmale Streifen, pfiffig dabei vor sich hinsummend: »Morgen is Freemark, denn geiht mine Mudder nahn Mark und kofft een soltnen Hering« usw.[69]

---

[67] Vorlage: die.
[68] Scherzhaft für: Du kommst nach mir dran.
[69] In »Allerhand bunte Stratenspille« (in: Molli un Paddemann, 1929) führt Droste den ›Kinnersingsang‹ ganz an; darin heißt es:
[…] Morgen is Freemaaark,
Denn geiht mien Mudder nahn Mark,
Und koft 'n suuern Hering.
Mien Vadder een Stuck, mien Mudder een Stuck.
De Kinner kriegt den Regen,
Den könt se god verdrägen.

Es gehörte in jener Zeit noch zum Zunftgebrauch, daß jeder Zimmermann auf der Straße einen Zylinder trug: »Pundstuten« wurde diese Kopfbedeckung unter den Zimmerleuten genannt. Aus der Reihe der in der Bude hängenden Pundstuten wählte Twietmeier einen Hut, dessen Besitzer der Streich treffen sollte, den er im Begriff war auszuführen. Er klappte das in Scheerkohls Zylinder befindliche Schweißleder zurück und legte die dünnen Streifen der Heringsmilch zwischen Hut und Leder, brachte letzteres wieder in Ordnung und hängte den Hut an seinen alten Platz.

»Ick gah dar en Stuck mit di runner«, sagte mittags Twietmeier zu Scheerkohl, und beide verließen gemeinschaftlich den Bauplatz. »Ick heww noch wat to bestellen bi min Swiegerin'sche in'ner Lessingstraten«. Rüstig schritten die beiden Männer auf dem Deiche dahin; Scheerkohl ließ sich arglos die Julisonne auf die Pundstuten brennen. Plötzlich sagte er zu Twietmeier gewandt: »Segg mal, hest du Heringe?« »I wo«, gab Twietmeier erstaunt zurück, »wo scholl ick woll bi Heringe kamen sin; meenst du vielleicht, dat wi hüte morgen dar achtern, wo wie den Peerstall utschacht, welke ut de Grund halt hebbt?« Scheerkohl schnupperte noch ein paar mal in der Luft, wischte sich verschiedentlich mit seinem rotbunten Taschentuch den Schweiß von der Stirn und nach einigen gleichgültigen Gesprächen trennten sich die Beiden. Scheerkohl hatte nun bald auch seine Wohnung erreicht, setzte sich, von der Hitze etwas erschöpft, auf das Kanapee und richtete an seine erstaunte Frau die Frage: »Na, Liese, giwt dat hüte Middag all groote Bohnen?« »Wie kummst du dar up? Ick hew hüte Pluckte Finken kookt.« »Hm«, brummte Scheerkohl, »dat is ja sonnerbar. Dat ganze Hus ruckt na Hering; darvon dachte ick, du harst groote Bohnen und Heringe darto.« »Und ick woll di all fragen«, antwortete seine Frau, »wie ick in de Stuben keem, ob du mi Heringe mitbrocht harst.« Scheerkohl schüttelte den Kopf, und sich noch einmal mit dem Taschentuch über das Gesicht fahrend, rief er plötzlich aus: »Aha! jetzt hebbt wie di, dat ohle Taschendook stinkt na Fisch. Dat hest du wedder in de ohle stinkerige Smeerseepen wuschen, denn ruckt dat Tüg immer so fischig.« Liese erhob energisch Protest gegen diese Anschuldigung, und in ziemlich ungemütlicher Stimmung verlief das Mittagsmahl. Nach einer kurzen Rast auf dem Kanapee stülpte Scheerkohl die verhängnisvoll Pundstuten auf den Schädel und begab sich wieder auf den Weg zur Arbeit.

De Katte kriggt den Swanz,
Dar geiht se mit nahn Danz.

In seinen gleichmäßig militärischen Schritt mischte sich ein zweiter, und »Mahlzeit«, ertönte hinter ihm eine wohlbekannte Stimme. »Na, Middag all vertehrt?« redete Twietmeier, denn kein anderer war es, den finster dreinblickenden Scheerkohl an, und dieser knurrte etwas unverständliches in den Bart, das man für eine Antwort halten konnte. »Minsch«, sagte Twietmeier, »makst ja een Gesicht as 'ne Ütze, wenn't[70] donnert un kikst mi mit'n paar Oogen an, so groot wie Kosters Brennglas. Wat hest du denn eegentlich?«

Scheerkohls Augen hatten allerdings eine eigenartige Größe angenommen und zeigten einen ängstlichen Ausdruck. Er ging jetzt dicht an Twietmeiers Seite und sagte dann in gedämpftem Tone: »Je, Dirk, ick mut di dat mal anvertrooen. Mit mi is dat een sonderbaren Kram; ick heww noch immer den verdammten, gleinigen Heringsgestank unner de Näse; mi brickt all rein de Angstsweet ut, un mi kummt dat vor, as wenn de Sweet so'n Heringsgeruch an sick hett. Man ward ja rein ahnweten davon.«

Twietmeier hatte große Mühe, ein ernstes und teilnehmendes Gesicht aufzustecken. Ansehen durfte er seinen Begleiter nicht, indem er antwortete: »Hm! so, so, also din Sweet ruckt na Hering; dat is 'n böse Geschichte, denn weet ick all Bescheet, ohl Jung. Denn hest du de Heringskrankheit.«

Scheerkohl stand mit einem Ruck, packte Twietmeier krampfhaft am Arme und stieß ängstlich fragend hervor: »Wat is dat? Herings-krank-heit? Minsch, Minsch, nu lat mi aber ganz gewehren, Heringskrankheit? So wat heww ick in all min Leben noch nich hört!«

»Sieh mal,« sagte Twietmeier im Weitergehen, »als ick in de seßtiger Jahre in Hamborg arbeit'te, dar harr een Nebensgesell von mi ook de Heringskrankheit[71]. De Keerl wer sonst ganz good towege, em fehlte nix, har gooden App'tit; aber he sweet'te wie'n Peerd, un allns rook nah Hering[72].«

Ein schwerer Seufzer stieg aus Scheerkohls Brust, er lüftete seinen Zylinder, um sich abermals den perlenden Schweiß von der Stirn zu wischen. »Wat meenst du woll, Twietmeier, is dat woll gefährlich? Un kann man dar nix gegen maken? De Heringsgeruch[73] wart bi mi immer duller. Aber dat is sonnerbar, dat dat blos an'n Kopp is.«

---

[70] Vorlage: wennt.
[71] Vorlage: Heeringskrankheit.
[72] Vorlage: Heering.
[73] Vorlage: Heeringsgeruch.

Twietmeier dachte: »Mi wunnert dat garnich, denn de ohle Heringsmelk[74] schall woll bi lüttjen ut de Hoot rutdrabbeln.« Er meinte dann aber tröstend: »Dat hett wieder nix up'n Rippen; du mußt blos uppassen, dat du di nich den Kopp verkullst; sonst sleit de ganze Kram na binnen, un denn is de Katt 'n Hex! Un nimm man nich so veel den Hoot aff; un wenn dat geit, denn beholt'n bi de Arbeit man ruhig upp'n Kopp; dat schiniert ja wieder gar nich.«

Braunrot im Gesicht und mit stierblickenden Augen sah man während des ganzen Nachmittags unsern Scheerkohl schwere Balken schleppen und behauen. Schweigend wurde gezimmert und genagelt. Auf alle Fragen seiner Arbeitskollegen hatte Scheerkohl nur ein unverständliches Gemurmel oder ein dumpfes Knurren als Antwort. War er aus der Hörweite, so unterhielten sich die Kameraden über die merkwürdige Veränderung des Scheerkohl. »Wat mag den Keerl woll in de Krone stäken? He makt ja een Gesicht, als wenn he an't Messer schall.« »Am Enne kriggt he noch een Sonnenstich,« sagte ein Anderer, »mi wunnert blos, dat he den ganzen Nahmiddag de Pundstuten upp'n Kopp hett. Dat Beste is: wi nehmt em dat ohle Spint mal von'n Detz runner, dat he mal Luft an'n Ballon kriegt!«

Aber dazu kam es nicht, denn bereits eine Stunde vor Feierabend war Scheerkohl vom Bauplatz verschwunden. Am andern Morgen erschien er wieder frisch und munter, wie immer, pünktlich auf der Arbeitsstelle; nur anstatt des Zylinders zierte ein großer Schlapphut sein edles Haupt. Während des Frühstücks in der Baubude fragte Twietmeier ihn pfiffig, ob er denn nun von seiner Krankheit kuriert sei. Scheerkohl sah ihn mit einem verständnisvollen Blick an, ging aber weiter nicht auf die Sache ein.

In dem Hinterhofe von Scheerkohls Wohnung hing aber, über einen Zaunpfahl gestülpt, triefend wie eine aus dem Wasser gezogene Katze, ein Zylinderhut mit nach außen gekrempeltem Futter. Es war Liese, der treuen Ehehälfte Scheerkohls, am Abend gelungen, die Ursache der teuflischen Krankheit zu entdecken, und energisch arbeitete sie mit Seife und Bürste und entfernte so die letzten Spuren der tückischen Heringskrankheit.

Aber auch der Kobold, der in der Baubude bisher sein Unwesen getrieben hatte, war verschwunden. Friedlich und einträchtig arbeitete man an der Vollendung des Albers'schen Hauses, und wer es heute betrachtet, ahnt nichts von Scheerkohl's

                Heringskrankheit.

---

[74] Vorlage: Heeringsmelk.

Der Osterdeich bei Hochwasser vor 100 Jahren

6.
Vergangenes von Bremens Weserkante.

»Bremen weß bedächtig, lat nich mehr in, als du bist mächtig!«[75] Dieses Warnungswort hatte vor Jahrhunderten ein hochweiser und hochedler Rat über die Tore unserer guten Vaterstadt geschrieben und bedachtsam sorgten die Torschreiber oder die sogenannten Sperrwächter dafür, daß, sobald es dunkelte, die Stadttore sorgfältig geschlossen wurden, damit kein fahrendes Volk oder was sonst nicht dessen würdig schien, in das Innere der Stadt gelangen konnte. Den Bürgern freilich, sofern sie noch nach Toresschluß aus der Stadt heraus oder in sie hinein wollten, war es gnädigst gestattet, gegen Entrichtung von so und so viel Groten Sperrgeld sich die Tore öffnen zu lassen. Es richtete sich die Taxe des Sperrgeldes danach, wie weit die Abend- oder Nachtstunde bereits vorgeschritten war. Bei einem Groten beginnend, steigerte sich das Sperrgeld für diejenigen, welche nach 12 Uhr nachts ein Tor sich öffnen ließen, bis auf zwölf Grote; so daß zum Beispiel eine »Neiersche« oder eine Waschfrau, die von »Froo Senatorin oder Froo Ollermannin« in der Stadt für einen Tag engagiert waren und spät abends nach Empfang ihres Tagesverdienstes von »veeruntwintig

---

[75] Inschrift des Wappens mit dem Bremer Schlüssel vom ehemaligen Herdentor (1562): BREMEN · WES · GHEDECHTICH · LATE NEICT MER IN DU · BEIST · ÖHRER MECHTICH (vgl.: Bremen einst und jetzt. Eine Chronik. Bearbeitet von Friedrich Gläbe. Bremen 1962: Eilers & Schünemann, Seite 29).

oder achtein Grote Gold« das Sperrgeld extra vergütet kriegte, sofern sie »buten Doventor oder Osterdor« wohnten.

Beim Torhause vor dem Ostertor wurde dann gewöhnlich eine kleine Taschenlaterne angezündet; denn außerhalb der Tore gab es keine Straßenbeleuchtung, und die Wege waren bei schlechtem Wetter in einem derart jammervollen Zustand, daß man nur mit größter Vorsicht und mit Hilfe der Handlaterne abends seine Behausung erreichen konnte. Trotzdem war es garnicht so etwas besonderes, wenn jemand beim Passieren der schlammigen Straßen einmal im Morast stecken blieb oder mit nur einem Schuh sein Heim erreichte.

Ein jeder Bürger fegte vor seiner Tür. Oder vielmehr, er tat es nicht, warf dafür aber allerlei Abfälle und Unrat auf die Straße. Es war immer hohe Zeit, daß sich eine hochwohllöbliche Straßenreinigungs-Deputation darein – pardon! – ins Mittel legte. Aber sie tat es nicht, aus dem einfachen Grunde, weil sie garnicht existierte.

So waren eben die Zustände in der guten, alten Zeit, in der Zeit der Torfsperre: »Bremen weß bedächtig, lat nich mehr in, als du bist mächtig!« Das war die Parole und sie wurde getreulich in jedem Punkt befolgt.

Nur in einer Beziehung wurde eine Ausnahme gemacht. Nämlich das Weserwasser konnte in jener Zeit ganz nach Belieben in die Stadt hinein dringen, und von diesem Element ließ Bremen in jedem Winter oder Frühjahr mehr ein, als es mächtig war, zum Schrecken und zur Plage seiner Bürger.

Sobald sich Tauwetter einstellte, wälzte die Weser ihre gelben schlammigen Fluten gegen die Stadt. Deiche, Holz- und Steinbollwerke erwiesen sich stets als zu schwach oder zu niedrig. So war zum Beispiel, wenn das Hochwasser den Stand von 11 Fuß über Null erreicht hatte, der Teerhof bereits überschwemmt; die Bewohner der dort befindlichen kleinen Häuser konnten dieselben nur per Schiff oder auf Stegen verlassen. Stieg das Wasser höher, so stieg auch die Not der armen Leute. Sie flüchteten auf die Hausböden, und wurden dann vom Arbeitshause aus ernährt, indem man ihnen von dort aus in einem Boote Nahrungsmittel brachte und den Leuten durch das Dach, aus dem man einige Ziegel entfernt hatte, zureichte.

Auch das Bollwerk an der Schlachte erwies sich stets als zu schwach und zu niedrig, um die Stadt vor dem Eindringen der Wasserfluten schützen zu können, und in den tiefgelegenen Straßen konnte man während der Zeit des Hochwassers nur durch Holzstege den Verkehr aufrecht erhalten. Die Lagerkeller, die Parterrewohnungen und flachgelegenen Geschäftshäuser waren mit Wasser angefüllt, das selbst nach dem Fallen der Weser noch längere Zeit stagnierte, da es in der Stadt eine Kanalisation, die ein rasches Abfließen des Wassers hätte bewirken können, nicht gab.

Die Deiche, welche die Aufgabe hatten, das Landgebiet und die Vorstädte vor dem andrängenden Hochwasser zu schützen, waren in jener Zeit ebenfalls in einem sehr primitiven Zustande und zeigten sich in vielen Fällen ihrer Aufgabe nicht gewachsen. Wenn der Weststurm das Wasser immer und immer wieder gegen den schwachen Deich peitschte, so hat trotz hartnäckiger Kämpfe, die mit zäher Ausdauer in mancher grausigen Sturmnacht von den Anwohnern der Vorstädte, besonders oberhalb der Stadt um den Deich geführt wurden, die Chronik verschiedene verhängnisvolle Deichbrüche aufzuweisen.

Obgleich die Deichbrüche, von denen unsere Stadt in früheren Jahrhunderten betroffen wurde, bei weitem nicht mit den Ereignissen an den friesischen Seeküsten zu vergleichen sind, – haben doch die wackeren Friesen sich in Fällen der höchsten Not in Ermangelung von Sandsäcken oder anderem Füllmaterial oft mit ihren eigenen Körpern in die von der Brandung in den gefährdeten Deich geschlagenen Löcher gelegt und so den Deich während der Springflut gehalten und gerettet, – so ist doch der Opfermut der bremischen Deichkämpfer aus früheren Tagen nicht hoch genug einzuschätzen, wenn auch trotzdem manche Katastrophe an der Weserkante zu verzeichnen ist und die dadurch herbeigeführten Überschwemmungen stets verhängnisvoll waren.

Das Angst- und Schmerzenskind der Osterdohrschen war seit Jahrhunderten der sogenannte Theisenradsdeich. In einer Länge von etwa 2500 Metern zog er sich, bei der jetzigen Lüneburgerstraße beginnend, parallel mit der Straße am schwarzen Meer, dicht neben dieser herlaufend, bis zur Hastedter Grenze, und schloß dort oben bei dem sogenannten Schellen-Gut ab.

Die Volkssage erzählt, daß ein gewisser Theissen im Jahre 1600 während eines Hochwassers nachts heimlich diesen Deich abgegraben und durchstochen habe. Für diese tückische Tat, die eine verheerende Überschwemmung verursachte, sei er dann später an der Stelle seiner Untat mit dem Eisenrad hingerichtet worden. Und aus dem Namen Theissen und Eisenrad soll dann später die Bezeichnung Theisenradsdeich entstanden sein. Diesen Namen führte der Deich noch bis zum Jahre 1890 und ist dann mit der Aufhöhung der Pauliner Marsch verschwunden.

Wie bereits im ersten Kapitel erwähnt, führte beim Altenwall beginnend bis zur Lüneburgerstraße der Deich den Namen Punkendeich. Auch die

Entstehung dieses Namens ist bekannt, sie liegt ebenfalls Jahrhunderte zurück; doch würde eine nähere Definition dieses Namens gegen die Ethik[76] verstoßen.

Am 6. März 1827 führte der Bruch dieses Deiches eine verhängnisvolle Katastrophe herbei, durch welche die östliche Vorstadt sowie das Gebiet bis zur Wümme-Niederung unter Wasser gesetzt wurden. Genau dort, wo sich jetzt stolz das von Kapff'sche Haus erhebt, war die Bruchstelle.

Die mit furchtbarer Gewalt durch den Deich brechenden Wassermassen hatten hier ein Loch gerissen von schier unergründlicher Tiefe. Die aus diesem Loche durch das Wasser herausgewühlten Sandmassen lagerten noch etwa zwei Jahrzehnte in der Gegend der Prangenstraße und wurden dann später zwecks Aufhöhung des Terrains für den hannoverschen Bahnhof verwandt. Wo sich jetzt der durch die Spaltung des Sielwalls sich bildende dreieckige Häuserblock befindet, standen drei kleinere Wohnhäuser. Sie wurden durch die Gewalt der andrängenden Fluten fortgespült und verschwanden spurlos. Auch außer diesen sind noch eine große Anzahl Häuser durch das Wasser teils umgerissen, teils stark beschädigt worden, und der durch diesen Deichbruch entstandene Schaden soll ein ganz bedeutender gewesen sein.

Neben der Bruchstelle befand sich im Deich eine Schleuse oder ein Siel. Es diente dazu, einen Graben, den sogenannten Dobben, von Zeit zu Zeit durch Zufluß von frischem Weserwasser zu reinigen und zu spülen. Besonders im Sommer war diese Reinigung eine unerläßliche Notwendigkeit. Denn der Dobben war ein stagnierender Muddergraben und verbreitete an warmen Tagen nichts weniger als balsamische Düfte, da dieser Graben für die nächsten Anwohner der Ablagerungsplatz von allem Möglichen und Unmöglichen war. Denn wollte man sich einer alten oder einer Brut junger Katzen entledigen, so hieß es: »Smiet se man in'n Dobben!« Ebenso wanderten zerbrochene Töpfe, alte Stiefel usw. in den Dobben, der sich bis zur Schleifmühle erstreckte und dort Verbindung mit dem alten Torfkanal hatte.

Bei der Straße »Vor dem Steintor« führte eine Steinbrücke über den Graben. Hin und wieder rumpelte ein Bauernwagen darüber weg, oder die zwischen Bremen und Hamburg fahrende Diligence trabte über die Straße zum Tore heraus oder hinein. Und was heute in den Zeitraum einer halben Stunde durch das Ostertor rennt und radelt, saust oder autot, das spazierte,

---

[76] Gegen den Anstand, denn offenbar sind ›Punzen‹ gemeint.

schlenderte und krabbelte zur Zeit des Dobbens in einem ganzen Tage nicht über die Brücke.

Dort, wo sich jetzt die östliche Häuserreihe des Sielwalls erhebt, zogen sich die grünen Rasenflächen der Bleicher jenseits des Dobbens hin. In der Nähe der heutigen Prangenstraße lag Prangenbleiche, während jenseits der Straße im krummen Arm die Bleiche von Lindhorn sich befand. Auf der erst genannten sah man früher ein Monument. Es war ein aus Sandstein gehauener Hund, und von diesem Hunde erzählte man sich, er habe einstmals einen Vorfahren des Bleichenbesitzers Prange auf einer Reise bei einem räuberischen Überfall das Leben gerettet, und in dankbarer Erinnerung habe der alte Prange das treue Tier in Stein hauen und dieses Denkmal mitten auf die Bleiche setzen lassen. Mit der Zuschüttung des Dobbens und der Erbauung der modernen Häuser am Sielwall in den 1860er Jahren sind auch die Bleichen verschwunden, und die östliche Vorstadt zeigt jetzt ein anderes Gepräge als zur Zeit des Dobbens. Daß die Entstehung des Namens der Straße »Am Dobben« ihren Ursprung in dem ehemaligen alten Graben hat, bedarf wohl kaum der Erwähnung.

Das jetzige von Kapff'sche Grundstück (Ecke Sielwall und Osterdeich) blieb noch bis zum Jahre 1880 ein wüstes Areal, der sogenannte »Brook«, und nach diesem, oder eigentlich nach dem Deichbruch von 1827 hat die Brookstraße ihren Namen erhalten. Das auf dem genannten Areal durch den Deichbruch entstandene Wasserloch blieb viele Jahre ein für unergründlich geltender Kolk, und es sind ungezählte Fuder von Bauschutt und Erde, sowie gewaltige Mengen Baggersand verwandt worden, um diesen Kolk zuzuschütten. Und erst nachdem durch Einrammen eines Pfahlrostes ein zuverlässiges Fundament geschaffen war, konnte man an die Erbauung des erwähnten Hauses gehen. So steht es denn noch heute, fest und unerschütterlich, eine Zierde des Osterdeiches. Aber wenigen ist es bekannt, welch ein wildes, wüstes Chaos die Gewalt des Wassers einst an dieser Stelle geschaffen hatte durch den Bruch des Punkendeiches am 6. März 1827.

Die mangelhafte Beschaffenheit und die Unzuverlässigkeit der Deiche in früherer Zeit hatte ihre Hauptursache darin, daß die Instandhaltung und die Ausbesserung derselben nicht etwa von Staats wegen[77] geschah, daß vielmehr die jeweiligen Anwohner eines Deiches, deren Grundstück an einen solchen grenzte, auch die Verantwortung für die Haltbarkeit des

---

[77] Vorlage: Staatswegen.

Schutzdeiches hatten. Aus diesem Grunde waren solche Grundstücke außerordentlich niedrig im Preise, und es kam vor, daß derjenige, der sein Erbe verkaufen wollte, dies überhaupt nicht an den Mann bringen konnte. Aus diesen Pflichten der Deichanwohner resultierte jedoch andererseits eine eigenartig patriarchalisch-freiherrliche Anschauung. Besonders die Alten pochten auf ihre Gerechtsame, und manche diesbezüglichen Äußerungen wirkten geradezu verblüffend komisch. So äußerte einst der 80jährige Amtsfischer M.: »De Diek is min! un wer mi dar nich paßt, den hau ick dar runner! Fromdet Volk will ick nich up min'n Diek wäten!«

Dies alte Original, eine am Weserstrande groß gewordene eisgraue Wasserratte, ging sogar so weit, zu behaupten: »Ook dat Stuck von'r Werser, wat an minen Diek grenzt, is min, un wenn mi dat mal in'n Kopp kummt, denn scheer ick se aff!« Dazu ist es jedoch nie gekommen, obgleich sein Grimm oft groß war, wenn ihm die Wellen der Schleppdampfer seine ausgelegten Grundtaue und Aalkörbe verschlagen hatten. Er galt jedoch weit und breit für die Verkörperung der Grobheit; er schnauzte jeden an, der ihm in den Weg kam. So wurde er zum Beispiel von einem Herrn angeredet: »Na, M., was meinen Sie, hält wohl der Deich bei diesem Hochwasser?« Und seine höfliche Auskunft bestand darin, daß er den Fragesteller anblaffte: »Wat scheert di dat! du Jan Neeschier, gah man nah Hus un sett di achtern Aben, anners kannst hier noch versupen!«

Nach einer solchen Abfertigung stiefelte er dann wieder auf seinen kurzen Beinen den Deich entlang, fixierte mit den kleinen grauen Äuglein die Deichdossierung und sah mißtrauisch den heranrollenden Wellen entgegen, die in grimmer Ausdauer immer und immer wieder mit breitem Klatschen an dem Deichkopf emporleckten. Denn bei aller Grobheit war der alte knorrige Amtsfischer einer der zuverlässigsten und eifrigsten Deichposten im Falle einer Gefahr. Und Hochwassergefahr gab es eben, wie schon erwähnt, fast in jedem Winter.

Aus der breit sich ausdehnenden Wasserwüste, in die der Werder am jenseitigen Ufer verwandelt war, ragten kläglich und hülflos die Gehöfte des Kuhhirten und des sogenannten Krähenberges hervor, umspült von der Strömung der Weser, die, sobald das Wasser einen Stand von 12 Fuß erreicht hatte, ihr Bett verließ und mit großer Schnelligkeit quer über den Werder ging.

Der Pächter des Krähenberges steckte einst, als das Wasser über 20 Fuß stand, die weiße Notflagge heraus, zum Zeichen, daß er von der Stadt Hilfe begehrte, und kein anderer als der erwähnte alte M. war der Leiter einer

Expedition, die in einem Fährboot dem Signalisierenden die erbetene Hilfe brachte, indem sie ihn, samt seiner Familie nach dem Osterdeich herüber holte und in Sicherheit brachte. Es war dies bei dem herrschenden Weststurm und dem dadurch hervorgerufenen hohen Wellengang ein ebenso mühevolles wie gefährliches Unternehmen.

Das Haus des Amtsfischers lag tief hinter dem alten Punkendeich in der Nähe der Treppe, die zum Sielpfad hinunter führt. In dieser Gegend befand sich auch der Schlagbaum; er wurde den dort passierenden Fuhrwerken gegen Entrichtung der Weggeld-Gebühr durch einen dort wohnenden städtischen Konsumtions-Beamten geöffnet.

Von hieraus etwas weserabwärts sah man noch die Sommerwohnung des Herrn Senator Lampe. Dieser würdige Herr war einer der ersten Deichinteressenten, die beim Herannahen einer Hochwassergefahr die Losung ausgaben: »Kinners, wie möt't dieken!« Dann konnte man ihn beobachten, wie er, mit langschäftigen Krempstiefeln angetan, Hand in Hand mit dem alten M. arbeitete und sogar Sandsäcke schleppte.

Einer schnauzte dann den andern an, weil der eine die Sache immer besser verstehen wollte, wie der andere. Alles natürlich auf Bremer Platt, und auf ein Schimpfwort mehr oder weniger kam's dann nicht an. – Wurde es dem Herrn Senator mal zu bunt, so setzte er im Bewußtsein seiner Würde die gestrenge Amtsmiene auf und brachte kraft seiner senatorischen Magnifizenz den alten Eisbären gründlich auf den Trab. Und abseits knurrte dieser dann in den Bart: »Ohle Grootsnut! wullt hier woll Senator spählen? Gah man nah'n Rathus un snack klook, 'n Sandsack kannst ja doch nich swubbsen, du Fedderfuchser!« –

Das Erbe des alten M. war das letzte, das durch sein Verschwinden dem Punkendeich sein Gepräge nahm. Und wo die Passanten jetzt von der Straße in die blitzblanke Küche des Woltjen'schen Hauses blicken, da sah man früher dem alten M. auf das moosbewachsene Hausdach und wer den Mut dazu fand, der konnte vom Deich aus ohne besondere Anstrengung dem alten Bullerballer in den Schornstein spucken.

Die schräge Abzweigung des Sielwalls führte noch bis zum Borchersweg den Namen »Punkendeich.« Im Jahre 1890 wurde diese Bezeichnung in »Sielwall« umgewandelt. Alles ist verschwunden oder verändert, nur die beiden kleinen Häuschen (Osterdeich 49 c u. 49 d), die auf dem Kopf des ehemaligen Deiches erbaut waren, stehen noch dort, das letzte Erinnerungszeichen an längst vergangene Tage.

❖

Nach diesen Betrachtungen über den Osterdeich, die zum Teil bis in seine weit zurück liegende Vergangenheit schweiften, und nachdem ich den verehrten Lesern hiermit die Versicherung gebe, daß das Geschilderte, teils der Chronik, teils älteren Personen abgelauscht, alles auf historischer Grundlage beruht, führe ich dieselben nach jener Stelle zurück, die wir im vorigen Kapitel, befreit von den Bazillen der Heringskrankheit, verlassen haben.

Neben dem von Konsul Albers erworbenen Grundstück lag noch an den Deich grenzend ein schmaler, langgestreckter Garten. Er gehörte zu einer Sommerwirtschaft, die soweit zurück lag, daß das Gebäude die an der Kreuzstraße belegenen Erben[78] berührte. Die Wirtschaft wechselte sehr häufig ihren Besitzer, denn sie rentierte sich nicht, trotzdem ein ganz netter, rot und gelb gestrichener Pavillon, nahe an der Passage, die Spaziergänger zum Ausruhen einlud. Es war eine verfehlte Spekulation; denn einmal waren in jener Zeit die Spaziergänger auf der Promenade sehr spärlich, und zweitens hatte man in den 60er und 70er Jahren wenig Interesse für Wirtschaften und auch weniger Appetit an »Lagerbeer« wie heutzutage. Kehrten aber wirklich mal ab und zu ein paar ältere Herren dort ein, um einen Schoppen zu trinken, so steckten die »achtern diekschen« Tanten die Köpfe über die Haustüren und riefen einander zu: «Kiek mal, kiek! dor sitt't wedder so'n paar dickkoppte Gäste un drinkt Lagerbeer.«

So mußten denn die Pächter fast alle halbe Jahr »mit'n witten Stock rut«; das heißt, sie wurden für die Miete gepfändet, und zwar auf Grund der in jener Zeit bestehenden, geradezu brutalen Pfandgesetze; so gründlich, daß man selbst einen Kranken aus dem Bett herausnahm, auf den Fußboden legte und die Bettstelle samt Inhalt auf die Pfandkarre packte. Einen solchen Akt habe ich als Junge in der Nachbarschaft selbst mit angesehen.

Der ebengenannte Pavillon wurde in seiner Front von zwei schönen Linden beschattet, und in die damals noch glatte Rinde des rechtsstehenden Baumes habe ich mich einst verewigt. Im Sommer des Jahres 1880 war ich, ganz vertieft in meine Arbeit damit beschäftigt, die Anfangsbuchstaben meines Namens und die Jahreszahl darunter einzuschneiden, als ich plötzlich von einer sehr energischen Dame, – jedenfalls war sie eine hervorragende Naturfreundin –, einen Schlag mit dem Sonnenschirm auf die Schulter erhielt und mir die Worte zugerufen wurden: »O, o! Schämst du

---

[78] Unklar, möglicherweise Hörfehler für: Gärten?

dich nicht, die schöne Linde zu beschneiden?« Daß ich mich damals geschämt habe, kann ich gerade nicht behaupten, jedenfalls weiß ich noch, daß ich mich über die unliebsame Störung sehr ärgerte, denn ich hatte von der Jahreszahl erst die 18 fertig. Deshalb überlegte ich mir am andern Tag die Sache, tröstete mich damit, daß ja der Dichter, der seinen Lindenbaum am Brunnen vor dem Tore besingt, demselben »so manches liebe Wort« in die Rinde geschnitzt hat, und darum vollendete ich dickfellig meine begonnene Arbeit und schnitt sogar noch einen schönen, viereckigen Rahmen um das ganze. Der Baum ist an der ihm beigebrachten Wunde nicht verblutet, die Jahre haben vielmehr ein rundliches Bindgewebe über die Narbe gezogen; aber noch heute kann man an dem im Frerich'schen Vorgarten am weitesten rechtsstehenden Baum die Zahl 80 erkennen.

Meine Spielgefährten in jenen Jahren rekrutierten sich zum größten Teil aus Anwohnern der neuentstandenen Rhederstraße. Wir waren etwa ein Dutzend Altersgenossen, lauter gesunde Jungens, die es verstanden, ihre Jugendjahre auszunutzen. Und wohl selten bietet eine Großstadt dazu eine solche Gelegenheit, wie sie uns damals der Osterdeich und seine Umgebung geboten hat; wohl selten findet sich eine solche Vereinigung von Kultur und Wildnis. Die Zeit der Entwicklung schuf in jener Gegend einen harmonischen Ausgleich der Gegensätze von alt und neu, von reich und arm.

Hatten wir uns auf dem großen Platz vor unserm Hause, dem aufgeschütteten Vorlande des Deiches, der mit allerlei großen Holzblöcken und Steinen bedeckt und mit Unkraut aller Art bewachsen war, genügend ausgetummelt, so lümmelten wir uns zwischen den alten Butzen hinter dem Deich umher und füllten unsere Zeit durch allerhand Flegelstreiche, die zum größten Teil im Schikanieren der dort wohnenden Leute bestanden, aus. Aber auch die Phantasie, die poetische Seite der Jugendzeit, kam zu ihrem Recht, und die Indianerkämpfe, Räuber- und Soldatenspiele etc. zeugten davon, daß ein frischer Geist in uns wohnte. Der Schauplatz dieser Kämpfe wurde oft an das Weserufer verlegt, das damals natürlich noch ein ganz anderes Bild bot als heutzutage. Denn wo jetzt die Zementsteine eine an warmen Sommertagen stark frequentierte Strandpromenade bilden, schoß das Ufer etwa einen Meter senkrecht ab. Und diese senkrechte Böschung ist es, an die sich die traurige Erinnerung an ein tragisches Ereignis anknüpft, das einst jäh in unser harmloses Jugendspiel eingegriffen hat.

Die Böschung wurde aus einer etwa 60 Zentimeter dicken Lehmschicht und aus darunter befindlichem gelben Wesersand gebildet. Dieser Sand zog sich dann noch einige Meter schräg abfallend bis ans Wasser hin. Diese Lehmschicht nun hatten wir in jugendlichem Leichtsinn unterwühlt und uns eine Erdhöhle geschaffen, die groß genug war, vier bis fünf Knaben in sich aufzunehmen. Auch diente uns der Hamsterbau als Aufbewahrungsort von allerlei Gerätschaften und Waffen, wie wir sie zu unseren Spielen brauchten. An einem Sonnabendnachmittag nun war unsererseits ein Überfall in das Gebiet der räuberischen Sioux, die ihr Lager hinter der Schlenge vor der Rhederstraße hatten, geplant, und wir schickten zu diesem Zwecke vorher heimlich zwei Spione in unsere Höhle. Es waren die 12- bis 13jährigen Knaben B. und W., Schüler der Realschule an der Sögestraße.

Der Eingang der Höhle, der nur zurzeit einen Körper durchließ, war durch Weidengestrüpp verdeckt. Bei unserem Hause hinter dem Deich warteten wir lange Zeit auf Nachricht von unserm Beobachtungsposten, und als ich endlich als Schleichpatrouille nach der Höhle geschickt wurde, fand ich zu meinem Entsetzen die mehrere Zentner schwere Lehmdecke auf etwa 3 Meter Länge eingesunken und an mehreren Stellen geborsten.

Da ich wußte, daß unsere beiden Kameraden sich in der Höhle befanden, so alarmierte ich schnell die Übrigen. Es wurde Hilfe geholt vom Löschplatz an der Deichstraße. Die braven Sandschiffer arbeiteten mit ihren Schaufeln wie Wahnsinnige, und bald waren die beiden unglücklichen Knaben unter dem Sand und Lehm hervorgeholt, aber zu spät! – – Die Körper waren bereits erkaltet und die Gesichter blau, unsere armen Jungens waren tot.

Wann und wodurch der Einsturz erfolgt ist, haben wir nicht erfahren können, aber der Eindruck, den dieser Unglücksfall auf uns machte, war doch überwältigend; das Indianerspiel war auf lange Zeit verpönt und der Weserstrand mit seiner Unglücksstelle wurde ängstlich wochenlang gemieden. – –

Wer, wie ich, etwa 100 Meter vom Weserstrand entfernt geboren und wer den größten Teil seiner Jugendzeit an, auf und teilweise auch in der Weser verlebt hat, der weiß ein Lied von ihr zu singen. Und tatsächlich habe ich oft mit meinen Kanuten voll Begeisterung und Inbrunst bei mancher Bootfahrt es ertönen lassen: »Ich kenne einen deutschen Strom, der ist mir lieb und wert vor Allen!«[79] Freilich war es vor 30 Jahren mit der Beschaffung eines Ruderbootes für uns manchmal so eine eigene Sache. Zwar gab es am Osterdeich schon Mietsboote; aber die erforderlichen Nickel waren von den Eltern nicht immer so leicht loszueisen.

Trotzdem haben wir uns manchmal auf eine ziemliche ruppige und raffinierte Art ein Fahrzeug verschafft. Und das wurde so gemacht: Am Ufer, und zwar einige Meter von demselben entfernt, lag ein schönes Segelboot verankert. Der Besitzer, ein Anwohner der Kreuzstraße, hatte von uns Jungens den Spitznamen »Kabeljau« erhalten, weil er einst an seinem vertakelten Grundtau einen dicken Schlengenpfahl an die Oberfläche gezogen hatte und enttäuscht in die Worte ausgebrochen war: »Donnerkiel! ick dachte all, ick harr dar een duchtigen Kabeljau an.« Außer dem Segelboot, das den Namen »Berta« führte, gehörte dem Kabeljau noch ein kleines, flaches Ruderboot, ein sogenannter »Tufel« (Pantoffel), und nach diesem stand unser Sinn, wenn uns Rudergelüste anwandelten. Es wurde nun eine Kommission nach dem Hause des Kabeljau gesandt, und atemlos erzählte man der Gattin desselben: »Ihr Schipp, de »Berta« is von'n Anker los und drifft weg, schät wi et mit den Tufel wedder halen?« Die Frau war dann sehr dankbar für die Nachricht und bat uns: »Ach ja, Kinners, ja! Gaht dar man achterher, un halt dat Schipp gau wedder!« Mit dieser Erlaubnis in der Tasche rannten wir zum Osterdeich und fuhren in Kabeljau's »Tufel« ganz nach Belieben auf der Weser umher, und wenn Kabeljau uns überraschte, so hatten wir natürlich die gute Ausrede: »Wi hebbt de »Berta« wedder halt, ihre Froo weet davon Bescheed.« Einmal verhaspelte sich im Vollbewußtsein seiner Unschuld einer der Strandräuber und sprach in Gegenwart des Mannes ganz naiv von »Froo Kabeljau«.

Obgleich man heutzutage unter bedenklichem Kopfschütteln sich dieser bösen Streiche erinnert, so kann man sich anderseits eines Lächelns nicht erwehren, und unwillkürlich zieht es einem durch den Sinn: »O schöne Zeit, o sel'ge Zeit, wie liegst du fern, wie liegst du weit!«[80]

So liegt aber auch die Zeit der Hochwassergefahren weit hinter uns; die Wassersnot von 1880/81 war die letzte, von der Bremen heimgesucht wurde, und die wohl manchem von der heutigen Generation im Gedächtnis sein wird, denn die durch den Bruch des Blocklander Wümmedeiches

---

[79] Anfang des Weserliedes von Franz von Dingelstedt in einer frühen Fassung (bis heute populär geblieben ist die dritte Fassung von 1845, die Gustav Pressel im selben Jahr vertont hat: Hier hab' ich so manches liebe Mal / Mit meiner Laute gesessen […]).
[80] Populäres Lied von Robert Leonhardt.

am 29. Dezember 1880 hervorgerufene Überschwemmung war eine so gewaltige, daß diejenigen, die es nicht mit erlebt haben, an eine Münchhausen-Geschichte glauben könnten, wenn man ihnen erzählt, daß man am Neujahrstage 1881 in einem Boot auf der Schwachhauser Chaussee und etwa in Meterhöhe über den Wegen des Bürgerparks spazieren gefahren sei. Aber es sind wahre Tatsachen. Das vom Blocklande mit rasender Schnelligkeit kommende Wasser stand bis in die Mitte der Rembertistraße, und unser schöner Bürgerpark hat noch viele Jahre die Spuren der durch die Überschwemmung angerichteten Verwüstungen aufzuweisen gehabt. Die im Wildgehege des Parkes befindlichen Hirsche und Rehe setzten beim Herannahen der Flut in jähem Schrecken über die Einfriedigung hinweg und wurden erst später in Ritterhude und anderen Dörfern in der Umgegend wieder eingefangen.

Mit dem von Norden auf die Stadt eindringenden Hochwasser vereinigte sich das der Weser. Denn auch sie floß über Deiche und Bollwerke hinweg, und alle nicht hochgelegenen Straßen und Plätze waren überschwemmt. Sogar unser Ratskeller war voll Wasser, und die damals herrschende Situation kann nicht besser beleuchtet werden, als durch die Zitierung des nachstehenden Verses, der einem in jenen Tagen im Verein Vorwärts nach der Lorelei-Melodie gesungenen Kommersliede entnommen ist:

> Und steigt auch das Wasser der Weser
> Mal über die Deiche hinaus
> Und dringt dann aus Pfützen und Rosten
> In manchen Biedermann's Haus,
> So hat das nicht viel zu bedeuten,
> Man wird es ja bald wieder los;
> Denn Locomobilen und Pumpen,
> Die arbeiten ganz famos!

Unsere wackere Feuerwehr war derzeit in eine Wasserwehr umgewandelt. Sie hatte nicht allein den Ratskeller, sondern auch unzählige Souterrains und Lagerkeller leer zu pumpen und arbeitete unermüdlich Tag und Nacht. Ich hatte am Neujahrstage das Vergnügen, vom Domsturm aus meinen Blick über die Wasserwüste schweifen zu lassen. So weit das Auge reichte, sah man Wasser, nichts als Wasser in allen Himmelsrichtungen. Die Eisenbahndämme zeichneten sich in Schlangenlinien aus der Wasserwüste ab; ebenso ragten die höhergelegenen Ortschaften, Häuser und Baumkronen daraus hervor.

Für unsern Osterdeich ist das Hochwasser von 1880/81 die letzte Kraftprobe gewesen, denn es ist nach dieser Zeit Abhülfe geschaffen worden, und zwar gründliche, dauernde Abhülfe. Doch nie vergesse ich jene schauerliche Schreckensnacht, in welcher ich mit meinem Vater zum Deich ging, um, von Neugierde, aber auch von Angst getrieben, nach dem Wasserstande zu sehen. Die damalige Dossierung schnitt bei der jetzigen mittleren Baumreihe ab, und an einem dieser Bäume mich anklammernd erwartete ich das stets sich wiederholende Heranrollen der brüllenden Wogen, deren Gischt bis auf die Fahrstraße spritzte. Das Wasser stand bis auf die oberste Stufe der Deichtreppen. Es klingt heute fast wie ein Märchen, wenn man es erzählt; denn in unsern Tagen hört man schon Rufe des Staunens, wenn einmal die Weser ganz bescheiden die Schrittplatten am Ufer anfeuchtet.

Und wodurch ist Abhülfe geschaffen worden? Nur durch eine Idee! Und wie zu allen Zeiten die Idee die Wünschelrute gewesen ist, die das Gold und die Schätze der Welt aus der Erde hervorgezaubert hat, so hat auch hier die geniale Idee eines bedeutenden Mannes unsere Vaterstadt auf ewige Zeiten vor der Plage und dem immensen Schaden der Überschwemmungen bewahrt und geschützt. Unser hochverehrter Ober-Baudirektor Franzius ist es gewesen, der dem Wasser der Weser durch den Durchstich der sogenannten »langen Bucht« bei Seehausen zu Anfang der 1880er Jahre zu einem rascheren Abfließen verholfen hat, und seiner Person sowie auch seiner großen Idee setzte man jetzt das wohlverdiente Denkmal an der großen Weserbrücke. Mögen die kommenden Generationen Sorge tragen, daß die Lorbeeren, mit denen wir sein Standbild schmücken, nicht verwelken.

So ist denn auch unser Osterdeich seit fast 25 Jahren von dem in früheren Zeiten Jahr um Jahr wiederkehrenden, zerstörenden Andrängen der Hochwasserfluten verschont geblieben. Er ist seiner Aufgabe als Weser-Schutzdeich fast vollständig enthoben. Aber wir »Osterdohrschen« sind stolz auf unsern Osterdeich, auf die herrliche Promenade, die er in einer Länge von mehreren Kilometern bietet. Zwar ist diese an Sonntagnachmittagen und auch sonst wohl an warmen Sommerabenden gut besucht, aber in den frühen Morgenstunden ist der Deich fast menschenleer. Der Dichter Seume soll einmal gesagt haben: »Es ginge manchem Menschen besser, wenn er mehr ginge!«[81] Und darum, von der Wahrheit dieses Satzes überzeugt, möchte ich allen Stubenhockern zurufen: »Her zum Osterdeich! denn der herrlich freie Rundblick in die Ferne erleichtert das Herz. Her zum Osterdeich!« Auch wenn der Weststurm braust und uns den Regen klatschend in das Gesicht peitscht. Mensch sein, heißt Kämpfer sein, und wenn die Kämpfe im stillen Kämmerlein ausgerungen sind, dann auf zum Kampf mit den Naturgewalten! Denn dies ist die Urbestimmung des Menschen, das gibt gesundes Blut und stärkt die Willenskraft.[82]

---

[81] Vielfach volkstümlich abgewandeltes Zitat aus »Mein Sommer 1805«: »Ich halte den Gang für das Ehrenvollste und Selbständigste in dem Mann und bin der Meinung, daß alles besser gehen würde, wenn man mehr ginge.«
[82] Hier sollte das Buch enden, bevor die »Schlußfantasie« hinzu geschrieben wurde.

7.
Schlußfantasie.

Es ist ein dunkler, trüber Novemberabend des Jahres 1936, ein dichter, grauer Nebel lagert über der Weser und dem menschenleeren Osterdeich; nur ein einsamer Wanderer schreitet auf der Promenade zwischen den dickstämmigen, breitästigen Bäumen dahin. Ihn kümmert nicht der fast undurchdringliche Nebel, denn ihm, dem alten deichgeborenen Deichläufer sind die Bäume, deren Stämme sich kaum aus dem Nebel abheben, alte, traute Bekannte, hat er sie doch in seiner Jugendzeit, als er sie mit seinen Händen umspannen konnte, so oft erklettert. Solche Jugenderinnerungen sind es, die den Greis bewegen.

Aber plötzlich schreckt ihn ein lautes Geräusch aus seinen tiefen Gedanken; es ist die elektrische Schnellbahn, die mit sausendem Gerassel über die Ostbrücke fahrend, nun den Osterdeich überquert und als Hochbahn das Neuenlander Fabrikviertel mit der nordöstlichen Vorstadt Horn-Lehe verbindet. Längst ist das Geräusch über der Lüneburgerstraße verklungen, nur noch ein leises Nachzittern der Eisenkonstruktion der Brücke, die sich dunkel und massig aus dem Nebel abhebt, dann ist alles still.

Der Wanderer wendet sich nach der Richtung zurück, aus der er gekommen ist, und wieder dringen Laute an sein Ohr. Es sind die Nebelhörner der im Oberweserhafen am jenseitigen Ufer liegenden Schleppdampfer, die bereit liegen, um am nächsten Morgen die zahlreichen, längs der Hafenmauer befestigten Schleppkähne durch den Kanal zu bringen. Auch die Glockenzeichen der Straßenbahn tönen deutlich herüber, in der lang sich dahinziehenden Werderstraße verklingend. In weitem Bogen zieht sich diese Straße um den Werderpark, und wenn auch schwach und verschwommen, so sieht man doch den Schein der elektrischen Bogenlampen vom Parkhause herüberschimmern.

Der Wanderer hat sich nach der Häuserseite hinübergewandt, dichter und dichter wird der Nebel, er geht allmählich in ein feines Geriesel über. Ganz in der Nähe der Rhederstraße stockt sein Fuß, spähend richtet er seinen Blick durch das Vorgartengitter eines großen Hauses[83], traumverloren sieht er die Umrisse des Gebäudes allmählich verschwinden, lichter und lichter wird es vor seinen Augen. Jetzt taucht vor ihm ganz im Hintergrunde tief unten ein rotes Ziegeldach empor, behäbig breitet sich schützend die Laubkrone eines mächtigen Baumes darüber hin, auf der Bank unter dem

---

[83] Des Frerich'schen Hauses, erbaut an der Stelle, wo sein Geburtshaus stand.

Baum sitzt eine blasse Frau. Mild lächelnd sieht sie von ihrer Handarbeit auf, zu dem kleinen Knaben hinüber, der dort in der Nähe des Hauses spielt, leise, ganz leise rauscht und lispelt es in den Blättern des Baumes.

> O du Heimatflur, o du Heimatflur,
> Laß zu deinem sel'gen Raum
> Mich noch einmal nur,
> Mich noch einmal nur
> Entfliehn, entfliehn im Traum![84]

Kalt ist die Hand des Spähers geworden, eiskalt von dem eisernen Vorgartengitter, das er umklammert hielt. Er streicht mit der Hand über sein Gesicht, das der Nebelregen gefeuchtet hat, und sich schwer auf den Stock stützend, wendet er sich zum Gehen. Stöhnend ringt sich ein Seufzer aus seiner Brust: Kehre wieder, du herrliche, goldene Jugendzeit! Kehrt wieder, ihr Tage des Glücks! Wie war's doch so schön, so traut einst! Achtern Diek!!

---

[84] Aus Friedrich Rückerts Gedicht »Aus der Jugendzeit«:
O du Heimatflur, o du Heimatflur,
Laß zu deinem heil'gen Raum
Mich noch einmal nur, mich noch einmal nur
Entfliehn im Traum!

Schriften zur Sprachwende

Plattdütsch!
Eene Rede, de Georg Droste
in den plattdütschen Verein Bremen holen hett.

Mien Mudderspraak[85].

Mien Mudderspraak! se schellt di platt –
Wat for en häßlich Woort is dat!
Gemeen un platt! un is doch wiß,
Dat keen as du so adlig is.

Vor dissen geew dat maal 'n Tied –
Se liggt torugg so wied, so wied! –
Da weerst du recht de Herrenspraak,
Un Könige föhrden diene Saak.

O Kind so stolt[86] un hoch geborn
Lang gung di Kron un Thron verlarn
Dien Suster sä: »Dat Riek is mien,
Un du kannst Aschenpuddel sien.«[87]

Se reet di von den Kopp de Kron
Un sett'd sick fast up dienen Thron:
»Nu kannst du nich mehr Herrin späln
Un magst as Deensten dood di quäln!«

Nu steihst bien Füer du still un stumm
Un puddelst in de Asch herum
Un driggst den Adel doch in'n Blood
Un ook den Königsschoh an'n Foot …

Mien Mudderspraak! se schellt di platt –[88]
Wat for en häßlich Woort is dat![89]

---

[85] Vorlage: Mudderspraak'.
[86] Vorlage: stollt.
[87] Vorlage: sien.
[88] Vorlage: platt.
[89] Vorlage: dat.

Gemeen un platt! un is doch wiß,
Dat keen as du so adlig is!

Un, wenn de up den Thron nu sitt[90]
Di mächtig ook herunnerritt,
Dien Adel is di angeborn,[91]
Dien Adel geiht di nich verlarn!

Mit disse Verse hett sick'n Dichter – sien Naam' is Müller in Suderburg[92] – sien warme Leefde for use plattdütsche Sprake von'n Harten schreben un Jedeneenen vornehmlich Denjenigen de maal dör plattdütsche Weegenleeder in'n Slaap sungen is, denn weerd sucke Wöre ook woll to Harten gahn. Ja, de Dichter hett recht, de hochdütsche Suster hett wunnen. Un wat de Swartkiekers sund, de wickt us ja sogaar, dat use schöne ohle Platt noch maal ganz un gaar uutrott't ward. Wenn wi aber bedenkt, dat noch de drudde Deel von use dütsche Volk, – dat noch binah 20 Millionen Minschen Platt verstaht, denn bruukt wi dat mit dat Verswinnen noch nich all to eernst to nehmen, un willt dat for't Eerste noch maal as swarte Grappßen beteeken. – Aber de bree'e Strom von dat Nee'e, dat Moderne, wat wi Kultur nennt, drängt sick mit Macht in dat Volk 'rin. Dat Ole ward umstort't un wo dat noch bestahn blifft, daar weerd de Ecken un Kanten von afstott't un afrunnd. So hett sick denn dat Hochdütsch so ganz bie Lüttjen ook in dat Platt rinnsmuggelt, dat is nich mehr rein un[93] man find't man blot ganz enkelt noch'n Stadtminschen, de so'n halfsläten godet Platt snackt. Darum mog ick glieks in'n Voruut bidden, wiel dat ick ook 'n Stadtminsch bin, mi dat nich for Öbel to nehmen, wenn mi bi disse Klöhneree maal de Tungen so 'n beeten verglippen deiht. Dat is lange nix Lüttjes 'n plattdütsche Rede to holn, wenn so'n ganzen Kring Plattdütsche daar sitt un lustert un lunkohrt: schall mi doch maal wunnern, wo de Fent daar woll mit to Gange kummt! Kieken Se[94] mal – n' plattdütsche Rede de hett nich maal de ole Grieche Demosthenes holen konnt. – –

---

[90] Vorlage: sitt,.
[91] Vorlage: angeborn.
[92] [Heinrich] Gottlieb Müller, * 30. März 1849 in Oldendorf, † 4. Oktober 1920 in Hannover, begraben in Suderburg, Pseudonym: Müller-Suderburg; als Dichter bekannt durch den Band »Wat an'n Heidweg blöht. Leeder un Riemels«, Bremen [1906]: Schünemann, als Forscher durch sein »Niedersächsisches Heimatbuch« in drei Bänden (gemeinsam mit Karl Dorenwell); das Gedicht »Min Muddersprak« erschien am 15. März 1907 in der Zeitschrift »Niedersachsen« (12. Jahrgang, Nr. 12, Seite 342) in durchweg anderer Notation.
[93] Vorlage: unn.
[94] Vorlage: se.

Wat nu dat Dörnannergahn von Hoch un Platt anbelangt, so mog ick dat woll verglieken mit de sollte Floot, de von de See kummt un drängt sick denn rin[95] in de Werser, denn kann man ook daar, wo de Floot steiht, nich seggen, wo dat söte weeke Werserwater uphört un wo dat sollte Seewater anfangt. So is dat ook mit use beiden Mundarten,[96] un wo faken hört man nich de Frage: »Wat is denn eegentlich dat richtige Platt?« Ick denk, wi könt us up disse Frage de Antwoort woll so geben: »Datjenige, wat wi von use Ollern un von use Großollern hört un leernt hefft, dat is dat Platt, wo wi von Dage mit bestahn könt; un dejenigen, de sick daarmit befaat't, Platt to schrieben, in de Bläder un in de Böker,[97] hefft de Upgabe, sick jo recht to besinnen, of se for ditt oder dat Woort, wat jem so'n beeten Hochdütsch lett, nich'n beeteret, olleret finnen könt, of se for disse oder de Spraakformen,[98] de in'n Hochdütschen begäng sund, nich Plattdütsche finnen könt. Wenn dat denn ook so'n beeten holten un stief klingt, dat schaad't nix, beter 'n rubberiget kantiget Platt[99] as'n översett'det Hochdütsch. Wenn wi up disse Aart, dat wat wi schrieft, up'n Seeft kriegt un seeh't dat duchtig dör, dat all de hochdütschen Brocken's daar twuschen ruut fallt, denn hefft wi use Schulligkeit dahn. Daarum wenn wi us duchtig Meite geft un mit dat, wat wi von use Vorfahren arft hefft,[100] vernunftig arbeit't, denn könt wi noch'n Platt to Gange kriegen, wo wi mit bestahn könt. Vor allen Dingen möt wi jo recht uppassen, dat wi bi'n Snacken un bin Schrieben de Mundarten, de Dialekte nich dörnanner kriegt; wi Bremers seggt nicht »för,[101] ick wör un ick köm«, wi seggt nich »ick güng« un »ick stünd«,[102] un wer hannoversch Platt oder anneret snackt, de mutt sick wahren, dat he daar nich Meckelborgsch oder'n annere Mundart twuschen krigt. In de Schriefaart von dat Platt lett sick woll in'n Allgemeenen[103] keen Eenheit to Gange kriegen; wat aber use Bremer Mundaart

---

[95] Vorlage: rinn.
[96] Vorlage: Mundarten.
[97] Vorlage: Böker.
[98] Vorlage: Spraakformen.
[99] Vorlage: Platt.
[100] Vorlage: hefft.
[101] Vorlage: för,.
[102] Vorlage: stünd – zu den Umlauten im bremischen Platt vgl. Heymann: »Das bremische Plattdeutsch«, Seiten 30 ff., z.B.: »Das bremische Platt hat im Gegensatze zu andern plattdt. Dialekten (z. B. dem hannoverschen, dem hamburgischen, mecklenburgischen) die Abneigung des Mnd. [Mittelniederdeutschen] gegen den Umlaut insoweit bewahrt, als es k u r z e s *ö* und *ü* überhaupt nicht duldet.« (Seite 32; Vorlage sind die Lautzeichen als *kurz gesprochen* akzentuiert).
[103] Vorlage: Allgemenen.

anbedruppt, so hefft wi ja siet Oktober vergahn Jahr dat schöne Book von Dr. W. Heymann »das bremische Platt«[104] kregen. For all dejenigen,[105] de Platt schrieft, hett dit Book 'n Weert,[106] de noch gaarnich genoog anerkennt ward,[107] un wenn wi bedenkt, wat de Spraakforscher, de dit Book schreben hett, for'n gräsiget Stuck Arbeit hart hett, wenn wi bedenkt, wat he mit disse Arbeit for use plattdütsche Sake dahn hett, denn willt wi siene Meite daardör lohnen, dat wi us nah dat Book richten doot. Woll heff ick vorhenn seggt: dat gifft verenkelt noch Minschen un vornehmlich sund de noch up'n Lanne to finnen,[108] de noch'n goodet Platt snackt, aber mit den Woortschatz, von den Enkelten is dat meist man trorig bestellt. Wenn wi darum all de velen olen Wöre,[109] de use Großollern in'n Munne föhrt hefft, de us de gode ole Tied, de us so manche schöne Stunne ut use Kinnertied wedder in de Gedanken roopt, wenn wi disse olen Wöre un de defftige Aart un Wiese, wo se anwennd worrn sund, nu wedder upp'n Bulten hebben willt, denn dröft wi us nich up den enkelten Minschen verlaten, denn möt't wi bi'n half Stiege Plattdütsche anfragen:[110] Wat denn de Eene nich weet, dat weet denn de Anner,[111] un ick heff de Meenung,[112] dat sowat, so'n Uttuusch von Gedanken,[113] dat Uutgraben von ole Wöre,[114] de all lange, lange unner de Asche von de Tied slapen hefft, narrns beter maakt weern kann as in'n plattdütschen Verein. Denn laat de Hochdütschen man ganz spietsch seggen: »Ach die Sache ist ja nur Sport.« Dat

---

[104] Das bremische Plattdeutsch. Eine grammatische Darstellung auf sprachgeschichtlicher Grundlage | von Dr. phil. W[ilhelm]. Heymann. Hrsg. auf Veranlassung des Vereins für niedersächsisches Volkstum. Bremen 1909: Gustav Winter. – Im Vorwort erwähnt er Droste: »Ein unverfälschtes bremisches Platt spricht und schreibt G. Droste, dem besonders viele alte und urwüchsige Ausdrücke geläufig sind.« Dazu die Fußnote: »Der Verfasser mehrerer in den ›Brem. Nachr.‹ erschienenen plattdeutschen Aufsätze, der größtenteils hochdeutsch geschriebenen Skizzen *Achtern Diek*, sowie des soeben erschienenen, viel Plattdeutsch enthaltenden Mooridylls ›Im Rodenbuschhaus‹ (Bremen, O. Melchers).« (Seite V). – Das »spricht und schreibt« weist auf eine persönliche Bekanntschaft mit Droste hin. – Zur Orthografie äußert sich Heymann entsprechend: »Eine einheitliche Rechtschreibung läßt sich im Plattdeutschen zurzeit wohl nicht durchführen.« (Vorwort, Seite VIII).
[105] Vorlage: dejenigen.
[106] Vorlage: Weert.
[107] Vorlage: ward.
[108] Vorlage: finnen.
[109] Vorlage: Wöre.
[110] Vorlage: anfragen,.
[111] Vorlage: Anner.
[112] Vorlage: Meenung.
[113] Vorlage: Gedanken.
[114] Vorlage: Wöre.

schad't nix, laat dat man Sport sien, just so good, as de jungen Fenters mit de Footballs rum smiet't, so smiet't wi hier denn mit de olen Wöre rum. Plattdütsche hegen un plegen, dat is in de letzte Tied so dat Slagwoort worrn, hegen heet upbewahren, wi willt versöken,[115] so vel as wi jichtens könt,[116] noch von dat ole Platt to retten. Wenn wi ook de arme Königsdochter nich wedder to ehre Kron' un ehren Thron verhelpen könt, denn willt wi doch daarfor sorgen, dat se nich ganz un gaar unner dat Footvolk kummt; wi willt ehr so'n beeten unner de Arms griepen. Aber wi willt se ook nich in't Glasschapp setten un in dat Museum oder in den Bleekeller bringen, mit annern Wören, wi willt Platt snacken un willt dat nich lien, dat use Muddersprake von Dage man bloot noch as'n Sprake for Swiendriebers un Ossentreckers ankeeken ward. Aber ook up anner Aart willt wi use Platt noch de rechte Plege to kamen laten, wi willt Platt lesen,[117] un wenn wi us maal dat, wat us dat vergahne Jahrhunnert an plattdütsche Böker lebert hett, bekiekt, denn staht wi vor allen Dingen toeerst vor usen grooten Fritz Reuter still, vull von Bewunnerung un Ehrforcht. He hett us den Bewies brocht, dat mit de plattdütsche Sprake woll wat antofangen is, wenn se uut den rechten Mund un uut de rechte Feddern kummt. Reuter, de groote Poet, de Romantiker, de Naturphilosoph, de Minschenkenner, he hett dör dat, wat he schreeben hett, uut hunnertduusende von Mischenoogen Tranen ruutlockt, Tranen de flaten sund for Lachen, for Lust un Vergnögen, aber ook Tranen,[118] de uut de Harten quulln sund, wiel de groote Dichter daar mächtig an schuddelt un ruddelt harr, mit de Aart, wo he so faken bet in de Deepe von de Minschenseele rinngreepen hett, he hett de Minschen schillert in ehre ganze Leegheit un Slechtigkeit, aber he hett us ook Gestalten lebert mit reine unverdorbene Harten. Wat Reuter for de plattdütsche Sprake dahn hett, dat ward nich vergeeten,[119] un so lange as noch'n Tungen platt snackt, so lange as noch'n Ohr hören kann, blifft Reuter use grote Volksdichter. Wenn daarum in dissen Jahr den 7. November sin Geburtstag to'n hunnertsten Maal wedder kummt, denn ward use plattdütsche Verein ganz gewiß up'n Damm sin un sick dat nich nehmen laten,[120] em to fiern. Dat ook'n Dichter de plattdütsche Sprake in ehre ganze Weekheit bet in dat Fiene un Fienste anwennen kann, daarfor

---

[115] Vorlage: versöken.
[116] Vorlage: könt.
[117] Vorlage: lesen.
[118] Vorlage: Tranen.
[119] Vorlage: vergeeten.
[120] Vorlage: laten.

hett us Klaus Groth[121] dör siene wunnerbaar schönen Gedichte in den »Quickborn«[122] den Bewies lebert,[123] un von den Reuterschen Landsmann John Brinckman,[124] de den Caspar Ohm un ick[125] un dat verdeubelte Stuckschen von de Slacht bi Abukier[126] schreeben hett, weerd wi jo von Abend noch'n Probe hören.[127]

Ick kann nu as tagenbaarn Bremer Jung aber ook nich laten up use bremschen Schriftstellers de Rede to bringen. Daar is vor allen Dingen use goode Wilhelm Rocco, de sick wied öber siene plattdütsche Vaderstadt weg'n Denkmaal sett't hett, siene plattdütschen Romane: »Vor veertig Jahr«, »Kinner un ohle Lüde«, Scheermann u. Co.« un de »Komödiantenmudder«[128] sund in so'n schönet ohlet Bremer Platt schreeben, dat jeden Bremer daarbi dat Harte in'n Liebe lacht. Rocco bringt so mannigen olen Snack un so veele ole Wöre, de all lange unnern Disch fulln sund,[129] wedder upt Tapez. Un ook dat ganze Boowark von sine Romane is so fein dördacht, dat em dat von Dage eerst maal'n Plattdütschen nah maken schall. Nah[130] Rocco is dat lange still wesen in use plattdütsche Literatur in Bremen, doch dröft wie eenen Mann ut'n Volke nich vergeten, dröft nich an Gottlob Bünte[131] sin noch frischet Graff voröber gahn, ahne dat wi daar 'n Kranz up daaleleggt. Bünte, de slichte, eenfache Mann, he hett us 'n

---

[121] Vorlage: Groot.
[122] Vorlage: Quikborn.
[123] Vorlage: lebert.
[124] Vorlage: Brinkmann [John (Frédéric) Brinckman (auch: Brinkmann)].
[125] »Kasper-Ohm un ick« (1855).
[126] »Peter Lurenz bi Abukir« (1869).
[127] »Haben doch gerade im letzten Jahrhundert die Schöpfungen eines John Brinckman, Reuter, Groth, Rocco und anderer gezeigt, daß die plattdeutschen Dialekte über Ausdrucksmittel verfügen, die sie zur Schilderung nicht bloß des äußern Treibens, sondern auch der feineren Züge des Innenlebens von Personen aller Volksschichten geeignet machen.« (vgl. Heymann: Das bremische Plattdeutsch. Vorwort, Seiten III-IV).
[128] »Vor veertig Jahr. En plattdütsche Geschichte ut'n Bremer Lanne« (1880), »Kinner un ohle Lüde. En plattdütsche Geschichte ut'n Bremer Lanne« (1882), »Scheermann & Co. En plattdütsche Geschichte« (1881), »De Komödjanten-Mudder. Eene Erinnerung ut min'n Leben« (1895). – Ab 1909 brachte Schünemann genau diese vier Bücher Roccos neu heraus. – Heymann führt die vier Bücher, dazu »Bi Großmudder Lührßen« [Titel auf dem Einband: »Bi Großmudder Lührssen«, auf dem Titelblatt: »Großmudder Lührßen. Plattdütsche Geschichte«, erste Ausgabe: Bremen 1885: Carl Rocco], als einzige fiktionale Texte unter seinen häufig zitierten Quellen auf (vgl. Heymann: Das bremische Plattdeutsch, Seite XV).
[129] Vorlage: sund.
[130] Vorlage: Na.
[131] * 15.11.1840 in Bremen, † 19.11.1909 in Bremen, Gründer und Leiter des Bremer Volkstheaters, Droste zitierte Bünte in »Achtern Diek«.

Stuck Volksleben uut de ole Tied achterlaten, öber dat[132] sick ook noch kunftige Generatschonen freien könt, wenn jem dat up de Komödjantenbreeder vorföhrt ward. Ook denjenige, de dat Vertellsel »Ut mien Fahrenstied« schreben hett un de sick »Ned«, nennt, is'n Bremer Jung un bringt in'n godet Platt up recht vergnögde Aart de Schippergeschichten,[133] de he sulbens beleft hett to Book[134]. Nah[135] dissen seeg dat wedder uut, as wenn de Bremers gaarnich mehr wussen, wat Plattschrieben weer, bet up eenmal unner den Titel »de Lüde von'n[136] Diek«[137] Joh. Mich.-Ranke[138] 'n schöne, lange Geschichte von'r Werserkante vertellde. Slichte, eenfache Minschen ut dat ole Bremen mit troe un gode Harten sund us in dit Vertellsel[139] schillert worrn. Dör dat ganze treckt sick de Leefsgeschichte von twee junge Harten,[140] un de Dichter vertellt us, wo de plattdütsche Held sick uut eegene Kraft to sien Gluck verhelpt. De Dichter aber speelt hier in Bremen »Buh-Kiek« – wer sick 'n beten fien utquetschen will, nennt dat ook woll »Pseudonym«,[141] aber ick heff eenen kennt, de hett maal'n annern kennt,[142] un de harr dat binah maal ruutkreegen[143] wer »de Lüde von'n Diek« schreeben hett. –[144]

Wie wilt nu hapen un wunschen, dat de plattdütsche Verein sin Deel daraan deit, bi[145] sine Mitglieder de Lust un Freide to'n Schrieben un

---

[132] Vorlage: öberdat.
[133] Vorlage: Schippergeschichten.
[134] Ut mien Fohrenstied. Ton besten för de Sellschap tor Rettung Schippbruchiger herutgeewen van Ned. Bremen 1906: Schünemann (2. Auflage 1908). Der pseudonyme Verfasser hieß Eduard Rosenhagen (* 1. April 1848 in Osnabrück, † 30. Januar 1914 in Bremen).
[135] Vorlage: Na.
[136] Vorlage: von.
[137] Vorlage: Diek«, [erschienen: 1908].
[138] Vorlage: Joh. Mich-Ranke (Pseudonym von Heinrich Bösking, * 05.02.1865 in Bremen, Sterbedatum nicht ermittelt).
[139] Vorlage: Vertellsels [andernfalls: disse Vertellsels].
[140] Vorlage: Harten.
[141] Vorlage: »Pseudonym«.
[142] Vorlage: kennt.
[143] Vorlage: ruutkreegen.
[144] ›Ranke‹, der gelernter Steindrucker war, hatte den Buchschmuck für Drostes zweites Buch, »Im Rodenbusch-Haus« (1909), gestaltet: Er selber kannte ihn also. – Ähnlich urteilte Heymann: »Wieviel altes, wenn auch nicht überall einwandfreies Plattdeutsch sich bei uns in der Stadt hier und da noch gegenwärtig versteckt, zeigen unter andern die vor kurzem unter dem Titel ›De Lüde von'n Diek‹ in den ›Bremer Nachrichten‹ veröffentlichte Erzählung sowie ›Neds‹ ›Ut mine Fahrenstied‹.« (vgl. Heymann: Das bremische Plattdeutsch. Vorwort, Seite V)
[145] Vorlage: bie.

Vertellen von Geschichten un Döntjes[146] nee to beleben un to wecken. Dat is ook'n Upgabe von usen Verein: Plattdütsch hegen un plegen, snacken[147], lesen un schrieben, aber wat noch de Hauptsake von dat Ganze is: wie willt ook plattdütsch denken un föhlen,[148] mit annern Wören wie willt de plattdütsche Aart. Ja, hüttodage hefft de Meisten daar 'n ganz verkehrte Vorstellung von, de meent,[149] »plattdütsch« dat is man allns so Buff un Baff weg, man ummer so mit de Dör in't Huus un mit'n Knuppel up'n Kopp, nee Kinners,[150] so is dat nich meent,[151] de ole Plattdütsche Aart, de Neddersassenaart, dat is'n stiebet Knick, 'n faste Hand un 'n trooet Hart up'r rechten Stäh. Aber wo is dat allns bleben von Dage, wo hefft wi noch'n Peter Lünk, von den us Liliencron vertellt hett »leber dood as Slaav«[152]. Wo sund de olen karnigen Gestalten, hart un tah as Eekenholt un doch wedder week un unschullig in ehre unverdarften Kinnerharten. Wo hefft wi noch Bräsigs[153] un Hawermanns? Jawoll Slusuhr'n un Pomuchelskoppe[154], de loopt genoog rum in use hochdütsche Welt, Hoofswenken un Krüzverrenken un lögen u bedreegen,[155] dat is von Dage baben up, daarum wenn wi de Plattdütsche Aart wedder hoch hebben willt, denn heet dat Reakschon! Dat is jo,[156] anners anwendt, 'n gräsiget Woort un dat schall ook blieben; ich meen Reakschon,[157] so wied as sick dat Binnenleben von den enkelten Minschen betreckt, Troo un Globen möt'r wedder her, de Handslag mut wedder gellen de bi de olen Plattdütschen mehr Weert harr as von Dage manche Eed. Slicht un eenfach, trohartig un uprichtig schall de plattdütsche Aart sien,[158] un von disse Aart weer ook de ole Bremer Kopptein Meyerdierks, de in'n Oktober 1888 de Upgabe harr, usen dütschen Kaiser up'n Dampboot to fahren un den Freehaben to wiesen as de inweiht word. Meyerdierks stund up sien Kommandobrugge un verklaarde den Kaiser,

---

[146] Vorlage: Döntjen.
[147] Vorlage: snacken.
[148] Vorlage: föhlen.
[149] Vorlage: meent.
[150] Vorlage: Kinners.
[151] Vorlage: meent.
[152] Gemeint ist Detlef von Liliencrons Ballade »Pidder Lüng« mit der von Strophe zu Strophe wiederkehrenden Schlusszeile: »Lewwer duad üs Slaav.«.
[153] Vorlage: Bräsigs-.
[154] ›Entspekter‹ Bräsig, Karl Hawermann, Slusohr und Pomuchelskopp: Figuren aus Fritz Reuters »Ut mine Stromtid«.
[155] Vorlage: bedreegen.
[156] Vorlage: jo.
[157] Vorlage: Reakschon.
[158] Vorlage: sein.

de duhne bi em stund, allens wat daar to sehn weer,[159] un harr mächtig drock, »Seine Majestät« de ganze Inrichtung von usen Freehaben to verkleenklütjen. Dat gung allns up Bremer Platt,[160] un den Kaiser schall dat bannigen Spaß maakt hebben, wiel dat he daar allerhand karnige un defftige Brockens to hören kreeg, de em just nich as »hoffähig« bekannt weern un de de Ceremonienmeister ook woll nich in sien Book hett. As de Kaiser nahher von Boord gung, schall he sick bi den olen Kopptein veelmaals bedankt hebben un hett em ook,[161] as dat so Mode is, 'n feinen Orden in sin brune Teerpootjen leggt. Meyerdierks is öber disse hoge Ehre so verbauereert wesen, dat he to eerst gaarnich wußt hett, wat he seggen scholl,[162] un as he dat Dings 'n Tiedlang von alln Sieden bekeeken hett, meende he up't Letzte ganz trohartig: »Och Herr Kaiser – – dat harrn Se doch man laten sollt – – wo schall ick Se dat nu woll wedder mit good maken?!« Tschäh! Dat weer plattdütsche Aart ahne veel Faxen un Kumpelmente, wo ja leider hüttodage de Minschheit nah taxeert ward. Ook use bremsche Koopmannschaft scholl sick maal daarup besinnen, wat plattdütsche Aart is un scholl maal trugge kieken up dat Vergahne, up de olen Handelsherrn, de maal an usen Schutting schreeben hefft de Koopmannsdevise: »Buten un binnen, wagen un winnen!« Un dat gifft gottloff hüttodage ook noch wecke in use Vaderstadt, de öber dat ›wagen un winnen‹ ook er eegen Hartens un Binnenleben nich vergeten hefft. Wenn jem dat Leben ook twingt, Dag for Dag de hochdütsche Tungen to rögen, hochdütsch, engelsch un französch to schrieben un mit hochdütsche Lüde Handel un Wandel to drieben, in ehren deepsten Harten daar hefft se doch noch 'n warme Stäh for use gode Platt,[163] un in ehren Huse daar pleegt se doch noch de ole plattdütsche Aart. Wenn so'n riken Koopmann in siene finen Salons so'n grote Gesellschupp gifft, wo he mit sien hochdütschen Gäste so ganz fieß dohn un ganz fien hochdütsch snacken mutt, denn sitt he doch to, of he sick nich maal ganz sachte up de Siede drucken kann. Denn geiht he na baben un tritt in so'n lüttje Dontzen,[164] un daar sitt in'n weeken Lehnstohl 'n ohle Froo mit witte Haar, mit'n welket Gesicht un welke Hänne. Un de rike Koopmann, de von buten so stolt[165] un so koolt uutsitt, he leggt de ole Froo sachte de Hand up de Schullern un flustert

---

[159] Vorlage: weer.
[160] Vorlage: Platt.
[161] Vorlage: ook.
[162] Vorlage: scholl.
[163] Vorlage: Platt.
[164] Vorlage: Dontzen.
[165] Vorlage: stolz.

liese: »N' abend Mudder! wo geiht't?« De ole Froo aber nimmt de Hand un strakelt se mit ehre welken Fingers un kickt den Mann vull Stolt[166] un Leefde in de Oogen un denkt daarbi: »Ja, he is noch mien Söhn – he kann jo noch Platt«. Disse Koopmann, de up so'ne Wiese noch plattdütsche Aart pleegt, he scholl ook mit daarfor sorgen, dat use plattdütsche Sake nah buten hen to Ansehn kummt, he un siene Frunne un allns wat sick maal hoch arbeit't hett, uut den plattdütschen Stand, se scholln dat nich vergeten, dat se, oder dat ehre Vorfahren Plattdütsche wesen sund. Se scholln mit inträen in usen Verein un allns wat'n Harte hett un wat'n Leefde hett for sien plattdütsche Muddersprake, dat scholl mit us arbeien Hand in Hand un dat schall mit us ropen ut Hartensgrunne: Use plattdütsche Sprake un use plattdütsche Sake se schall leben: Hoch! hoch! hoch!!! –

---

[166] Vorlage: Stolz.

Vorrede.[167]

Von Haupt- un Ståtsakschonen, von Hoff- un Leefsgeschichten hefft wi all so'n Barg to Poppier, dat man dår den ganzen Eerdkloot mit tapßeeren un sick denn noch'n pår Rullen up'n Böen unner de Okern to'n Utflicken upschonen konn; in disse Geschichten, ick meen de moderne beetere Unnerholungs-Schundliteratur, krimmelt un wimmelt dat so von Forsten, Gråfen, Freeherrn, Båroons un annere Eddellüde, dat, wenn disse Gestalten alle mål left harrn, oder noch an'n Leben weern, de ganze Minschheit gewiß blauet Bloot in ehre Ådern hebben wurd. Lågen ward in sucke Vertellsels mehrstendeels so gräsig, dat'n dat mit'n Hollschen föhlen kann, wo de Schrieber mit de Wåhrheit to Korte kåmen is. Dårum hefft vele Minschen, de, wenn se sick åbends von ehre Dågesarbeit uutrauht, geern Böker lest, sick mit disse Årt Schriefkråm all lange den Mågen verstuukt un jem verlangt wedder nåh dat Worklige, nåh dat Wåhre un Nåtürlige. Se sehnt sick dårnåh, mål wedder ruttokåmen ut de groten Slotter un Prachtgeböde, ut de Prunk- un Ballsåls un ut dat Gehuschel un Geruschel von Siede, Sammt un Spitzen. Man verlangt wedder nåh Gestalten åhne Sminke un Puder, man will nich mehr de Dråhtpoppen up den glatten Bodden von de Öber-Kultur danzen sehen, nee, man will wedder Minschen uut Fleesch un Blood, de echte Nåtürlichkeit an sick hefft. – Wo find't wi åber disse Gestalten beter as in use eegen Heimåt, in de ole plattdütsche Tied, in den isern Bestand von uset Leben? Alleen all de markige, karnige plattdütsche Språke gift us de Gewißheit, dat wi dör ehr de defftigen Gestalten ut'n Volk am Besten schillern un målen könt, denn de Språke is de Geist von dat Volk, is dat Volk sulbens. – Woll gift dat ook Lüde, de dat Platt rubberig un kantig, gemeen un »unmodern« find't, just so good as dat ook Minschen gifft, de use Heide mit all ehre Wunnerherrlichkeit un Pracht as langwielig, triste un eensåm beteekend. Twee Minschen wannert dår dör: de Eene stöhnt un hojåhnt un de Anner foolt de Hänne, vull von Andacht, de em öberkummt in disse grote Gotteskarken, wo Sunnenschien un

---

[167] Zur Notation des Niederdeutschen heißt es im Vorspann des Buches: »Wer von de Lesers 'n hochdütschen Tungenslag hett, mag sik marken, dat de Bookstaff å twuschen a und o klingt, just so as in'n Engelschen de Wöre: water, call, fall, tall etc.« – Gewidmet ist das Buch: »Den plattdütschen Vereen in Bremen to eegen« – Der Urheberrechtsvermerk lautet: »Toor Wåhrscho! | Wer åhne Wetenschupp von den de schreben hett ut dit Book enkelte Stucken, oder wer går dat ganze Book afkleit oder nåhdruckt, ward nåh Pårågråf so un so von dat Preßgesetz bestråft, un dat is nix Lüttjes: For jedet Stuck Lebenslänglich un een Been af!«.

Farbenpracht, wo Leeberken, Immen un Bottervågels[168] left un weft, wo use Herrgott sulwst sien grote ewige Predigt hollt. – So gift dat ook Minschen, de for de Deepde un dat Fiene, wat use groten plattdütschen Dichters, as dår sund Klaus Groth, Fritz Reuter un Annere,[169] keenen Sinn un keen Geföhl hefft; dat is de Årt, de leeber so hoch as dat jichtens geiht, öber de Eer un am leefsten båben up de Barge dat platte Land deep unner sick lett. Disse Lüde schollen åber nich vergeten, dat achter de Barge ook noch Minschen wåhnt, un dat dejenigen, de vor hunnert Jåhr anners nix snackt hefft as Plattdütsch, wiel dat se keen anner Språke konnen, ehre Vorfåhren weern. Wer von Dage mit'n sulbern Gåbeln itt, de scholl af un to ook mål wedder dåran denken, dat sien Groß- un Urgroßvåder mål mit'n scheefsnuut'den, holten Läpel siene Måhltieden vertehrt hett. Na, – låt jem! Ick for mien Part wenn' mi mit mien Schrieberee vornehmlich an miene Frunne von'r slichten plattdütschen Kante un wenn de lüttjen bescheidenen Geschichten, de ick in dit Book vertellen do, ook noch in de hochdütsche Welt Leefhebbers un de plattdütsche Språke dådör åpene Harten finnen scholl, denn wurd mi dat dubbelt freien. Wenn åber de een oder de anner von de Lesers oder Toohörers finnen scholl, dat de Biller in wecke von miene Stuckschen stellenwiese 'n beeten riebe gluupsch un groff sund, so ungefähr as wenn se mit'n Wittjequäst oder mit'n Riesbessen målt weern, denn mog ick jem in'n Voruut toroopen: »Man nich so fieß un so eferig!« Use ehrliche plattdütsche Språke is dårto dår, um Minschen un Begebenheiten so to schillern as se sund un wi Plattdütschen verwennd se dårto, use wåhren Gedanken uuttodrucken. Dat Hochdütsch is dårgegen beeter for de Herren Diplomåten, man kann mit disse Språke veelmehr Faxen un Fisemantenten måken un se dårto verwennen, um siene wåhren Gedanken to verbargen.

So öbergef ick dit Book denn miene leebe Våderstadt mit de Håpnung dat ick dårdör uset godet Bremer Platt 'n lüttjet Denkmål sett't heff. Scholl dat den Eenen oder Annern von use Bremers in de Hänne kåmen de in fromden Lanne is, wied von den Oort, wo sien Weegen ståhn un wo sien gode Mudder em de eersten plattdütschen Wöre lehrt hett, denn weet ick gewiß, dat he mit siene deepsten Hartensgedanken mål wedder in so'n stille Stunne midden unner us is. Wenn Eener in fromden Lanne ook Allens funden hett, wat'n so as »Gluck« beteekend: Froo un Kind, Huus un Hoff, Geld un Good, een Deel kann he dår doch nich ganz un går finnen – dat is

---

[168] Vorlage: Boltervågels.
[169] Vorlage: Annere.

de Heimåt! Un bi wenn sitt woll de Wuddeln von den Lebensboom faster in de Grund as just bi us Bremers? Wo scholl anners woll de Snack herkåmen:

Noord, Süd, Ost, West – Bremen Best![170]

---

[170] In der 2. Auflage, wohl mit Blick auf ein größeres Lesepublikum: Noord, Süd, Ost un West – / In de Heimat is't up best! – Die Fassung der 2. Auflage ist in der Notation durchgehend überarbeitet worden. Aus den »Rullen up'n Böen unner de Okern« wurden »Rullen up'n Böen«.

Use Bremer Platt.

Dat weer an so'n wunnerschönen warmen Åbend in'n vergåhnen Sommer; den Nåhmdag weer dat eerst mächtig heet wesen, wi harrn eene Hitze, man konn'r woll twee von måken, un de Mus'kanten, de sick dår in een von use groten Sommergåren's afquält harrn, weer dat Musikmåken hüte bannig suur full'n. Nu weer dat bi lüttjen Åbend worrn, dat köhlde sick so'n beten af, de Sunne gung to'r Ruh' un mit ehr de ganze Nåtur, bloot in de Spitze von den höchsten Boom in'n Gåren, dår seet so'n Swartdrossel, un wenn de Mus'kanten sick mål verpusden, denn hörde man se noch so fliedig fleiten, un dat klung noch so frisch un so schön as den Morgen, un se weer doch all de eerste von de ganze Vågelgesellschupp wesen; toletzt åber harr se dår ook keen Fiduz mehr to, heelt den Snåbel un gung nåh'n Bedde. De ole Herr mit den langen witten Bårt, de all'n ganze Tied alleen an so'n lüttjen Disch seten harr, lusterde noch 'n pårmål nåh allen Sieden, of he den Vågel nich noch mål vernehmen konn, as 'n groten Gesangverein mit vuller Forsche an to Singen fung; dat weer nu eerst wat for usen olen Opa, sien frundliget, gemütliget Gesicht verklårde sick noch mehr, un he hörde ganz nippe to un markte dårum ok går nich, dat sick noch'n annern Gast mit an sien'n Disch sett't harr.

As de Gesang vorbi weer, fullt den Olen dat åber doch up, dat he nich mehr alleen weer, un as de annere an sienen Hoot tickde, un »'n Åbend« sä, dår dä he genau datsulbige. So seten se noch 'n ganze Tied, keener von de beiden sä wat; dat keem woll dårvon, wiel dat se beide Bremers weer'n, un dat is doch nu eenmål so: »die janzen Bremer sind'n bißken schteif und schwerfällig«. Ganz düster weer dat nu worrn, bloot in'n Noorden weer noch so'n hellen Schien, ook weer dat in den groten Gåren nich mehr so luud un lebennig as den Nåhmdag. In'r Luft rook dat so wunnerschön, wiel de Linnenböme bleihden, dårbi weer dat noch so mollig warm, mit eenen Woord, dat weer 'n Åbend, so recht to'n Swärmen un to'n Drömen, un in disse Verfåtung schienden ook use beiden Gäste an den lüttjen Disch to sien, as de Gesangverein sien letztet Leed sung.

»Muttersprache, Mutterlaut,
Wie so wonnesam, so traut«[171]

klung dat so sacht, so week un so rein dör den Gåren, un as dat Enne keem, wo dat heet:

---

[171] Lied von Max von Schenkendorf (Text) und Friedrich Hegar (Melodie).

»Aber will ich beten – danken,
Geb' ich meine Liebe kund,
Meine seligsten Gedanken
Sprech' ich mit der Mutter Mund!«

dår sackde usen olen Opa de Kopp mit den silberwitten Bård ummer deeper up de Bost, denn he weer een von de Årt, de sowat nich bloot mit de Ohren anhört, he hörde dat ook mit sienen Harten un nehm dat dårin up, un dår wurd dat denn ook so wied un so vull, dat't em öberleep. So brook he denn endlich dat Stillswiegen, he wennde sick an den, de em gegenöberseet, un sä: »Och, Herr Nåhber, wo weer dat doch schön, bi so'n Gesang mog ick woll starben, den mog ick hören, wenn mål de Stunne kummt, wo ick de Oogen todoon mutt to'n letzten Mål[172]!« De Dischnåhber trock sienen Stohl ganz duhne nå em ran, lä em de Hand up de Schullern un sä: »Ick verståh Se, ick föhl Se dat ganz un går nåh, åber an't Starben dröft Se doch nich denken, mien beste Herr; gewiß, so'n Gesang geiht an't Harte, un dat eerst recht, wenn dat, wat dår sungen ward, so ganz un går nåh usen Sinn is.« »Jå,« meende de Ole, »un gråde de letzten Wöre von dat Leed scholl'n us to'n Nåhdenken bringen; ick denk dårbi an use lebe Muddersprake, an use gode ole Bremer Platt; fallt Se dat nich ook up, dat et vernåhlässigt ward? Mi kummt dat so vor, as wenn de Lüde, ook wat tågenbåren Bremers sund, sick scheniert, de Språke to reden, de ehre Vorföhren språken hefft, se scheniert sick, Platt to snacken.« »Jå, jå,« sä de Annere, »dat is ganz miene Meenung, man seggt, ›es klingt so gewöhnlich, es liest sich so hölzern‹; jå, so'n beten Fritz Reuter sick vorlesen låten un dåröber lachen, dat hört bi de meisten so ›zum guten Ton,‹ un wenn se denn, wat dat dåglige Leben so mit sick bringt, ook mål 'n Mund vull Platt riskiert, denn bringt se dår wåhrhaftig Reutersche, Mekelnborger Brockens mit twuschen, åhne dat se dat markt[173], ook Bremer Platt un Heideplatt smiet't se in eenen Pott, un denn bringt se dat vor'n Dag, dat man Angst hett, se brekt sick de Tungen af.« »Dat freit mi doch bannig,« sä de ole Opa, »dat wi so ganz un går eenes Sinns sund. Ick hol grote Stucken up Reuter, he is de Volks- un Hartensdichter for us Plattdütschen, åber use Bremer Platt mut rein blieben, it mut siene Eegenårt beholen, un wi möt't dårfor sorgen, dat it hegt un plegt ward. Wenn sick hier in Bremen so de

---

[172] Vorlage: Måal.
[173] »Fremde Einflüsse haben hier freilich viel geschadet. Vor allem hat in dieser wie noch in anderer Beziehung die Sprache Reuters äußerst verwirrend gewirkt, und es ist die höchste Zeit, daß wir uns darauf besinnen, was wir unserer eigenen Vergangenheit schuldig sind.« (vgl. Heymann: Das bremische Plattdeutsch. Vorwort, Seite VI)

Inwannerden tosåmenfind't, denn grund' se ehre Landsmannsvereine; wi hefft hier: Verein der Rheinländer, Schlesier, Pommern, Ostfriesen, Hanneweråner un annere, man kann jem dår nich in verdenken, wecke Minsch leeft nich siene Mudderspråke, wer hört nich geern sienen heimåtlichen Tungenslag, un dårum hefft de Lüde een Recht dårto, åber wenn dat mit use Bremer Platt so fudder geiht, denn möt't wi noch bald een ›Verein der Bremer‹ grunnen, anners verlust use Språke noch ganz un går ehre Eegenårt.«

De Gåren weer nu nåhgråde minschenleer wurrn, bloot use beiden Plattdütschen seten noch an ehren Disch, un wenn dat 'n Leefspår wesen weer, harr sick nu ook ganz gewiß »Frau Nachtigall« de Gelegenheit nich entgåhn låten, un harr jem dår wat vorfleit't, åber eerstlich mål intresseert sick de Nachtigål går nich for sucke Leefsangelegenheiten, as wi de beiden dår verhackstuckden, un tweetens wåhnde dår ook går keene, wiel ehr dat dår in'n groten Ganzen vel to lebennig weer, un Fro Philomelen is man noch so'n beten wat schuchtern, se hett sick »der modernen Frauenbewegung« noch nich anslåten; nå, use Beiden vermißden se ook nich, se weern vel to dull in ehre Bremer Platt vertåkelt. Ganz grall weer de Ole nu worrn, as he wedder anfung. »Tschä, dat weern noch Tieden, as use Bremer Koopmannschaft noch unnerenanner Platt snackte, un as dat Platt noch Verkehrs- un Handelsspråke weer, dat weer dåmåls in de gode ole Tied, as so'n groten Bremer Handelsherr noch sulbens siene Schellfische von de Helgolanner Slupen an'r Slachte inkoffde. Dårbi is dat den eenen von jem mål påsseert, dat he mit siene Fische an'n Bänzel öber de Slachte gung, un dår bie'n Geschäftsfrund an den sien Kantor vorspreken woll. He konn dår åber doch nich good mit de Schellfische ringåhn un red'te dårum een von de olen Mascopsdrägers[174] an, de dår an'r Krukenbörse rumstunnen. Dat weern Keerls, de man hüttodåge öberhaupt nich mehr to sehn kriggt, so richtige Annerthalf-Minschen, mit Elefantenknåken, de harr 'n Puckel, so breet as Roland sien'n, un'n Pår Föte as so Vigelinenkastens, dat weer'n Slag Minschen, de marscheerden mit so'n Tweehunnertpunds-Sack as hüte de Soldåt mit sien Tunnoster. Nå, an den eenen, mit dat dicke rootbrune Gesicht, de dår herstund as so'n Eekboom, gung he ran, mit der eenen Hand heelt he em de Fische un mit der annern een Seßgrotenstuck hen un säh: ›Hier sund seß Grote, bring He mi mål de Fische nåh mien Huus!‹ De Mascopsdräger keem ook nich eenen Toll ut'r Richte, trock ook nich siene groten Ballastschuppen von Hänne ut de Boxentaschen, un

---

[174] In der 2. Auflage: Maschupsdrägers.

anterde ganz dickdräwsch: ›Dat is nich mine Funkschoon, ich fåhr bloot Boddern!‹«[175] – De Kellner, de dår up de annern Dische de Schotteln un Gläser tosåmenstellde, keek hoch up, as he dat vergnögde Lachen von de beiden eensåmen Gäste hörde, åber de ole Spitzbube, de Liesegänger von Vullmånd, de öberall ganz neeschierig siene Näse twuschen hebben mutt, kukeluurde dår achter de breeden Tölgen von so'n dicken Boom un lachde nu ook öbert ganze Gesicht. He harr se jå ook kennt, de Gestalten ut de gode ole Tied, densulbigen Koopmann un densulbigen Mascopsdräger, he harr em fåken genoog dat ole knubberige Stråtenplåster beschient, wenn he up siene grote allmächtige Schuufkår de Butjenter Bodderkübens von'r Slachte nåh'r Stadtwåge schåben harr. Aber he harr noch mehr sehn, noch vel, vel mehr in de lange Tied, wo he dat gode ole Bremen all beschiende. Dåmåls, as he mit sienen Schien noch in'n hoogen Ansehn stund, wiel dat he heller weer as de olen Bremer Trånluchtens, dåmåls harr he een ganz annert Platt hört, eene ganz annere Språke, as wie de beiden Minschenkinner in den Gåren dår sproken. Sien Schien weer all mål just so hell wesen as de lüttjen Ölfunzeln up'n Råthuussål; he harr dår dör de Finsterruten keken, as dår een »hochloffike un hochwiese Råt« tohoopen wesen weer, dat weer in dat Jåhr eendusend ook[176] dreehunnert un dree wesen, dår harrn se to'n ersten Mål de ganzen Bremer Gesetze tosåmentrocken un de in so'n dicket Book schreben, dat nennden se »Bremer Statuten«[177]. Dat wer 'n Bremer Platt wesen, öber dat de Lüde hüte lacht un mit de Koppe schuddelt, åber it weer dåmåls de Volksspråke wesen un ook de Schrift- un Gelehrtenspråke. Un hunnert Jåhr weern vergåhn un use Månd harr mit sienen Schien in annere Poppieren rumsnuffelt, he harr de ole brem'sche Polzeiverornung, de »Kundige Rulle«[178], lesen, de harr ook sehn, wat up »Tafel un Book« stund, dat weer de Grundlåge for den Borgereed[179], de ole

---

[175] Vorlage: Boddern!«.
[176] In der 2. Auflage entsprechend: ok (nicht das erwartete: un).
[177] Die erste Sammlung der bremischen Stadtrechte aus dem Jahr 1303.
[178] Sammlung plattdeutsch abgefasster Polizeivorschriften, niedergeschrieben 1450 und erneut 1489 und alljährlich am Sonntag Lätare (dem dritten Sonntag vor Ostern) vom Rathaus verlesen (vgl. Heymann: Das bremische Plattdeutsch. Vorwort, Seite IV)
[179] Der Bremer Bürgereid (Gemeener Borger-Eed der Stadt Bremen) war 1365 nach dem sog. ›Bannerlauf‹, einem Aufstand von Bürgern gegen den Rat der Stadt, eingeführt worden und musste von jedem in der Stadt Geborenen sowie von Zuzugswilligen geleistet werden (seit 1534 wahlweise in hochdeutsch als sogenannter ›Gelehrten Eid‹, seit 1815 in Hochdeutsch, 1904 abgeschafft). »Unter anderm enthielt der Eid [der Bürgereid] das Gelöbnis, ›Tafeln‹ (d. h. die a l t e ›*Eendracht*‹, den Vertrag zwischen Rat und Bürgerschaft vom Jahre 1433, der ursprünglich auf Tafeln geschrieben war) und ›Buch‹, die seit 1303 gesammelten plattdeutschen Statuten (Gesetze) ›samt der neu aufgerichteten Eintracht‹

Eendracht, de ludt'de: »dat is eene lofflike wohlbegrundede Verdrach to Wohlstande der Stadt Bremen, unde to Underholdinge Borgerliker Eendracht«[180], un wedder weern hunnert Jåhr vergåhn, un noch mål hunnert Jåhr, un de Månd harr Åbends un Nachts dör de Finsterruten von de Studeerstuben keeken, un harr dår wedder in de groten dicken Böker von de Gelehrten lesen, de harrn nu eene annere Språke schreben, de nennden se »Hochdeutsch«. Un von hunnert Jåhr to hunnert Jåhr keem dat Ole in de Rumpelkåmer, un dårum moß de Vullmånd lachen vor Freide, dat dat noch Minschen as de beiden an den lüttjen Disch geef, de dat Ole in Ehren heelden, un de nich vergeeten, dat dat Vergåhne de Wuddel von dat Beståhnde un dat Kunftige is. Dårum lusterde un plinkoogde de Månd ook noch'n ganze Tied nåh de Beiden hen un hörde, wo se lachden. Un[181] as de Annere sä: »Jå, dat weer'n noch Tieden, dår harrn de Rotten noch Feddern un de Dickkoppen drogen noch'n Släpdegen; åber hör'n Se mål, Kellnär, wenn Se dat Geschirr in't Huus brocht hefft, bringen Se us doch twee lüttje ole Koorn mit ruut, ›'t is man von wegen de Morgenluft‹, plegte Sniederamtsmeister Pfeifer to seggen – as us Willem Rocco vertellt hett[182] – åber ick denk', von Åbend deht so'n Lüttjen us ook keen'n Schåden.« Dat Gewunschte wurd' brocht, un »Prost« gung dat nu, »de gode ole Tied schall leben, un mit ehr use Bremer Platt.« »Dat schall gelln,« sä de ole Opa, »un wi willt håpen un ook mit dårför sorgen, dat use plattdütsche Mudderspråke nich unnergeiht; dat Hochdütsche ward sick verännern, disse Boom mut noch ummer frische Tölgen kriegen, åber use Platt mutt rein blieben, åhne fromdet Biewarks, it mut hegt un plegt weern in de Scholen un in de Hüser – åber wat is dat!« sä he, un keek nåh de Klocke, »datt is jå all dree Viertel up teihn, un wi willt doch to'r borgerligen Tied in'n Huse sien, anners geiht us dat noch, as den olen Jan Bosselmann, de harr mit siene veerunachtzig Jåhr noch'n dummen Streich måkt, un tröst'de sick dårmit:

(vom Jahre 1534 halten zu wollen. Beide (p l a t t d e u t s c h e n) ›Eendrachten‹ sowie neben der hochdeutschen Eidesformel die p l a t t d e u t s c h e wurden bis über das Jahr 1810 hinaus jedem Bürger eingehändigt.« (vgl. Heymann: Das bremische Plattdeutsch. Vorwort, Seite IV).

[180] In der 2. Auflage: ›Dat is eene lofflike wohlbegrundede Verdrach to Wollstande der Stadt Bremen, unde to Underholdinge der Borgerliken Eendracht‹.

[181] Vorlage: un.

[182] Wilhelm Rocco: Vor veertig Jahr. En plattdütsche Geschichte ut'n Bremer Lanne. Kapitel 22: »Snideramtsmeister un Likenbidder Pfeifer«. Bremen 1880: Schünemann. Neuausgabe (4. Auflage): 1909. – Der Leichenbitter trank in jedem Trauerhaus drei Gläser Wein. Wurde ihm ein drittes nicht angeboten, griff er sich ein bereit stehendes und sagte: »'tis wegen de Morgenluft;« bzw., am Abend: »Abends ward dat all recht kold.« (Seite 110, Neuausgabe: Seite 106).

nå, man to, de Verstand kummt jå woll mit'n Jåhren!« – De Beiden twålden nu Arm in Arm ut den Gåren, peidelnden de Schussee 'runner un strefden ehr lebet Bremen to, se freiden sick, dat se sick kennen leernt harrn; un as se ut'nannergungen un eenanner de Hänne schuddelden, dår heet'de dat »Up Weddersehn!« Un de Jungere sä noch to den Olen: »Nå, denn hol'n Se sick man recht hart un denken Se nich wedder an't Starben, ummer den Kopp hoch, dat Leben is noch schön, un Se kennt doch dat ole plattdütsche Sprickwoord: 'n vergnögdet Hart is beter as'n Spint[183] Kårtuffeln!«–

---

[183] 4,63 Liter (bremisches Maß).

Zwei neu erzählte Erinnerungen

Trintjen Trellen.[184]

»Ochotterchott!« bluchterde Großmudder, »ochotterchott, Trintjen Trellen kummt anslarrn! Ick hör ähr dar all wellschen: Een-un-dar-tig – twee-un-dar-tig! Wat fang' wi denn nu an? Tschä, ick gah bie, un kiek in't Brodschapp! Man kann ähr doch nich ummer so stick in't Gesicht lachen!« – Na, dat weer aber ok 'n gräsiget Stuck Arbeit, darbie dat Lachen to laten, wenn man Trientjen in't Gesicht keek! – Vor allen Dingen de Näse! Herrjees, wat'n Näse! De leet just so, as wenn ähr dar mal wen mit'n Afsatz unnerhaut harr, un de ole Tinken weer darvon rejell umkrämpelt worrn. Achtern Diek sä'n de Lüde, Trintjen ähr Näse weer'n Regentunnen; denn, wenn dat regen däh, denn regende ähr dat in de Näsenlöker. – Un denn dat Mundwarks! »Wenn se lacht – sä Großmudder mal – denn is de halbe Kopp weg un denn kriegt de Ohren Besök!« – Dat schönste weern aber noch de Ogen! – Mien Swester harr mal to Wihnachen so'n Waßpoppen krägen, un dar harr de Katte de Ogen half 'rutkleit. Von de Tied an heetde disse ole Docken »Trintjen Trellen«! – Wenn mien Swester un ick mal nah d'r Stadt wollen, um wat intohalen, denn harr Nahbersche Trintjen meist allerhand to bestellen un mittobringen, wiel se sulbens von wegen ähren Beenschaden nich ornklich lopen konn. – »Wenn nacher Stadt gehs, mein Deern,[185] denn kanns mich wohl for'n Groten Zwirnt mitbringen, mein Deern!« – Wieldeß dat se mit mien Swester snackde, keek se m i denn an. Ick konn dar eerst garnich achterkamen, un ick konn mi as Jung dar schändlich öber argen, dat se to mi »mein Deern« sä. Bit datt ick dat spitz kreeg, dat Trintjen scheelde, un öber Krüz keek. – Wenn se mien Swester dat denn Allens fein inknutt't harr, denn sä se up't Letzte: »Läufs auch 'n Büschen grall zu mein Deern, weil daß icher ja auf töben thu. Wenn wieder kömms, gib ich Dich auch 'n scheenen Apfel un 'n Stick Pfudding!« Mudder stukde ähr mal torecht, von wegen ähre gräsige Dütschverdareree un sä: »Trintjen! Dohn Se mi doch eenen Gefallen, un snacken Se Platt mit de Kinner? Mit dat Hochdütsch, un vornehmlich mit dat »mir« un »mich« könt Se jo doch nich to Gange kamen, dat hört sick jo gräsig an!« – »Tschä – anterde Trintjen ganz trohartig – nu seggen Se mi doch mal – dar heff ick

---

[184] Droste unterstrich alle ›a‹, die wie das ›a‹ in dem englischen Wort water gesprochen werden. Hier wird darauf verzichtet, da die plattdeutsche Rechtschreibung stets stark schwankte und Droste selber nicht einheitlich verfuhr (auch nicht in diesem Text).
[185] Vorlage: Punkt statt Komma.

ok all so faken öber nahdacht – nu seggen Se mi doch mal, wo heet dat denn eenglich: »mir« oder »mich«?

Wenn Trintjen öber ähre Leidensgeschichte – un vornehmlich öber ähr »ungluckliget« Been – an't ramuln weer, denn weer d'r dat Enne von weg, von dat Geanke un Gestöhn! »Öber dartig Jahr weer dat nu all her mit dat Been, aber ummer noch dat sulbige Gejauels, un as ick noch so'n lüttjen Pöks weer; wuß ick dat Woord for Woord ut'n Kopp, wat dar to liggen keem: »Och Kinners nä, mit mien ungluckliget Been, dar bin ick twee-unveertig Wäken mit up'n Krankenhuse wäsen, un wenn domals de nee'e Assistenz nich kamen wer, denn – Kinners! – denn harrn se mi weiß Gott dat Been a d o p t i e r t !« –

To'n M a l e n wer dat, wenn Trintjen so in de Abendstunnen öber ähre unnerste Husdör weg in't Wär keek! De beiden Ellbagens harr se denn up de Dörkante stutt't, dat Kinn in de Hänne leggt, un keek denn stunnenlang mit'n gräsig dusseliget Gesicht Löker in'r Luft. –

»'Nabend, Trintjen!« sä mal up'n Abend Schoster Frese to ähr, de just mit sienen vullen Schohbüdel an ähren Huse vorbiepungelde. »Na, Trinktjen? Heft Se dar dat Mekelnborger Wapen uthungen?« – »Nä«, anterte Trintjen ganz arglos un dreihde eenfoltig den Kopp nah allen Sieden, »nä«! Hier hangt jo nix nich! – Aber Frese! Och hörn Se mal Frese! Seggen Se mal Frese: Gaht Se nah'r Stadt? Och, denn konnen Se mi woll 'n Gefallen dohn, un bringen mi … och wäten Se woll, ick mit mien ungluckliget Been – wäten Se woll – dar heff ick jo tweeunveertig …« – »Ja, ja« reep Frese, »ick weet Bescheed! Wat schollt denn sien? Wat heft Se denn mittobringen?« – »Och Frese! – wingerde Trintjen – och, wenn Se so good sien wollen – denn bringen Se mi doch von Platen von'r Tieber for'n Groten Limborger Keese mit. Dar heff ick just so'n bannige Upstür up, un Platen ähren de is so fein scharp un » b e k a n n t« (pikant) – Frese weer all 'n ganzet Stuck weg, as Trintjen em noch achternah gillde: »Frese! Frese! Och heern Se mal! Sien Se doch so good, un bringen Se mi ok noch 'n Stuck gäle Seepen mit! Ick woll Morgen waschen, un ick jo mit mien ungluckliget Been …« – »Ja, ja, ja!« bollkde Frese ut'r Feern un puddelde denn mit siene korten Beene up'n Diek langs, nah der Stadt to. –

Schoster Frese harr achtern Diek ok den Bienamen »Knubben Frese«. He harr as Kind mal de Pocken harrt, un sien knubberiges Gesicht leet just so, as so 'n uphüpen Teller vull dicke Linsen, wo tofällig 'n paar Kartuffeln un 'n lüttje Wust so leggt, dat se Ogen, Mund un Näse vorstellt. Ick hörde mal, dat Leidchen Donners, de Appelhökersche, sick mit em schimpde, un em toreep: »Wenn mien Ami so'n Visage harr, as wie Se, denn brochde ick em stantepee nah'n Schinner henn!« Bie Allen dem weer Knubben Frese aber'n hartensgoden Keerdl, blot he harr eenen groten Fehler, un dat weer de, dat sien Gedanken just so kort weern, as wie siene Beene. Wenn de feine Vers von Schiller[186]:

> Ewig in des Leders Schranken
> Tummelt Schuster seine Kraft!
> Ledern werden die Gedanken,
> Und das Herz zum Stiefelschaft!

ok woll nich ganz up em paßte, so harr dat mit de leddern Gedanken doch siene Richtigkeit. –

As he an den Abend sien Stäbelgeschäfte in'r Stadt besorgt, un bie Zoppen Meier up'r Stintbrugge allerhand ole Bekannte drapen harr, de dafor sorgten, dat sien leddern Gedanken eersten recht in de Wicken gungen, dar dachte he an allens Annere, blot nich an Trintjen Trellen ähr Bestellung. Eerst, as he so gegen Klocke tein achtern Diek langs tornde un Trintjen ährn lüttjen Kathen to sehn kreeg, dar fullen em all' sien Sunnen bie! – Tschä! – For den Limborger weer dat nu to lat! Aber de Seepen! Se woll jo morgen waschen! – Dar fullt em in, dat in Ösemanns ähr Hökeree in'r Krüzstraten ummer noch lange Licht weer. In'n Snupps weer he wedder dar mit 'n Stuck gäle Seepen, un sleek sich nu sachte as'n Illk in Trintjen ähr Husdör. – Allens weer still. Trintjen moß jowoll in ähr lüttje Achterdonzen sien, un so lä Frese denn de Seepen stillkens up de Anrichte, de dar up'r Delen stund. For dat natte Schur, von wegen den verbummelden Limborger, dar weer dat morgen ok jo noch tieds genog. –

Den annern Morgen, as Knubben Frese up den Dreebeen in sien »Laboratorium« seet, un just up so'n Stuck Sahlledder 'rumprügelde, gung de Dör apen un Trintjen steek ähren wunnerbaren »Venus«-Kopp dar 'rin. »Na« dachte Frese, »nu geiht't los! Nu man kool't Blod, warm antrocken un de Beene mit Hirschtalg!« Trintjen woll em jo wohl[187] so'n recht vergrellden Blick tosmieten, kek darbie aber mit ähre scheeben Schinesenogen ganz fiendsch den unschulligen Bötaben an, un lä' denn los: »Mein Gott Frese – ick woll Se man mal fragen – seggen Se mal: Warum heft Se mi denn gistern Abend keen Seepen mitbrocht? Ick sä Se doch noch ...« – Frese troode sien eegen Ohren nicht! Wat weer dat? Harr he dat recht verstahn?

---

[186] Bekanntlich eine Schiller-Parodie.
[187] Vorlage: jowoh.

»Keen Seepen mitbrocht?« So duhn weer he doch gistern Abend nich wesen! »Herrjees Trintjen«, sä he, »ick heff Se doch gistern Abend 'n Stuck up'r Anrichte leggt! Heft Se dat denn nich funnen?« – Trintjen makde 'n Gesicht, as so'n Papagei, de Kusenpien hett. »Waaat?« froog se endlich, »dat weer de Seepen? Na, – dat kann jowoll nich angahn! Ick heff dar keen' Seepen funnen! Dar leeg woll de Limborger Keese, un dar heff ick gistern Abend noch dat halbe Stuck von upäten!« – Bumms follt de dicke Kloppsteen Frese twuschen de Knee weg un donnerde up den Footbodden. De Arms bummelden Frese slapp an'n Liebe dal, und he mag ok woll ganz wittschen utsehn hebben, dat konn'n blot nich sehn, von wegen dat knubberige, gälbrune Linsengesicht. »Trintjen!« ankte he endlich, »Trintjen! Se ungluckliget, abasiget Minsch! Denn heft Se jo de S e e p e n upäten! O, o nä! Wo kann dat angahn! Ijarrs Trintjen, Trintjen Se Farken! Heft Se dar denn nix von markt?« – »Tschähä!« anterde Trintjen, un lachte ganz dusselig vor sick henn, »dat heff ick woll markt, datt dar son'n bäten anners, na, wat schall'ck seggen? so'n bäten äbel smecken däh. Aber ick dachte: Na, man to! Dat fritt sick wat weg! De Keese is woll nich von Platen up'r Tieber. – Na, nu is't jo eenerlei! Is man good, dat ick noch dat Halbe öberlaten heff, nu kann'ck wenigstens waschen! – Na, denn bitt up'n anner Mal, Frese! Eerst välen Dank, un hier is ok de Groten.«

Wenn disse Begebenheit nich ganz gewiß wahr weer, denn wurd' se hier ok ganz gewiß nich vertellt! Utdenken kann sick keen Minsch sowat! Schoster Frese hett noch den sulbigen Dag darfor sorgt, datt dat achtern Diek unner de Lüde keem un wenn wi as Jungens naher mal for use Mudders 'n Stuck Seepen halt harrn, denn tickden wi damit an Trintjen Trellen ähre Finsterruten un säen: »Trintjen! wullt mal afbieten? Echten Limborger von Platen up'r Tieber!«

Fieke Peimann.

weer de ollste, de ick kennt heff. Ick weer domals dree Jahr, as ick de Ehre harr, disse Dame kennen to leern. Se weer all in de Nägenzig un ähr Gesicht weer gäl un folerich as son verdrögde utgequetschde Zitronen. Se hörde nich to de verlumpden un plunnerigen Gestalten, nä, se weer ganz sauber un akrat upbügelt. Se droog midden in'n Sommer 'n dicken kunterbunten wullen Longschaal, 'n Umslagedook, harr 'n groten, allmächtigen Kapotthoot mit fustdicke gäle Rosen up un de Rand von dissen Hot reekde[188] ähr woll twee Hand breet öber dat Gesicht weg. Denn harr Fieke noch 'n grote Hornbrill mit'n paar dicke Brenngläser up'r Näse. – Ick weet noch, datt ick an sonen feinen Sommerdag mit Großmudder achtern Diek in't[189] Gras seet. Großmudder strickde un ick prummelde mi son Käen torecht ut Bodderblomenstengels. Dar keem Fieke Peimann langsam den Diek runnertuffeln un settde sick bie us hen. Se harr jo nu 'n Gesicht, datt'n dar woll Kinner mit nahn Bedde jagen konn; aber mi weer dat noch to fröh an'n Dage un so bleef ick besitten. Wat de beiden Olen tosamen snackt heft, weet ick natürlich nich. Ick weet blot, datt Fieke son allmächtig grote Taschen bie sick harr. De weer ut son Stuck Teppich neiht un dar harr se Band un Tweern in, wo se mit hannelde. De Hannelee weer aber blot ton Schien, in Wahrheit läfde se von Kartenleggen un de Bremerschen sworen Steen un Been up Fieke Peimann, datt se de Wahrheit sä. Geld nehm se for ähre Kunst nich, sä se. Blot wenn se mit ähren Zauber to Enne weer, kneep se de Ogen to, heelt ähre holle, welke un bebberige Hand hen un leet sick dar 'n paar Grote rinstäken. – Fieke Peimann schall ok vä ahne Karten wickt un wahrschoot hebben, wat ok indrapen is.

Dat Afsonnerlichste is woll, wat se öber den groten Krieg vorutseggt hett. De keem, wenn in Preißen 'n König mit'n korten Arm up'n Tron seet. Den Krieg wurden wi verspälen un denn wurd Dütschland so lüttjet, datt dat um'n Eekbom danzen konn. Ok use Bremen wurd darvon bedrapen un dat Blod wurd noch mal de Wachtstraten hendaalfleeten. – – Dat mit den Preißenkönig stimmt, denn dat is jo bekannt, datt Kaiser Willem eenen korten Arm hett. Aber, wenn de Feende us ok allerhand Land un Lüe afknöpt heft, de Danzeree um den Eekbom will wi doch man nahlaten. Mit dat Blod in'r Wachtstraten is dat wedder richtig. Wi brukt blot an den veerden Februwar 1919 to denken, as dat Gerstenberger Regiment[190] hier dat grundlige Reinmaken von wegen de Revolutschon besorgde. Dar is jo leider just in'r W a c h t s t r a t e n allerhand Blod flaten.

---

[188] Vorlage: reckde.
[189] Vorlage: int.
[190] Im militärischen Sinne richtig: Division Gerstenberg; eventuell ist aber das kurze Interimsregime gemeint, da Gerstenberg aufgrund eines Reichsbefehls die Regierungsgewalt übernommen hatte, bevor er die Stadt von den Revolutionstruppen ›reinigen‹ ließ.

Autobiografische Schriften

Dreißig Jahre im grauen Nebel.

Es gibt Dinge in unserm Leben, über die man eigentlich nicht gern öffentlich redet. Ich meine die rein persönlichen Erlebnisse, an denen zudem noch schwere seelische Kämpfe hängen. Um ein solches Erlebnis handelt es sich, wenn man in der Vollkraft seiner Jugend das Augenlicht verliert. Mir wurde dieses Schicksal zuteil. Als zwanzigjähriger Jüngling traf es mich, aber ich habe mich durchgerungen und stehe längst über meinem Schicksal.

Wenn nun heute der Ruf an mich ergeht, zu diesem Buche, dem schönen, gemeinnützigen Werke, einen Beitrag zu liefern, so tue ich dies trotz des eben Gesagten von Herzen gern, ja, ich halte es für meine Pflicht. Handelt es sich doch darum, anderen Schicksalsgenossen, denen das Dunkel noch so schwer, so fremd und erdrückend ist, zu helfen, zu raten und ihnen freundschaftlich die Führerhand für das neue Leben zu bieten. Ich glaube, dies am besten tun zu können, wenn ich meine Erfahrungen, die ich in heute genau dreißigjähriger Praxis als Blinder gesammelt habe, berichte. Ich möchte durch meinen Werdegang als Blinder beweisen, daß es lediglich darauf ankommt, wie man sich selbst sein Leben zimmert. Wenn wir es nur richtig anpacken, können wir trotz Dunkelheit, trotz grauen Nebels mit der Zeit so viel Licht und Sonnenschein in uns aufspeichern, daß Sehende uns darum beneiden, ja, daß wir ihnen sogar noch davon abgeben können. Freilich, wohlgemerkt: Nicht jeder Blinde ist so bestellt, und vor allen Dingen, man muß sich erst durchringen. Wie mir dies gelungen, möchte ich also erzählen. Ich werde mich dabei streng an die Wirklichkeit und Wahrheit halten und nichts hinzudichten oder phantastisch ausschmücken. Warum ich diese Bemerkung machen muß, wird schon am Schlusse meiner Ausführungen seine Erklärung finden.

Im Jahre 1866 wurde ich zu Bremen am schönen, grünen Weserstrom geboren. Unser kleines Häuschen mit dem roten Ziegeldach und den grünen Fensterläden lag in der Vorstadt unmittelbar hinter dem Weserdeich, traulich versteckt, und keine zweihundert Schritt vom Strome entfernt. Ein mächtiger alter Pappelbaum mit eisgrauer Rinde und einem gewaltigen grünen Kuppeldach stand genau vor unserem Hause auf dem Deichkopfe. Unter dem schattigen Blättergrün dieses Baumes, im Grase der Deichdossierung und im Ufersande der Weser habe ich mein Jugendparadies gehabt. Meine Knabenzeit war voll Sonnenschein, Freiheit und Lust. Mit

Gras und Pappelbaum, mit Ufersand und Wiedensträuchern, mit Vogel und Schmetterling stand ich auf Du und Du. Vor allen Dingen aber mit unserer Weser. Im Kampfe mit ihren Wellen im Herbststurm, ihren treibenden Eisschollen im Winter bin ich erstarkt, und manchmal hat sie mich auch recht unangenehm in ihre feuchten Arme genommen. Aber sie hat mich stets wieder frei gegeben, und dafür bin ich ihr dankbar. Wie der Inder tausend Kilometer pilgert, um an die Ufer des heiligen Ganges zu gelangen, so zieht mich noch heute eine magische Gewalt an die Weser. Mir fehlt etwas, wenn ich einmal am Tage nicht auf dem Deiche gewesen bin.

Meine Eltern waren schlichte, plattdeutsche Leute. Mein Vater betrieb ein kleines Handwerk, und wir lebten von der Hand in den Mund, wie man zu sagen pflegt. Ich hatte noch drei Geschwister, und da wir von Sonnenschein und Weserpoesie nicht satt wurden, so hockte denn manchmal auch Frau Sorge in dem kleinen Katen hinter dem Deiche. Ich besuchte die Volksschule. Da ich nun, wie man wohl sagt, »een[191] behollern Kopp« hatte, so war mein sehnlichster Wunsch, Lehrer zu werden. Diesem Wunsche mußte ich aber entsagen, denn es fehlten die Mittel zur Ausführung. Es hieß also, einen Beruf wählen, in welchem ich sofort Geld verdiente. Kurz entschlossen ging ich am Tage nach meiner Schulentlassung in die Stadt und nahm einen Posten als Laufbursche in einer Buchhandlung an. Nach einigen Monaten setzte mich aber der Buchhändler freundschaftlichst an die Luft, und das kam so: Glückliche Umstände hatten es gefügt, daß mir eine alte englische Lehrerin Unterricht in ihrer Muttersprache erteilte. Als ich nun in meiner Buchhandlung einst in einer Ecke hockte und eifrig in einem englischen Buche las, bemerkte dies mein Prinzipal und meinte spöttisch: »Na, ob D u da hineinkuckst, oder die alte Katze!« Als Antwort las ich ihm fließend einige Sätze vor. Darauf faßte er mich beim Ohr und sagte: »Was tust Du Bengel denn hier als Laufbursche?« Vierzehn Tage später war ich schon als Kaufmannslehrling in einem Bremer Wollexportgeschäft.

Nun begann für mich eine Zeit eifrigen Strebens und Lernens. Galt es doch, in die Geheimnisse des kaufmännischen Betriebes, in Buchhaltung, Stenographie, Korrespondenz usw. einzudringen. Ich kann wohl sagen, daß ich darin mein bestes getan habe. Neben der geistigen Ausbildung versäumte ich nicht die körperliche, und ich verbrauchte meinen Überschuß an Kraft als eifriger Turner. Turner war ich mit Leib und Seele, und alle Freuden,

---

[191] Vorlage: en.

die das gesellige Leben eines Turnvereins mit sich bringt, habe ich in einigen wenigen glücklichen Jahren in vollen Zügen genossen.

Zu diesen Freuden gehörten auch die auswärtigen Kreis- und Wettturnfeste, und auf einem solchen war es, wo für mich der Vorhang zum Lichttheater des Lebens fiel. Es war auf dem Kreisturnfeste in Jever. Inmitten des Festtrubels und all' der turnerischen Jugendlust legte sich plötzlich ein unheimlicher Schleier vor meine Augen, der sich bereits in den nächsten Tagen nach dem Feste zu einem grauen Nebel verdichtete. Ich muß jedoch, um nicht die falsche Meinung zu erwecken, daß das Turnfest die Ursache des Augenleidens gewesen sein könne, ausdrücklich betonen, daß ich bereits einige Tage vorher geringe Trübungen und Sehstörungen verspürte. Ich nahm diese Erscheinungen aber nicht ernst und machte das Fest noch mit. »Sehnervenentzündung« nannte mein Augenarzt den Fall, und er sei sehr ernst, sagte er und schickte mich in die Augenklinik. Aus Sonnenschein und Festtrubel in's verdunkelte Krankenzimmer. War das ein Kontrast!

Was die damalige ärztliche Kunst vermochte, wurde angewandt. Aber Wochen vergingen und Monate. Der Nebel blieb und hatte sich in dichter weißgrauer Masse über das ganze Gesichtsfeld verbreitet. Durch Vermittlung meiner Prinzipäle wurden noch andere, wie man glaubte, geschicktere Ärzte hinzugezogen, aber ohne Erfolg.

Solange man sich als Augenkranker in den Kliniken herumdrückt, geht die Sache so leidlich gut. Man hält sich eben nur für vorübergehend augenkrank und zehrt von der Hoffnung auf endliche Genesung. Auch wird man sich innerhalb des Krankenzimmers der Schwere seines Schicksals garnicht recht bewußt. Dunkel ist es ja dort ohnehin, das weiß man, man tauscht sich aus mit Leidensgefährten, und die helfende Hand der Schwester ist immer bereit, dem Patienten sein Unglück nicht empfinden zu lassen. Aber dann kommt doch endlich der Augenblick, wo der Arzt die inhaltsschweren Worte »Entlassung, leider wenig Hoffnung auf Besserung« und dergleichen mehr ausspricht. Die tiefbetrübten Eltern oder sonstigen Angehörigen holen den Unglücksmenschen in ihr Haus, setzen ihn vorsichtig in die Sophaecke, und nun beginnt erst das eigentliche Elend. Die guten Verwandten jammern und klagen, oder sie versuchen zu trösten – und erst leise und kaum hörbar, dann aber lauter und lauter klingt ein Wort durch das Haus und weckt ein schreckliches Echo in der Seele des Hilflosen, das Wörtlein »blind«. Ist's nicht so, Ihr tausende von Schicksalsgenossen, die

Ihr mit mir Gleiches durchlebt habt? Ja, heute können wir darüber lächeln, nicht wahr?

So hockte ich nun zu Hause, ziellos, planlos, zwecklos. Was hatte denn das Leben noch für einen Inhalt, für einen Wert? Gar keinen! Geradezu erdrückend war das Gefühl, sich von dem ergrauten Vater und der rührend fleißigen älteren Schwester – die anderen Geschwister waren gestorben – ernähren lassen zu müssen. Krankenunterstützungs- und Invalidenkasse gab es damals noch nicht. Mein bischen Erspartes war durch ärztliche Behandlung und den Aufenthalt in den Kliniken längst verbraucht. Meine Prinzipäle hatten getan, was sie für ihre Pflicht hielten. Ihr Interesse erlahmte und mein Bock am Kontor war durch einen anderen besetzt. Meine früher so zahlreichen Turn- und anderen Freunde hatten sich bis auf einige wenige Getreue verkrümelt und gingen scheu an meinem Hause vorüber. Der kleine Katen hinter dem Weserdeiche war längst verschwunden und hatte einer schloßartigen Millionärsvilla Platz machen müssen. Meine Eltern hatten das Weseridyll mit der Altstadt vertauscht, und wir wohnten in einem kleinen Miethause in einer engen Gasse. Damals war mir der Abschied von der freien, grünen Welt schwer geworden. In meinem jetzigen Zustand war es mir gleichgültig, wo ich mein zweckloses Dasein fristete. Ob hier, oder dort, dunkel war's ja überall.

So schlichen in trostloser Öde und Einsamkeit die Tage dahin. Zu Eingang dieser Arbeit habe ich von Seelenkämpfen gesprochen. Sie fallen in diesen Zeitabschnitt. Das Gefühl der völligen Hoffnungslosigkeit, des Überflüssigseins wirkte nämlich derart auf meinen Gemütszustand, daß ich in dumpfes, melancholisches Brüten verfiel. Der gänzliche Mangel an geistiger oder körperlicher Beschäftigung war die Ursache dieser Erscheinung. Erst wie aus weiter Ferne flüsternd, dann näher und näher und lauter vernahm ich die Stimme: Schaff dich aus dem Wege! Mach diesem zwecklosen Dasein durch einen Freitod ein Ende, dann sind deine Angehörigen die Last, dann bist du dich selber los!

Das war eine schreckliche Zeit. Die Gespenster verfolgten mich Tag und Nacht. Schwer habe ich mit ihnen gerungen, aber der gesunde Mensch in mir hat schließlich die Oberhand behalten. Ich brauche wohl nicht ausdrücklich zu versichern, daß ich mich damals nicht »umgebrungen« habe, denn dann säße ich ja nicht hier an meiner Maschine und schriebe diesen Artikel. Was mich aber eigentlich zurückgehalten hat, die böse Tat auszuführen, das weiß ich nicht. Nur soviel ist mir erinnerlich, daß mir meistens der Gedanke kam, es sei doch schade, einen Körper mit solch' gesunden

Organen und eisernen Muskeln zu vernichten. Will man es Feigheit nennen, ist's mir auch recht. Heute klopfe ich mir dafür auf die Schulter, daß ich damals so feige gewesen bin. Vielleicht hat mich auch das im Unterbewußtsein schlummernde Gefühl erhalten, daß ich doch früher oder später der Menschheit noch 'mal etwas nützen könnte. Vielleicht mögen auch äußere Dinge dazu beigetragen haben, daß der Wille zum Leben siegte und mich zur Lebensbejahung führte, denn wir tragen ja unser Schicksal nicht nur in uns, es tritt auch von außen an uns heran.

Wenn mir am allerbängsten so um das Herze war, dann sprang ich auf, irrte im Hause umher, vom Keller nach dem Hahnenbalken, und suchte Ablenkung und Beschäftigung. Ja, Arbeit! Und ich glaube auch bestimmt, sie war meine Trösterin, meine Retterin in der Not. Zunächst war es ganz primitive Arbeit. Ich sägte und zerhackte Brennholz für den Hausbedarf. Anfangs zum Schrecken meiner Mutter, die recht kränklich und nervös war. Sie sah dann immer gleich abgehackte Finger, oder ganze Hände zwischen dem Holze liegen. Aber ich wußte ganz genau, daß ich von diesen kostbaren Körperteilen keines überflüssig hatte und nahm sie vor der Säge und dem Beil hübsch in Acht. Ein gutherziger Nachbar brachte mir eines Tages eine Handharmonika. Das alte Schifferklavier war fürchterlich asthmatisch und so ramponiert, als ob es bereits mindestens zwanzig Reisen über den Ozean mitgemacht hätte. Aber das war etwas für mich: Ablenkung, Beschäftigung! Und dann, oh das Glück! Am Weihnachtsfeste 1887 schenkte mir ein Jugendfreund eine Geige. Eine richtig gehende Geige! Diese Stradivarius-Wunderschachtel hatte den enormen Preis von drei Mark und fünfundsiebzig Pfennige gekostet. Mehr hatte der gute Kerl nicht aufbringen können. Aber ich habe ihm den Liebesdienst nie vergessen, denn er hat damals meine Nacht erhellt.

Ich nahm hochbeglückt Harmonika und Geige, und indem ich sie liebevoll bearbeitete, bildete ich mir ein, ich bilde mich aus. Zum Kammermusiker selbstverständlich, denn ich hatte mir meine Dachkammer zum Konservatorium erwählt. Da ich damals keine blasse Ahnung vom »Stimmen« einer Geige hatte, so habe ich anfangs eine wahre Zaubermusik hervorgebracht. Wenn die heute aus einem deutschen Schützengraben klänge, ich glaube, die gegenüberliegenden Feinde würden Reißaus nehmen, ohne einen Schuß abzugeben. Doch mein Leben hatte wieder etwas Inhalt. Ich freute mich über mein Katzengewinsel, und wenn die Geige mir 'mal gar zu geheimnisvoll wurde, nahm ich meinen vorsintflutlichen Quetschkasten zur Hand. Der schien Kummer gewohnt zu sein und war schon gefügiger. Endlich tauchte in mir der Gedanke auf, durch Harmonikaspielen 'mal irgendwie Geld zu verdienen. Aber so weit habe ich es bis heute noch nicht gebracht. Es sollte auch alles ganz, ganz anders kommen.

Ja, Geld verdienen! Wie gern, wie schrecklich gern hätte ich zu meinem Lebensunterhalt beigesteuert! Meine gute Mutter ahnte nicht, wie schmerzlich es mir war, wenn sie gegen Ende der Woche ihre Kröten in die Schürze zählte und seufzte. Aber was sollte ich machen? Was konnte ich beginnen? Nichts, rein garnichts! Und doch kam mir plötzlich die Erleuchtung. Ein anderer wackerer Freund hatte mir mal einen Taler in die Hand gedrückt. Ich mußte ihm versprechen, niemand etwas davon zu sagen. Den Taler sollte ich anbrechen, wenn ich mir gelegentlich einen ganz persönlichen Wunsch erfüllen wolle. Ich hatte das Geldstück sorgsam versteckt, hütete mich aber, es auszugeben. Wär auch schade d'rum gewesen, denn der Taler sollte sich als ein Hecketaler erweisen. Eines Tages kam mir eine Idee. Die Idee ist ja die Wünschelrute, die alle Schätze der Welt an das Licht zaubert. Meine Idee war: Handel treiben! Aber womit? Dieser Gedanke wurde weitergesponnen. Es setzte eine Gehirntätigkeit ein, die geradezu wohltuend wirkte, denn sie hatte einen Zweck, einen realen Untergrund. Der Endzweck war, daß ich mir einen Handelsartikel ausdachte. Endlich verfiel ich auf – Streichhölzer.

Hier muß ich nun zunächst nachholen, daß ich schon häufig, und zwar in Begleitung eines treuen Führers, das Haus zu Spaziergängen verlassen hatte. Der Führer war mein Spazierstock. Anfangs war die Sache ein bischen schwierig, und sie konnte auch mal gefährlich werden, denn Hausecken, Laternenpfähle, Bäume, Fuhrwerke und leider auch so oft die lieben Mitmenschen gingen auf der Straße nicht immer aus dem Wege. Es hat in der ersten Zeit manchen Stoß und Puff, manche Beule, manche Anrempelung gegeben, und manche bittere Pille mußte hinuntergeschluckt werden. Doch ich ging immer wieder frisch d'rauf los, und Ohren, Füße und das lange Spazierholzfühlhorn werden mit der Zeit immer schlauer, spitzfindiger und erfinderischer. Zudem hatte ich den großen Vorteil, daß ich die Stadt so genau kannte wie meine Westentasche, Hindernissen aus dem Wege zu gehen vermochte und immer die vorteilhaftesten Straßenübergänge zu finden wußte. Wer wagt, gewinnt, und es wächst der Mensch mit seinen Zwecken. Wie vertraut werden einem mit der Zeit die Straßengeräusche, und wie selten kommt es vor, daß ein Blinder verunglückt! Doch nun weiter im Text. Ohne meiner Mutter etwas zu sagen, stiefelte ich eines Morgens los, meinen Taler in der Tasche und die Brust geschwellt von Hoffnung, von Unternehmungsgeist. Mein Ziel war unser Krämer. Ich wußte ihn zu finden, und mit Todesverachtung und amerikanischer Gründerenergie legte ich mein ganzes Kapital in Schweden[192] an. Vierzig Pakete kaufte ich. Der brave Krämer gab sie mir zu seinem Einkaufspreise, acht Pfennig das Paket. (O schöne Zeit, o selige Zeit![193]) Die fehlenden zwanzig Pfennig erließt er mir als Skonto für Barzahlung. Na, um's kurz zu machen: Ich schleppte meine Ware zum Entsetzen der Mutter in's Haus, denn es war ihr begreiflicherweise schrecklich, daß der einst so hoffnungsvolle einzige Sohn sich zum Hausierer erniedrigte, aber ich ließ mich nicht zurückhalten und klopfte zunächst 'mal die Nachbarschaft ab. Der Erfolg übertraf alle meine Erwartungen. Bereits nach dreistündigem Türklinkenputzen war ich meine vierzig Pakete Schweden los, und aus dem Taler waren bare vier Mark geworden. Ich fieberte vor Freude und fühlte mich als selbständiger Handelsherr. Das Grundkapital wurde samt Gewinn wieder in Streichhölzer angelegt, diese abermals umgesetzt. Dann kamen neue Artikel, als Seife, Zigarren, Tabak usw. dazu. Der kleine Hausflur wurde mit Hilfe eines Tisches und einem Bücherbord als Verkaufsladen eingerichtet, und mein Taler hatte sich nach einigen Monaten bereits auf fast zweihundert Mark vermehrt. In jener Zeit schwamm ich in Seligkeit und unter Ein- und Verkauf, Rechnen, Kalkulieren und Anknüpfen von neuen Handelsbeziehungen flogen die Tage nur so dahin. Es kamen Stunden, in denen ich fast ganz vergaß, daß ich kein Sehender war, und daß ich den grauen Nebel nicht mehr sah, trotzdem er vorhanden war. Ob ich es noch 'mal bis zum richtiggehenden Kaufmann gebracht haben würde, wenn ich in diesem Fahrwasser weitergeschwommen wäre, will ich dahingestellt sein lassen. Der Ausdruck dieses Gedankens soll aber keineswegs dazu bestimmt sein, beim Leser ein ungläubiges Lächeln zu wecken. Es gibt Blinde, die heutzutage Dinge leisten, die dem Sehenden unglaublich und märchenhaft erscheinen. Für meine Person hatte das von außen wirkende Schicksal erst noch einen weiten, weiten Umweg bestimmt, bis mich die innere Bestimmung auf den Platz gestellt hat, auf dem ich heute steht. Eine lange Wüstenwanderung, die aber auch viele schöne Oasen mit lachendem Sonnenschein, duftenden Blumen und silbernen Quellen hatte, Quellen, aus denen Ströme der Liebe und der Freude flossen, eine solche Wanderung sollte mir noch zuteil werden.

Eines Tages trat ein älterer Herr in unser Haus. Er sprach sehr salbungsvoll, hatte aber ein sympathisches Organ und fragte mich, ob ich »der Blinde« sei, von dem man ihm erzählt habe. Er sei Stadtmissionar und

---

[192] Salopp für: Schwedenhölzer, Streichhölzer.
[193] Populäres Lied von Robert Leonhardt (schon in Achtern Diek, Kapitel 6, zitiert).

wolle mir Trost, Rat und Hilfe bringen. Ob wir nicht gemeinschaftlich beten wollten, so recht inbrünstig zum Herrn, dann könne er garantieren, daß ich mein Augenlicht wieder bekommen werde. Hatte mich die Bezeichnung »der Blinde« schon verdrossen – in der ersten Zeit mag man eben dieses Wort nicht hören – so empörte mich die Zumutung geradezu. Ich war freireligiös erzogen und hatte mir durch entsprechende Lektüre und eigenes Nachdenken meine Weltanschauung gebildet. In diesem Sinne erwiderte ich dem alten Herrn und suchte ihm klar zu machen, daß nach den ewigen, göttlichen Naturgesetzen meine Sache unheilbar sei. Wenn man versuchen würde, mich gesund zu beten, so sei das ein eben solcher Unsinn, als wenn man daran gehe, ein hartgekochtes Ei weich zu beten. Wer aus dem Gebet für sich innere Festigung und Kraft schöpfe, der möge in Gottes Namen beten, aber bei mir sei nichts zu machen. Mein Gott sei eben ein anderer, als sein Kirchengott, und man könne doch nicht verlangen, daß ich mich auf die Heuchelei lege. Der alte Herr war natürlich verschnupft ob dieser meiner Rede. Er ließ aber nicht locker und ich spitzte die Ohren und wurde doch sehr interessiert, als er mir Folgendes mitteilte: »Ich habe in unserer Gemeinde einen Blindenverein. Es sind etwa zwanzig, alles nette, liebe Leute, und einen Posaunenchor haben sie auch. Alle vierzehn Tage haben wir Sitzung und jede Woche Übung. Kommen Sie zu uns, lieber Freund! Sie werden mit Liebe empfangen und von Freundschaft umgeben sein. Und wenn Sie blasen lernen wollen, sagen Sie es. Ich besorge Ihnen eine schöne Trompete.« Damit ging er unter herzlichem Händedruck.

Das war rührend und machte mich stutzig. So tat er also doch das Gute um des Guten willen und nicht ausschließlich, um für seine Kirche Seelen zu gewinnen. Trotzdem ging ich nicht hin. Eine eigenartige Scheu hielt mich zurück. Aber der alte Herr kam wieder, kam noch zweimal, dreimal wieder, und endlich nahm er mich unter den Arm und brachte mich in den Blindenverein.

Ich bin ihm noch heute von Herzen dankbar dafür, denn es wurde mir zum Heil, wenn auch nicht in seinem Sinne. Aber ich war unter Schicksalsgenossen, und das wirkte gewaltig auf meine Seelenstimmung. Ein arabisches Sprichwort sagt: »Ein Buck'liger freut sich stets, wenn er einen Buck'ligen sieht«, und wir nennen das: »Geteiltes Leid ist halbes Leid«. Durch den Blindenverein eröffnete sich mir eine neue Welt. Die Mitglieder waren zwar zumeist ältere, gebrechliche Leute und lebten von Stuhlflechten, Harmonikaspielen und Unterstützungen. Aber von der heutigen, modernen Blindenbildung war fast nichts zu verspüren, doch gab es zu meinem Erstaunen ganz lustige Passagiere dabei. Dies zeigte sich besonders, nachdem die Vereinssitzung, natürlich mit Gebet und Gesang, geschlossen war. Dann fand in einer Kneipe noch unter den Edleren eine würdige Tafelrunde statt. Hier gaben sich die Schwerenöter, wie sie eben waren, und ich merkte bald, daß fast die ganze Gesellschaft im Verein heuchelte, oder, um's etwas gelinder auszudrücken, nur so mitmachte. Aber verurteilen wir sie nicht. Was sollten die armen Kerle machen, wenn sie nicht verhungern wollten. Reichsunterstützung kannte man nicht; das Publikum sagte mit scheuem Bedauern: »Ja, ein blinder Mann, ein armer Mann« und gab dem Harmonikaspieler einen Nickel, aber zum Handwerk der Blinden hatte man kein Vertrauen.

So hatte die christliche Kirchengemeinde die Fürsorge für die Blinden übernommen, tat ihnen Gutes, und ich muß bekennen, daß auch mir der Blindenverein zum Segen geworden ist. Ich erhielt eine Trompete und lernte blasen. Es gab natürlich zunächst Töne, als wenn ein besserer Nachtwächter auf einer Gießkanne tutet. Im Verein lernte ich später auch einige jüngere Blinde kennen, die schon die Blindenanstalt zu Hannover besucht hatten. Ich war zunächst sprachlos über die Fähigkeiten, die sie dort in dem Ausbildungsinstitut erlangt hatten. Sie konnten Körbe flechten, Klavierspielen und mit Hilfe der Flach- und Punktschrift sogar lesen und schreiben.

Diese Eindrücke wirkten mächtig auf mich. Auch wußten die neuen Freunde soviel des Guten und Schönen von der Anstalt zu erzählen, daß ich mich, nach vielem Zureden von allen Seiten, entschloß, ebenfalls in eine Anstalt zu gehen und etwas Rechtes zu lernen.

So waren die ersten drei Jahre vergangen, die ich als Lichtloser im grauen Nebel verbrachte. Ich habe die inneren und äußeren Erlebnisse dieser kurzen Spanne Zeit des Langen und Breiten geschildert mit Rücksicht auf Spätererblindete, und denke dabei besonders an unsere so schwer betroffenen, wacker'n Kriegsblinden. Wer den Übergang vom Licht zur Nacht durchgemacht hat, der weiß ganz genau, wie Euch zu Mute ist, Ihr neuen Freunde und Schicksalsgenossen. Das geht nicht so glatt ab. Schwere Kämpfe und dunkle Stunden hängen daran, bis man sich durchgerungen hat, bis man sich aus der Nacht heraus wieder emporarbeitet zum Licht[194], zu einem neuen Leben. Dem einen fällt es leichter, dem anderen schwerer, das ist allemal eine Kraftfrage und läßt sich nicht verallgemeinern. Ebenso

---

[194] Anspielung auf den Titel des Sammelbandes, in dem dieser Beitrag erschien: Aus der Nacht zum Licht.

kommt es auf die Verhältnisse an, die uns umgeben. Es kommt darauf an, welche hilfreichen Hände sich uns entgegenstrecken, welche Mittel uns zur Verfügung stehen, uns den Kampf um's Dasein zu erleichtern. Mir ist dieser Kampf um's Dasein, bis auf die letzten Jahre, stets sehr, sehr schwer geworden, denn ich hatte kein anderes Kapital, als meine Arbeitskraft. Es würde natürlich zu weit führen, wollte ich nun in meinen Schilderungen in gleicher Ausführlichkeit wie bisher fortfahren. Das würde einen Band von mindestens dreihundert Druckseiten abgeben, und darum will ich in kurzen Zügen erzählen, wie ich es vom blinden Streichholzhändler bis zum Schriftsteller gebracht habe, der nicht nur in seiner engeren Heimat allgemein bekannt und angesehen ist.

Ich ging also auf einige Jahre in die Blindenlehranstalt und habe dort alle Freuden und Leiden einer solchen gründlich ausgekostet. Die Freuden bestanden darin, daß mir unter den hundert Schicksalsgenossen die Grillen zunächst einmal gründlich ausgetrieben wurden. Zum Nachdenken über sein vermeintliches Schicksal kommt man in einem solchen Betriebe überhaupt nicht. Der eine ist nicht mehr als der andere, und Blindheit ist ja unter den Zöglingen eben etwas selbstverständliches. In den Werkstätten, den Musikzimmern, in der Turnhalle, im Garten, kurz überall herrscht reges Leben. Lachen und Scherzen überall, genau wie unter Sehenden, ja, manchmal sind Blinde noch lustiger, als die mit dem Augenlicht. Es werden die toll'sten Dinger gedreht und Streiche ausgeheckt, die geradezu verblüffend sind. »Das ist glatt erfunden!« würde die Welt sagen, wenn man einiges zum besten geben würde.

Eine große Freude war es auch, als ich verspürte, welche Fortschritte ich im Stuhlflechten und in der Korbmacherei sowie im Lesen und Schreiben der Punktschrift machte. Auch in der Musik wurde ich weiter ausgebildet und lernte blasen, sowie Klavier und Geige spielen. Die kleinen Leiden, die man mit in den Kauf nehmen mußte, waren solche, wie man sie in jedem Internat, in jedem Massenbetriebe antrifft. Es fehlt die persönliche Freiheit, und die Rücksicht auf das individuelle Empfinden. Auch war das zwangsweise Mitmachen des bis zur Bewußtlosigkeit betriebenen religiösen Kult's recht lästig. Heute, da wir fünfundzwanzig Jahre weiter in der Entwickelung sind, ist das natürlich alles anders geworden. Moderne Direktoren der Blindeninstitute pflegen heute Rücksicht auf die individuelle Freiheit zu nehmen. Das Dogma ist vielfach abgestreift, und mit Freude und Wohlwollen bemerken die Direktoren und Anstaltslehrer, wie sich ihre ehemaligen Zöglinge nach ihrer Entlassung in freier Entwickelung selbständig durch das Leben bewegen.

Von diesem Drange war ich auch beseelt, als ich meine Ausbildung als Korbmacher erlangt hatte und in meiner Vaterstadt mich selbständig machte. Meine gute Mutter war inzwischen gestorben, der Vater war recht gebrechlich geworden, und die Schwester hatte geheiratet. So stand ich so gut wie verlassen. Ich lieh mir von der Blindenvereinskasse zwanzig Mark, kaufte dafür Rohr und Weiden und begann auf die Suche nach Arbeit zu gehen. So war mein Anfang als Handwerker. Ein Jahr später war ich Inhaber eines Korb- und Bürstenwarenladens in der Altstadt. Drei Jahre lang führte ich mein Geschäft allein, ohne jede fremde Beihilfe. Den Verkauf besorgte ich ebenfalls selbständig, denn ich hatte meine Waren in Blindenpunktschrift mit Preisen versehen. Eine kleine Werkstatt war neben dem Laden, und an Arbeit hat es selten gefehlt.

Von dem paradiesischen Gedanken beseelt: »Es ist nicht gut, daß der Mensch allein sei«, suchte ich mir eine Lebensgefährtin und habe auch eine gefunden. Sie ist es noch heute, nach 22 Jahren. Da sie meine sogenannte bessere Hälfte, also ein Teil meines eigenen Ich ist, so will ich, eingedenk des Sprichwortes vom Eigenlob, von ihr nicht weiter reden. Soviel kann ich aber verraten. Es kann ein Blinder nichts Gescheidteres tun, als sich verheiraten. Es gibt für ihn keinen besseren Kameraden, keinen treueren Freund und zuverlässigeren Führer und Gehilfen als die Frau. Daß diese gesund und vor allen Dingen sehend sein muß, ist selbstverständlich. Ein unverheirateter Blinder aber wird immer ein einsamer Zaungast des Lebens bleiben, denn nach der ewigen Weltordnung ist doch unser Daseinszweck, unsere Urbestimmung die Fortpflanzung der Art. Meiner Ehe sind fünf gesunde Kinder entsprossen. Gesund! Ja, »unberufen, unbeschryen!« Der älteste Junge muß nächstens Soldat werden.

Wie es nun kam, daß ich unter die Dichter ging? Auch das will ich noch kurz erzählen. Trotz schwerster Knochenarbeit, trotz treuester Mithilfe meiner Frau blieb doch die graue Sorge unser ständiger Gast. Ich habe im Laufe der Jahre für hiesige Schiffahrtsgesellschaften weit über zehntausend Kohlenkörbe hergestellt und in gar mancher stillen Nacht, wenn alles schlief, in einsamer Werkstatt gewühlt und geschuftet. Aber es mußte sein, denn die Kinder wollten leben. Und merkwürdig ist es, daß ich gerade durch die Kinder zum Schreiben und dadurch in bessere Verhältnisse gekommen bin. Bei der Arbeit pflegte ich ihnen Geschichten, meistens meine Jugenderlebnisse, zu erzählen. Wie von einer höheren Eingebung getrieben, brachte mich meine Älteste auf den Gedanken, diese Jugenderinnerungen ihr zu diktieren und durch sie zu Papier bringen zu lassen. (Ich habe diese Tatsache ausführlich in dem Vorworte zu meinem ersten Buche

»Achtern Diek« geschildert.) So ist dies Buch entstanden, auf Flicken und Lappen niedergeschrieben, unter Kinderlärm und Werkstattprosa. Und doch hatte ich Glück damit. Mit Zittern und Bangen gab ich es im Selbstverlag heraus. Das Druckrisiko, die Riesensumme von mehr als 300 Mark, mußte ich selbst tragen. Aber meine Bremer ließen mich nicht im Stich. Aufmerksam gemacht durch eine wohlwollende Pressebesprechung des Herrn Professors Noltenius[195], der die hiesige Blindenfürsorge leitete, kauften sie das Buch. In sechs Wochen waren die ersten tausend Exemplare vergriffen, und ich war im Besitze von mehr als sechshundert Mark in barem Geld. Seit meiner Kontorzeit hatte ich nicht soviel auf einem Haufen gesehen, und soviel Glück konnte unser bescheidenes Haus kaum fassen.

Das schmeckte nach mehr, und ich begann, ein zweites Buch zu diktieren. Als Junge hatte ich ab und zu meine Schulferien im Moor bei unserm Torfbauern verlebt. Jetzt griff ich in die Vorratskammer meiner Erinnerungen aus dieser Periode, und es entstand das zweite Buch: »Im Rodenbusch-Haus«, ernste und heitere Bilder aus dem Moor. (Verlag von O. Melchers, Bremen.) Hatte ich mich im »Achtern Diek« streng an die Wahrheit gehalten, so wurde ich nun schon dreister und habe in dem Moorbuch bereits stark fabuliert. Erfolge geben Mut. Auch dies Buch wurde gut aufgenommen, und ich diktierte weiter und immer weiter. Da ich das Plattdeutsche gut beherrsche, so beeinflußte mich ein bekannter Bremer Sprachforscher dahin, ausschließlich in dieser meiner Muttersprache zu schreiben. Ich tat dies, sandte Artikel an die »Bremer Nachrichten«, »Heimatblätter« und »Kalender«, und erlebte die Freude, daß ich nie eine plattdeutsche Arbeit zurück erhielt. Alle sind stets abgedruckt worden.

Diese Arbeiten, ernste und heitere Erzählungen, wurden später zusammengestellt, und so entstanden mein drittes und viertes Buch »For de Fierstunnen« und »Sunnenschien un Wulken«. Letzteres enthält auch lyrische plattdeutsche Gedichte, da ich inzwischen auch darauf verfallen war, in gebundener Form zu schreiben.

Auch manches hochdeutsche Gedicht ist entstanden. Eines derselben möge hier dem geneigten Leser als Probe dargereicht sein:

---

[195] In den Bremer Nachrichten.

Heidandacht.

O heil'ge Einsamkeit der Nacht! Erhab'nes Dunkel,
Das mich umfängt im weltvergess'nen Heideland.
Kein schimmernd' Mondlicht und kein flimmernd' Sterngefunkel.
Du Reich der hehren Finsternis! Bin dir verwandt!
In ihrem Schlummer will ich die Natur belauschen,
Vielleicht werd' ich beim Wachen sie dann ganz versteh'n.
Ganz leise tönt' aus dunkler Fern' ein seltsam Rauschen,
Kaum hörbar in des sanften Nachtwind's Weh'n.
Das ist der Atemzug der fernen Waldesbäume.
So flüstert die Natur ihr frommes Nachtgebet.
Stumm lauscht die weite Heide rings, als ob sie träume
Von einem Geist, der schafend durch das Weltall geht.
Von jener Grundmacht, die wir nie ergründen,
Ob wir auch selbst ein fühlend' Teil der Urkraft sind.
Du,»Herr der Schöpfung«, forsch' auf Höhen und in Schlünden!
Von allem Wissen bleibst du doch ein fragend Kind. – –
Jetzt steigt der Mond. Ein silbern blinkend Fragezeichen –
So schleicht er lächelnd über'm schwarzen Waldessaum,
Erleuchtend mit dem Silberglanz, dem ewig gleichen,
Sich seine ew'ge Bahn im weiten Ätherraum.
Doch lichtlos bleibt ein majestätisch großes Dunkel.
Ob leuchtend dir die Sonne lacht, du Menschenkind!
Bei mildem Mondesglanz, bei hehrem Sterngefunkel:
Du bist zwar sehend, und doch bleibst du ewig blind. –

Allemal, wenn ich glaubte: Nun hast du ausverkauft und weißt nichts mehr, entstand doch wieder etwas Neues. Bald war es die Jahreszeit, die mich zum Schaffen anregte, bald löste das Ticken einer alten Uhr, das Knarren einer Schranktür, der Gesang der Vögel oder das Sausen des Windes die Stimmung zu einem neuen Gedicht oder einer Erzählung in mir aus.

Inzwischen hatte auch meine Schreibmethode eine andere Wendung genommen. Durch Vermittelung des Herrn Prof. Noltenius kam ich zu einer Schreibmaschine. es war die Pichtmaschine. Da sie in Verbindung mit der Punktschrift ist, so beherrschte ich sie im Handumdrehen, und nun hatte ich gewonnen Spiel. Ich war nicht mehr auf die Hilfe anderer angewiesen, das oft lästige Diktieren und beim Plattdeutschen meistens auch Buchstabieren fiel weg, und frei und selbständig schrieb ich meine Manuskripte und arbeitete mit Hochdruck. Im Jahre 1913 gelang mir der sogenannte große Wurf: »Ottjen Alldag un sien Kaperstreiche«, En plattdütsch Kinnerleben an'r Waterkante«. Dieses Werk erschien als Tagesroman in ca. 8000 Zeilen in den »Bremer Nachrichten« und dann in Buchform in einer Auflage von zunächst 3000 Exemplaren im Niedersachsen-Verlag. Diese Auflage war im Nu vergriffen und eine zweite mußte folgen. Im nächsten Jahre brachte ich die Fortsetzung dieses Entwickelungsromans unter dem Titel »Ottjen Alldag un sien Lehrtied«, En Vertellsel ut'n Bremer Kopmannsleben. Diese erlebte das gleiche Schicksal wie seine Vorgänger. Da ich neben meiner Schriftstellerei auch ungezählte Vortrags- und Vereinsabende abgehalten habe, so darf ich wohl ohne Überhebung sagen, daß ich durch mein literarisches und rhetorisches Schaffen eine der populärsten Persönlichkeiten in Bremen geworden bin. Die körperliche Arbeit habe ich längst aufgeben dürfen.

Und nun hoffe ich, daß es mir gelungen ist, durch diese Skizze ein Bild meines wechselreichen Lebens zu geben. Vor allen Dingen wollte ich durch meinen Werdegang als Blinder zeigen, wie es uns gelingen kann, aus einem Körper mit nur vier Sinnen aus eigener Kraft einen ganzen Menschen, ein nützliches Glied der Gesellschaft zu machen. Darum, Ihr lieben neuen Freunde, die Ihr durch den furchtbaren Krieg in die Nacht gekommen seid: Nicht verzagt, Kopf hoch und Brust voraus! Faßt neuen, frischen Mut zum Leben! Es bietet trotz des Dunkels noch so viel Schönes, soviel Sonnenschein! Vor allen Dingen: Habt Selbstvertrauen! Bedenkt, daß in Euch noch rätselhafte Kräfte schlummern, die Ihr selbst noch nicht kennt, die noch erst geweckt werden müssen. Sie werden geweckt durch Betätigung am Leben, durch Arbeit, sei sie nun geistiger oder körperlicher Art. Nur so wachsen Euch wundersame unsichtbare Fühlhörner, die sich zum Lichte recken und Euch zum Leben und zur Freiheit führen. Schließt Euch Euren älteren Schicksalsgenossen an! Sie kennen das Leben und können Euch zeigen, wie man am besten die Pfade des Lebens im Dunkeln wandelt. Sie reichen Euch die Bruderhand, wollen Euch raten und helfen und rufen Euch von ganzem Herzen ein »Heil und Sieg« und »Volldampf voraus zum neuen Leben!« zu.

Foftig Jahr in Licht un Schatten.

Mien Lebensgeschichte.

Tagen bin ick un ok baren,
Man bescheiden achtern Diek,[196]
Doch in miene Kinnerjahren
Weer ick as son König riek!
Wenn winters de Storme de Pappelböm' bogen,
Wenn't Fröhjahr us brochde den Sunnenschien,
Wenn hoch öbern Diek hen de Swalken wegtogen,
To alle Tied reep ick: De Diek, de is mien!

In'r Freeheit bin ick tagen,
Sprung all bold von Mudders Schoot.
Bin den Diek hendahlwardsflagen,
An'r Werser wurd ick grot.
Wenn swart ok de Wulken an'n Heben hentogen,
Wenn Weststorme hulden ähr Fleitmusik,
Wenn wild ok de Bulgen an'n Diekkopp ranslogen,
Fast stund ick in Ahnwähr, un mien weer de Diek![197]

Ja, mien weer de Diek! Un dat is he ok hüte noch, nah foftig Jahren, denn ick bin nich mit mi tofräen, un mi fehlt wat, wenn mal 'n Dag darhengeiht, an den ick nich mienen Werserdiek afpett't hef, un wennt ok man 'n kortet Enn weer. Denn mutt ick ok for'n Ogenblick up de Stä »spaziernstahn«, wo mal de lüttje ole Kathen achtern Diek rutkeek, in den ick baren un tagen bin. Wo trolich, wo warm un säker leeg dit lüttje Vagelbur dar unnen, mit sien rooet Pannendack, de gröne Husdör un de grönen Finsterladens. Wat plierden de baberstern Finsterruten so knäpsch öber den Diekkopp weg, as wenn se to den Weststorm, de von'r Werser keem, seggen wollen: Hul Du man to! Us, un allens, wat hier unner dit Dack wahnt, dat kannst Du doch nix anhebben! Un de gewaltige Pappelbom, de just vor usen Huse up'n Diek de Wacht heelt, un de woll all sien hunnert Jahr up'n Bast harr, de prügelde sick denn mit den Storm, slog mit sien mächtigen Arms wild um sick un brullde rein vor Wut. Wenn ick denn, as ick noch 'n ganz lüttjen Bötel weer, twuschen de Granjum, Fuckschen un Scheefblattblomen dör

---

[196] Vorlage: ›Diek‹ (ohne Komma).
[197] Anfang seines Gedichtes »Mien Werser« (vollständig in einer Buchausgabe erstmals in: Jann von'n Moor, 1918, Seiten 155-156).

achter de Finsterruten nah den Diek rupschulde, denn weer ick bannig vergrellt up den Bomriesen, denn dat stund bi mi fast, datt blot de ole Borsche den Wind makte.

> Hör ick Di nich hüt' noch schellen,
> Mien ole leebe Pappelbom?
> Ja, Du wullt mi wat vertellen
> Von Sunnenschien un Kinnerdrom!

Dat wahrde aber nich lang, denn harr ick mi mit usen braven Diek- un Huswächter ganz fein verdragen. Denn stund ick nich blot mit em, denn stund ick mit Gras un Blomen an'n Diek, mit Käwer un Bottervagels, mit Strandsteene, Muscheln un witten Öwersand, un vor allen Dingen mit mien Werser, up du un du. Wo faken hett se mi in'r schönen, warmen Sommertied in ähren weeken fuchtigen Arm nahmen un wo mannigmal heff ick in'n dullen Jungensöbermod to Harfst mit ähre grimmiterigen Wellen un in'r Wintertied mit ähre tuckschen Isglannern mien waghalsig Spill dräben. Aber Schaden hett mi dat nich dahn, un ick heff sogar den Globen, datt de, de in sien Kinnertied gegen Storm un Ahnwär strie'en deiht, datt de ok sienen Mann steiht un sick risch un stur hollt, wenn mal sware Lebensstorme em umbruußt. Datt aber ok de, de in sien Kinnerparadies von buten väl Sunnenschien hett, datt de von dissen Sunnenschien wat in sick upnimmt, dat bie sick bollt und dat he upt Oller noch darvon tehren, ja, sogar annere noch wat darvon afgeben kann. Ick bin dat up mienen afsonnerligen, faken so holperigen un düsteren Lebensweg gewahr worrn.

Mien Ollern dar unnen in den lüttjen achterndiekschen Kathen, wo ick den 13. Dezember 1866 boren bin, weeren man arme, plattdütsche Lüe. Mien Vadder weer'n braven, fliedigen Sniedermeister, un mien Mudder weer 'n fiene, blasse stille Fro. Se harr as Kind mal bätere Dage sehn, denn ähr Vadder weer 'n Bremer Warenmäkler wesen. De weer aber all fröh mit Dode afgahn un denn weer de Familie verarmt. Mannige leebe Nacht hett de Mand neeschierig dör de Spläten von de grönen Finsterladens käken un hett sehn, wo Mudder usen Sniedervadder bie d'r Arbeit hulpen hett un hett steppt un reeht un sümt un dahn. Aber wi weern mit veer Kinner un leeten us mit Werserluft un Sunnenschien alleen nich afspiesen. So drah, as 'n frischt Brot in'n Huse weer, weer dat ok all bit up den Angstknust wegsnäen, un 's middags gung dat umschicht mit dat Nahschrapen von den Kokpott. – As ick mi to denken weet, wahnde bie us achtern Diek stäbig 'n ole Fro mit 'n grieset Kleed un 'n grieshaftig Gesicht. De seet mien

Ollern stäbig up de Hacken wo se gungen un stunnen un de heetde »Fro Sorge.« Mit sone Spökgestalten hett'n as Jung nich geern wat to dohn, un darum weer ick meist »uthüsig«, as Mudder dat nennde un kaperde an'r Werser rum. –

Ick weet mi noch ganz genau to besinnen, datt ick bie all de Kaperee un Dölmeree as Kind doch ummer son heemlich Verlangen harr, wat Afsonnerligs to beleven, un vor allen Dingen, noch mal wat Afsonnerligs to weern. Dat heft wi aber jo alltohopen dörmakt, denn, as wi so lüttje Krauels weern, un se fragden us: »Wat wullt Du denn weern, wenn Du grot bist?« denn heetde dat den eenen Dag: »Kaiser«, un den annern: »Kanditer«, oder »Droschkenkutscher«. Ick harr nu, as ick danniger wurde, mi dat fast in'n Kopp sett't, datt ick Lehrer weeren woll. Mien gode Mudder keek mi denn so bedröft an, wenn ick dar mal von snackde. Denn schuttkoppde se un sä: »Beste Jung, dat geiht jo nich, wi heft jo keen Geld!« Vull Neid keek ick an de Jungens hoch, de de Realschole, oder gar de latinsche Schole besochden. Ick weer jo man de arme Sniederjung un gung nah'r Freeschole. – Aber, dat mutt ick seggen: Wenn dat ok man 'n Freeschole weer, duchtige Lehrers heff ick harrt, un allens, wat se lehrten, dat bleef bie mi besitten. –

Dat hulp aber allens nix, as ick veertein Jahr weer un ut'r Schole keem, heetde dat: »Geldverdeenen!« Stillswiegens gung ick in de Stadt un nehm bien Bokhändler 'n Posten as Lopjung an. – Mien Herr settde mi aber bald in aller Frundschup wedder an de Luft, un dat keem so: Dör'n Tofall harr ick 'n ole engelsche Lehrerin kennen lehrt. For de makde ick allerhand lüttje Hanteerungen un Besorgungen, un se geef mi darfor de Wäke twee engelsche Stunnen. So seet ick denn mal in mien Bokhandlung in'r Freetied in'r Ecke un studeerde in'n engelschet Bok. Just gung mien Herr Prinzipal an mi vorbie, bleef bestahn un sä spietsch: »Na, ob Du da hineinkuckst oder die alte Katze!« Dat konn mi bannig argern un ick sä ganz patzig: »So? Das kommt aber wohl darauf an!« As ick em denn son halbe Sied ganz leifig vorlesen harr, fatde he mi in de Pollen, tuselde mi un sä: »Was tust Du Bengel denn hier als Laufbursche? Dazu bist Du ja viel zu schade! Ans Kontor mußt Du und Kaufmann werden!« Son paar Dage naher keem ick ant Hus un sä to mien Ollern: »So! Wat seggt Ji nu! Nu bin ick ant Kantor! Bin in'n grotet Schapwullgeschäft!«

Ja, so weer dat, un nu fung for mi eene glucklige Tied an, eene Tied full Leben un Streben. Eene nee'e Welt leeg vor mi, ick moß mi in de Geheemnisse von dat Kopmannsleben rinarbeien, moß lehrn un wedder lehrn, schrieben un räken, un naher Stenographie un Bokföhren un was anners noch dartohört, wenn man as Kopmannslehrling fudder will. Mienen Öberschuß an Kraft verbrukde ick in de Abendstunnen in'n Tornverein an Rick un Barren un tornde ibrig un mit Lust un Freide. »Kopf hoch! Brust heraus!« heetde dat up'n Tornplatz, aber wo bald scholl ick Gelegenheit hebben, dit ok for't Leben antowennen!

Dat gift Dinge in usen Leben, Schicksalssläge, öber de man eegentlich nich geern snacken deiht, wiel se Eenen ganz alleen angaht un wiel man se ok blot mit sick sulbens aftomaken hett. Aber dat Schicksal, wat mi in mien beste Jugendkraft, in'n twintigsten Jahr bedrapen hett, dat drupt hüte, dör den schurigen Krieg so väle in ähre beste Manneskraft, datt ick dat just wegen de armen, wackern Lüe vertellen will, ja, vertellen mutt. Wenn sick denn von de, de ick meen, ok blot een eenzgen an mien Vertellen uprichten deiht, wenn ick em wiesen kann, wo man dat anfangen mutt, sick öber sien Schicksal to stellen, un dat trotz Nacht un Düsterniß use Leben doch noch hell un schön is, denn hett sick dat all verlohnt.

Dat weer in'n Sommer 1886, dar lä sick een dicken griesen Nebel vor miene Ogen, de anners so scharp un klar wesen weern. »Sehnervenentzündung« nennden de Ogendokters dat, un se verklarden mi nah langwierige Kuren, datt dar keene Rettung an weer. Mien Ogenlicht weer weg un ick seet gänzlich in'n Düstern. Wat nu? Kranken- un Invalidenkasse geef dat nich, dat bäten, wat ick mi öberspart harr, weer dör de Ogenkrankheit upbrukt, mien Ollern weern ja arme Lüe un weern ok old un stumperig. So seet ick dar her, vullkamen öberleidig, un dat Leben harr keenen Sinn mehr. De eersde Tied weer ganz, ganz swar, un wat ick domals dörmakt heff an Sorgen un Hartensqualen, dat kann ick disse Bläder nich anvertroon.

Aber mien gesunnen Korper, un vor allen Dingen de Wille ton Leben kreeg de Öberhand. Eenen von de wenigen Frunne, de mi tro bläben weern, harr mi mal in sien Hartensgodheit 'n blanken Dahler in de Hand druckt. For dissen Dahler kofde ick mi eens goden Dags swedsche Swäbelsticken un fung an, darmit to handeln. De Sake klappde fein. Bald nehm ick anner Saken, Seepen, Zigarrn un so d'r wat her darto, gung ok mit'n annern trooen Frund, mit mienen Handstock, krüz un queer dör mien Vaderstadt, »um neue Handelsbeziehungen anzuknüpfen«, un ick harr dat gewiß noch mit mien Seepen un Swäbelsticken bit ton groten Bremer Handelsherrn brocht, wenn't nich anners kamen weer. –

Erfahren Lüe un ok anner Blinne, de ick kennenlehrt harr, rahden mi, in eene Blinnenanstalt to gahn un 'n Handwark to lehrn. Dat däh ick, gung nah Hannover, lehrde dat Korfflechten, Musik un Blinnenschrift, un as ick nah'n paar Jahr wedder nah Bremen keem, harr ick fast vergäten, datt mi een Sinn, de Hauptsinn, fehlde. De Arbeit weer miene Trösterin worrn, fiene Föhlers weern mi wussen, un geheeme Kräfte, de fröher in mi slapen harrn, de ick garnich kennt harr, de weern upwakt un hulpen mi, ut eegen Kraft ok in'n Düstern den Weg dört Leben to finnen un to gahn. –

Use ole Kathen achtern Diek weer längst afbraken. Wi weern nah'r Oldstadt trocken, miene gode Mudder weer storben, de Broder, de beiden Swestern ok[198], Vadder weer old un stumperig, un so moß ick mi up mi ganz alleen verlaten. – Dat däh ick ok, ummer »Kopf hoch! Brust heraus!« – Ganz bescheiden fung ick 'n Korfmakergeschäft an, kreeg aber bald Arbeit von de Bremer Schipfahrtsgesellschaften[199]. Sware, sure Arbeit weer dat, Köhlenkörbe. Wied öber teindusend Stuck heff ick in de Jahren darvon makt un in manche stille Nacht in'r eensamen Warkstä säten un wöhlt un quält. –

Ick harr mi mit'r Tied ok 'n duchtige Hulpe, 'n trooen Kamraden anschafft, De kickt mi dissen Ogenblick öber de Schullern, un darum draff ick dar nich väl von verrahn. Disse Kamrad is ok to glieker Tied de Mudder von mien fief Kinner, is 'n Stuck von mi, mien bätere Hälfte un Ji kennt jo dat Sprickwoord »vom Eigenlob.« –

Bie all miene sture Knakenarbeit[200] un dör de grote Familje harr ick stäbig twee unleddige Gäste in'n Huse. De heetden Not un Sorge. Darto de ewige Sehnsucht in'n Harten, dör fienere Arbeit, dör Kopparbeit mien Leben to maken. Endlich eerst in mienen tweeunveertigsten Jahr, scholl mi dit Gluck bleihn. –

Wenn[201] de Schummerstunne in mien Warkstä introck, denn pleggde ick mien Kinnergekrabbels Geschichten to vertellen. Meist ut mien eegen Kinnerparadies achtern Diek. Dar meende de ollste Deern mal, ick scholl ähr dat doch »diktieren«, denn woll se dat upschrieben un wi wollen dat drucken laten un 'n Barg Geld darmit verdeenen. Eerst lachte ick ähr ut, denn leet ick mi de Sake dörn Kopp gahn, un endlich leet ick de Deern

---

[198] In »Dreißig Jahre im grauen Nebel« heißt es dagegen: »Geradezu erdrückend war das Gefühl, sich von dem ergrauten Vater und der rührend fleißigen älteren Schwester – die anderen Geschwister waren gestorben – ernähren lassen zu müssen.« Später wird die Heirat der großen Schwester erwähnt.
[199] Vorlage: Schipfahrtsgeschaften, EA: Schipfahrtsgesellschaften. – Als Vorlage wird das 15.-19. Tausend von »Slusohr« bezeichnet, die EA (Erstausgabe) des selben Bandes wird für Vergleiche herangezogen.
[200] Vorlage: Knabenarbeit, EA: Knakenarbeit.
[201] Vorlage: Wann, EA: Wenn.

schrieben. Up Flickens un in ole Schriefböker is up de Art mien eerstet bescheiden lüttjet Bok »Achtern Diek« in de Welt sett't worrn. Mit Angst un Bangen heff ick de eerste Uplage for eegen Räknung drucken laten un ick keem mi vor, as son Bedreeger, as mi de Bokdrucker up mien ehrlich Gesicht hen de gewaltige Summe von öber dreehunnert Mark up Kredit anräkende. Aber miene Bremers heft mi nich in Stich laten. In seß Wäken weern de eersten Dusend vergräpen un ut de dreehunnert Mark weern dusend worrn[202]. So väl Gluck un so väl Geld konn dat lüttje Korfmakerhus garnich faten. Aber dat scholl noch bäter kamen. –

Von allen Sieden wurd ick uprakelt, noch mehr to schrieben. As Kind harr ick 'n paarmal miene Scholfeerjen in'n Moor bie use Torfbuuern verläft un de Schönheit von Heide un Moor un allens wat dar läft un wäft, kennenlehrt. Dar geef dat allerhand von to vertellen, Fro un Kinner mossen wedder fliedig schrieben, un dat wahrde nich lange, denn weer dat tweede Bok klar. »Im Rodenbusch-Haus, Ernste und heitere Bilder aus dem Moor«, nennde ick dat, un dat wurd all mal so stark, as »Achtern Diek«. Nu fund sick ok all 'n Bremer Bokhändler (Otto Melchers) de den Verlag von beide Böker öbernahm. Bie dat eerste Bok harr ick mi ganz angstig an de Wahrheit holen. Bien tweeden wurd ick aber all dickdräwscher un fung an to flunkern. Beide Böker weern hochdütsch, aber de Minschen de darin vorkeemen, leet ick so snacken, as jem de Snabel wussen weer, plattdütsch, un leet ähre Sprake so to Poppier bringen, as se mi in'n Ohren klung. Dat fullt use Sprakforschers up, un se quälden mi, doch blot plattdütsch to schrieben. Dat däh ick denn ok, schreef kortere un längere vergnögde un eernste Vertellsels, schickde se an use »Bremer Nachrichten«, Heimatbläder un Kalenners, un harr dat Gluck, dat ick nie wat Plattdütsches truggekrägen heff. Disse Arbeiten sind in twee Böker tosamenstellt: »For de Fierstunnen«, (Otto Melchers) un »Sunnenschien un Wulken«, (Franz Leuwer, Bremen).

Midderwiele harr mi een Minschenfrund, Professor Noltenius, Bremen, eene wunnerbare Schriefmaschine besorgt. Mit Hulpe von de Blinnenpunktschrift konn ick nu sulbens miene Manuskripte schrieben. Wat weer dat vor'n Vordeel! Nu konn ick mit eegen Hännen dat Platt nah mien eegen Schriefwiese to Poppier bringen, un brukde mi nich mehr bie dat Bokstabeeren aftoelennen. –

---

[202] Vgl. »Dreißig Jahre im grauen Nebel«: »In sechs Wochen waren die ersten tausend Exemplare vergriffen, und ich war im Besitze von mehr als sechshundert Mark in barem Geld.« Hier ist offenbar der gesamte Umsatzerlös vor Rückzahlung der Auslagen gemeint.

Ick schreef un schreef, greep wedder in mien Kinnertied rin, un keem 1913 mit den Roman »Ottjen Alldag un sien Kaperstreiche,[203] Een plattdütsch Kinnerleben an'r Waterkante«, an'n Dag. De stund seß Wäken lang in de Nahrichten un wurd von mehr as hunnertdusend Minschen lesen. De harrn ähre Freide an de dullen un doch so vergnögden Kaperstreiche von den plattdütschen Ottjen, un as in'n November de Niedersachsen Verlag, Carl Schünemann, Bremen, dreedusend Böker druckt harr, weern se all kort vor Wihnachen vergräpen.

Wiel miene välen plattdütschen Frunne von wied un sied nu geern wäten wollen, wat ut den olen Diekkaper denn ennglich worrn is, un of sick dat Sprickwoord von de ruhgen Fahlen un de glatten Peer ok an em bewahrheit't hett, so moß ick wedder an mien Maschine un in'n Harfst 1915 nehm dat mit mien »Ottjen Alldag un sien Lehrtied, Een Vertellsel ut'n Bremer Kopmannsleben«, den sulbigen Lop, as mit de Kaperstreiche. Un noch eenmal greep ick in Ottjen sien Kinnertied rin, leet em de Schönheiten von Heide un Moor kennenleern, un leet em denn as Bremer Kopmann von eene Moorhex infangen, mit de he as Mann un Vadder sien Glück funnen hett. »Ottjen Alldag un sien Moorhex« heett[204] disse Band. Twee nee'e Böker sund aber noch dartokamen: »Jann von'n Moor un anner Geschichten« un »De Vorspannweert. Een Neddersassenroman.« Beide sind in Gust. Winters Buchhandlung in Bremen rutkamen.

Ok disse Böker ward duchtig kofft, un ick kann ok in anner Wiese nich seggen: »Der Prophet gilt nichts in seinem Vaterlande«. De Bremer Borgerschup hett mi 1917 eenen Ehrensold von dusend Mark bewilligt, un de Bremer Natschonalversammlung hett em up dreedusend uphögt.

Darmit nu ok use Gören Lust un Leef ton Plattdütschlesen kriggt, heff ick for jem een lüttjet Geschichtenbok schräben. Dat heff ick »Plattdütsche Kinnerkost« nennt un dat is nu in Druck. Luter korte, meist vergnögde Geschichten, aber ok son paar eernsthafte Gedichte ut Natur un Minschenleben staht darin. – Dat is denn dat twolfte Bok. Of nu noch mehr kummt, weet ick noch nich. Wenn mi wedder wat infallt, is't schön, wenn nich, denn kann ick't nich helpen. Aber ick glof, ick kann doch jetzt all seggen: Dat Leben is nich ganz vergäfs wesen. – G.D.

---

[203] Vorlage: Punkt statt Komma, EA: Komma.
[204] Vorlage: hett (so schon im 11. und 12. Tausend).

Die Erstausgabe endete nach »den sulbigen Lop, as mit de Kaperstreiche«:
Twuschendör heff ick noch väle lüttjere Vertellsels un Riemels to Poppier brocht, de aber noch in keen Bok staht. Allemal, wenn ick dachte: Nu weest du jowoll nix mehr, denn fullt mi doch wedder wat in. Ok allerhand plattdütsche Tiergeschichten heff ick noch liggen, von Katten un Hun'n, Peer un Kreihn un Abär un Dickkopp. Un wieldeß, datt ick hier an mien Maschien sitt un schrif, liggt vor mi up'n Disch 'n Packen beschräben Bläder. Up disse Bläder heff ick Ottjen Alldag noch eenmal, ton drudden un letzten mal, verarbeit't. Aber sien Schicksal, un darmit dat Wark, is noch nich afslaten. Wennher datt ick darmit klar bin, wo dat heeten schall, wennher datt dat druckt ward, allens dat weet ick noch nich. Dat is Kriegstied, un väl Not, Kummer un Sorgen is över use Volk kamen. Väles is ut'n Gleise kamen, un väle Koppe hett de sware Tied deep dahldukt. Aber wenn Eenen mit mienen Wahlspruch, de mi hulpen hett mien Leben to timmern, deent is, denn will ick em noch mal nennen: »Kopf hoch! Brust heraus!« Dat sund nu just dartig Jahr, datt ick dör den griesen Nebel wannern doh, aber dör'n stieben Nacken un Selbstvertroon heff ick't darhen brocht, datt ick anner Lüe noch von mienen Sunnenschien afgeben kann. Un so will ick denn alle de, de disse Bläder lest, un de Trost nödig heft, int Stammbok schrieben:

> Manch Fruchtkarn, wo een Steen up fullen,
> He quält sick doch noch rut gewiß.
> Denn lacht em ok de Sunnenschien gullen,
> Nah Last un Qual in Düsterniß.[205]

B r e m e n , September 1916.   G e o r g   D r o s t e .

Die Ausgabe von 1918 (11.-12. Tausend) endete nach »den sulbigen Lop, as mit de Kaperstreiche«:
Aber de välen Frunne von Ottjen geben noch keenen Fräen. Se wollen den deftigen plattdütschen Jung, den se nu mal in ähr Harte slaten harrn, ok unner de Huben hebben. Un[206] so moß ick wedder ran. So greep ick noch eenmal in Ottjen sien Kinnertid rin, leet em de Schönheiten von Heide un

---

[205] Schluss seines Achtzeilers (mit kleinen Abweichungen): Ton Angedenken in't Stammbook (in: Sunnenschien un Wulken, 1912, Seite 126).
[206] Vorlage: un.

Moor kennenleern, un leet em denn as Bremer Kopmann von eene Moorhex infangen, mit de he as Mann un Vadder sien Glück funnen hett. »Ottjen Alldag un sien Moorhex« heet disse Band. Mien foftigste Geburtsdag, de 13. Dezbr. 1916, wurd een wahren Ehrendag for mi. Breebe un Drahtgluckwunsche keemen pundwies, un soväl leebe Minschen in mien Hus, datt de Dörgriff garnich kold wurd. Senat un Börgerschup von mien Vaderstadt dähn mi de hoge Ehre an, datt se mi for Lebenstied een Ehrengehalt von dusend Mark dat Jahr utsetten. Dat scholl darfor sien, datt ick mien Bestet dahn harr, use plattdütsche Sprake to hegen un to plegen. – Midderwiel heff ick noch so allerhand plattdütsche Tiergeschichten schräben. De sund nu just in 'n nee'et, in mien nägtet Bok unner den Titel »Dokter Langbeen« bie M. Glogau jr. in Hamborg rutkamen un schöt ähren Weg ok woll maken. Mi is nich bang. – Woll is dat noch jümmer Krieg, un de sware Tied hett männigen Kopp dahldukt. Aber nich verzagt! Selbstvertrooen! Kopf hoch, Brust heraus!

    Manch Fruchtkarn, wo een Steen up fullen,
    He quält sick doch noch rut gewiß.
    Denn lacht em ok de Sunnenschien gullen,
    Nah Last un Qual in Düsterniß.

B r e m e n , to Winachten 1917.   G e o r g D r o s t e .

Dieser Beitrag ist im 13.-14. Tausend gegenüber der Fassung im 11.-12. Tausend unverändert.[207]

---

[207] Ich danke Gundula C o h r s vom Institut für Niederdeutsche Sprache in Bremen für die Überlassung von Fotokopien.

Mien Besök un de Schriefmaschine.

Tick – tick – tick! »Herrein!« Ganz sachte un behott geiht de Dör apen un vorsichtig un langsam schufft un dreiht sick daar wat rin. »Och, nehmen Se mi dat veelmaals[208] nich for ungood, dat ick as ole Fro Se maal besöken doh. Se sund dat jawoll, de dat scheene plattdütsche Book[209] schreben hett un dat heff ick kortens bi mien Dochter ... nä nä! Blieben Se still besitten, ick heff all 'n Stool! Nein, wissense, ich komm man bloß von wegen das – Och willt ok man Platt snacken, ick stamm jo ok man achtern Diek her!« »Wat! Von usen olen Puntjendiek? Nä Mudder, nu möt't Se sik aber doch hier in't Sofa setten,[210] mien Fro hett just den Koffi klaar un ...« »Nä nä, ganz gewisse nich! Is dankensweert! Nä wetense, ick kam man blot hauptsächlich wegen de ole Fro Käbels wo Se daar von schrieben doht. De heff ick jo kennt, aber soveel[211] as ick weet, harr de twee Sähns un ok noch 'n Dochter un de freede do den Bäckermeister ...« Mi ward dat heet un kold! Fro Käbels? De will se kennt hebben? Miene Gestalten, de ick mi ut'r Luft grappscht heff[212], se schöt Fleesch un Blood hebben; se drauht mi mit Füsten un seggt: »Du verlagen Keerel!« Ick denk up't Letzte: Dat Beste is, Du swiegst[213] rein still un läßt de ole Tante ruhig rameln! Dat deiht se denn ok un vertellt un vertellt von olen Tieden un is sick gaarnich bewußt, wat ehr Kopp for'n gullen Schatzkamern is. Se markt ok nich, dat se[214] mi maal wedder mien Kinnerparadies apenslutt, dat ick use olen mächtigen Pappelböme up'n Diek noch Maal wedder ruscheln hör un dat de lüttjen Swalken up use Husdelen, de se ok kennt hett, mi noch eenmaal wedder dat trolige »Tschiwit!« toroopt. De gode ole Fro weet ok nich, dat ehr schöne reine Platt eene weeke Musik is, de mi in'n Bann hollt un mi ole Stimmen, de all bold veertig Jahr swiegt, wedder herzaubert. Een tostimmend Woord ut dissen Munne, een Ordeel oder Tadel ut so'n unverdorben plattdütsch Hart, makt eenen mehr Freide, as wie lange Strämels in de Bläder.

Wo is de Stunne bleben? De schöne Klöhnstunne! »Na, denn hooln Se sick ok recht hart un nehmen Se mi dat joneech for ungood, dat ick Se so lange uphooln heff ... aber wat heft Se daar den for'n kurjöschet Deert up'n Disch stahn? Och so, ick seh't all! Daar weerd woll de Böker up druckt.«

---

[208] Vorlage: velmaals.
[209] For de Fierstunnen (1910).
[210] Vorlage: ohne Komma.
[211] Vorlage: sovel.
[212] Gestalt aus: Een Wiehnachtsåbend achtern Diek, in: För de Fierstunnen, Seiten 85-98.
[213] Vorlage: swiggst.
[214] Vorlage: Se.

»Ganz recht Mudder! Bit up'n lüttjet Beten! So'n Art Druckeree is dat ok. Dat is mien Schriefmaschine, daar schrief ick miene Manuskripte un Breebe up.«

»Mein Zeit!« seggt mien Besök un sett't sick noch maal wedder daal, »ick heff doch hört, se harrn dat so upper Ogen un nu könt se sulbens schrieben? Och, denn hefft Se dat woll All so in'r Föhlte?« »Ja, wissen Sie, liebe Frau, ich bin ein sehr gefühlvoller Mensch! Aber nu Spaß bi Siede! Nu will ick Se dat maal verklaren, wo sick dat besaakt. Nu passen Se maal up: De twee Reegen Stippens un Punkte, de Se hier up dit Blick seht, dat is de Blinnenschrift. In dissen hollen Wieser hier, den man daarup henn un her schuben kann, daar legg ick nu de Spitze von minen rechten Zeigefinger. Zeigefinger – seggt Se doch ok up Platt, nich?« »Tschäh, wat scholl'n woll anners seggen?« Na, nu sök ick mi mit den Wieser den Bookstaff, den ick up dit Poppier schrieben will, wat just as wie bi anner Schriefmaschinen hier um de Gummiwalze rullt is. Nu passen Se up! Dör dat Schuben von den Wieser dreiht sick hier dit runne Dings, daar sind veerunachzig Bookstaben, Tahlen un Teekens up. Nu druck ick hier mit den lunken Dum – un kieken Se henn! Daar steiht he all! Druck ick nu hier dissen lüttjen Knoop daal, denn gift dat 'n groten Bookstaff un up dissen hier bringt dat sulbige Teeken 'n Frageteeken. So geiht dat nu reegelangs, Allens wat ick schrieben will un wenn de Reege vull is, denn: Pink! Denn pingelt dat. So gau as Eenen mit'r Hand schrieben kann, kann ick dat mit miene feine Maschine ok un daar kann mi Eener[215] be'en Hanschen un Hoot, de geef[216] ick nich wedder her!« »Nä nä, wo is dat doch fein! Aber wo ick mi man blot öber wunnern mutt: Dat Se daar Platt up schrieben könt: dat sund jo doch Allens hochdütsche Bookstaben!« »Och beste Mudder! Dat is noch gaarnix! Ick heff baben 'n Vigelinen, daar kann ick sogaar plattdütsche Musik up maken!« »Tschä tschä! Ick segg jo man! Wat Minschenhänne doch Alles maken könt!«

Ick kann dat Lachen nich laten, wiel ick just an jenne ole Fro denk, de dat sulbige ok sä un daarbi 'n Esel ankeek. – As ick minen trohartigen Besök nu noch vertellt heff, dat miene feine blanke Maschine blot veertig Mark kost't hett un dat de Blinnenlehrer Oscar Picht in Steglitz bei Berlin sick de utdacht hett[217], as se sick schier half dot wunnern[218] will, dat man ok sogar

---

[215] Vorlage: Ener.
[216] Vorlage: gef.
[217] Oscar Picht hat mehrere Modelle von Blindenschreibmaschinen entworfen.
[218] Vorlage: wunern.

»in'n Diestern« daarup schrieben kann, daar tuffelt de gode Seele endlich los un weet nich, woveel Freide se mi mit ehren Besök maakt hett.

Mien ole Pultkomode un ik.

Du gnirrst un gnarrst un quietschst un gnadderst so afsonnerlich! Helpt di abers allens nix, ol Kamrad! Dien eeken Klapp hett doch noch de ole Stäbigkeit un dat Schriben kann fuddergahn. Lat us man noch mal! Schriben? Aber wat denn?

Un so fragst d u , du urol Familjenhusrat? Du schast mi jo wat vertellen! Heff ick nich alltied tro un brav dalschräben, wat du mi vorgnarrt hest; wat ut dine olen Schufladen klöhnde, wat dar in tusterde un flusterde von goden, olen, ehrbaren plattdütschen Tiden?

Ja, dine olen Schufladen! Wo fein old un mullsch ruckt dat dar rut! Wat leegt dar ok allens für Raritäten in! As Jung kreeg ik rejell Hartkloppen un harr Heidenmanschetten, wenn Vadder mal an son Regensonndag in de olen Poppieren kramde un ik droff tokiken.

Un hüte liggt dat dar noch genau so, Blatt for Blatt, Stuck for Stuck: Großvadder Georg Leberecht[219] sien plattdütschen Bremer »Gemeener Borgereed«, up den he 1793 toswaren hett mit Obergewehr un Unnergewehr:

»Ik will dem Rade gehorsam sien un nimmermehr gegen den Rat dohn!«

Darbi geef dat denn een urolet Poppier; »Tafel un Bok«, steiht dar öber un 1597 dar unner, un dar stünd up:

»Dit is eene wollbegrundede lofflige Verdrag, upgerichtet un gemaket to Wollstande der Stadt unde to underholdinge der borgerligen Eendracht.«

Dat weer noch 'n Platt! Dat weer wat anners as van Dage, von wegen: »Alleid, pett doch nich ummer in'r Putten! Hast Dir all wieder schitterig gemacht!« --

Fangst all wedder an to gnarren, ol Pultkomode? Ik verstah woll: Paßt in dien plattdütsch Wesen ok nich. Dat »Fine« will in uns nu mal nich rin.

Du stundst domals, 1793, as de plattdütsche Borgereed dar rechter Hand in de middelsde Schuflad leggt wurd, dar stundst du an'r Tieber, dar, wo nu de Tollschuppen steiht. Weer man 'n lüttjen spitzgäbeligen Katen dar an'r Werser; aber Großvadder Georg Leberecht bedreef dar sien ehrbar Handwark in as Sniederzunftmeister. Un nah Fierabend seet he bien Tranfunzel an disse sulbige Pultklappen un krakelde mit'n Gosekiel ole Bremer Namens in sien Böker un malde Talen un Dahler un Grote.

---

[219] Vorlage: Lebrecht.

Un denn keem von 1808 bit 13 de verfluchte, gräsige Franzosentied. Nu vertell doch, olet Möbel! Hest 't jo sulbens mit beläft! Du gnarrst wedder vergrellt in wullt mi keen Hartkloppen maken. It weet aber, wat de französchen Heilunken us Bremers pisackt hefft. Bi nachtslapen Tied halden se Großvadder ut 'n Bedde, slogen em Finster un Husdör in, un denn moß he de Reibers jem ähre schidderigen Schanilljen un Boxen flicken. Un wenn he darmit klar weer, denn settden se em dat Bajonett up de Bost, un denn moß he mit ton Schanzen. Du seggst nix, weest aber, dat dat de Wahrheit is. De sulbige ole Schuppen, Großvadder sine, de hefft wi noch: steiht up'n Hoff int Schur. Un wenn een französch Blodsugerregiment ut'n Dobendur aftrocken weer un harr de Bremers 'n paar hunnertdusend blanke Dahlers stalen, denn trock een frischet wedder[220] int Buntendoor in un denn ...

Aber – wat makst d' nu, ol Dame? Fangt dat in dien Inster an to spöken? Ganz sacht un sinnig schufft sik dar lunker Hand de unnerste Schuflad up. Ik mutt dar ringripen, of ik will oder nich. Twuschen allerhand Familjenraritäten liggt 'n lüttjen runnen Pappkasten, un darut nehm ik een ganzet Stuck Familjen- un Weltgeschichte: »Schlacht bei Waterloo. Preußens tapferm Krieger«. Dat is Großvadder sien Ehrenteeken an'n möret, verschaten siden Band. Un um den Rand von dit bronzen Ehrenteeken, wat so grot is as'n Dahler, dar steiht: »Aus erobertem Geschütz«.

So, nu will wi dat fein wedder in de Schuflad leggen. Dat weer Großvadder sien: Feldwebel Klas Eden Schipper, also Mudder ähr Vadder. De weer domals hier in Bremen Koopmann un hett denn bi Leipzig un bi Waterloo tro un brav mitfochten un hulpen, de französche Rachgier endlich mal en Enne to maken.

Un hüte, na hunnertsäben Jahr? Armet dütschet Vaderland! Wat[221] seggst du darto, olet Raback? – Du swiggst still, un hest doch hunnert Jahr Weltgeschichte in di! – Na, man to! To rechter Tied swigen is bäter, as öberall dat grote Schott apenriten. Großvadder Georg Leberecht schall ok nich väl seggt hebben bi siene stille Arbeit up'n Sniderdisch. Ol snurrige Infälle hett de Ol harrt. Hett mal Schillers Gedichte lesen un de ene bekannte Stä umkalfatert: »Ehret die Sneider, sie wirken un schaffen – – Himmlisch Gewand für irdische Laffen!«

---

[220] Vorlage: weddder.
[221] Vorlage: Wet.

Dat is allens lebenige Arfschup von Vadder, von Georg Ludewig. Hett ok Snider weern moßt, wiel sien Ol dat Handwark ehrde. Ja, Vadder! Hett ok sien Schuflad dar vor mi, sinen Ehrenkarkhoff, Lehrbreef un Wannerbok, mit dat ol Bremer Rathus vorne, Geburts- un Dodenschien un anner gäle Poppieren. Liggt dar allens in.

Ja, Vadder hett ok sien Scholarbeit makt up disse sulbige Klappen, ol Pultkomode. Hett studeert in de ole Hahnenfibel: »Stärke gibt das Brot allein, Butter braucht nicht drauf zu sein.« Hört ji't woll, Kinners? Dat weer 1837, dar kostde de Boddern seß Grote. Un hüte ... Na kumm! Fix 'n annern Vers! Lat mi an Land, an Boord is mi dat to fett.

Vadder hett denn naher, as he toswaren un sien Meisterstuck makt harr, ok hier in sien Geschäftsböker schräben, erst noch mit Dahler un Grote un denn – mit Mark un Penning. Erst bi'n Talgstummel, denn bi Solaröl, denn bi Peter-le-um, so nennden de olen Bremers dat. Un denn sogar noch – bi Gas! Hurrjös! Wat hett dat for'n Upstand un Puhä geben, as dat Gas upkeem! Ganz Bremen is up de Beene wesen, as ton erstenmal de Stratenluchtens brennden. Dat weer'n Leben in'r Stadt, as wenn de Gottfriedsche[222] noch eenmal koppt weern scholl, oder as wenn de Maharadschah von Appelsinien Bremen mit sinen Besök beehren woll.

»Kinners, Kinners!« repen de Bremers, »nu makt se jawoll de Nacht ton Dage!« Un in de Hüser kostde son Bekiekmeter – ik glof, nägen Penninge. Un hüte? – Na kumm! Wi möt dar fudder mit! Anners konn mi dat slechter bekamen as mien Trintjen Trellen, de mal statts Limborger Keese gäle Seepen äten hett.

Darum: Wi beiden Olen! Heft wi noch mehr up'n Staken? Ja, 'n ganzen Barg: Du in dien Schufladens un ik in'n Harten. Kiek hen! Dar heff ik all wat twuschen de Fingers! Een ganz finet Gewew ut dunne Sidenfadens, verknüddelt un verprummelt.

Ik treck dat blot öber mien knuttde Hand. Nu kriggt dat Fassong. Twee lüttje Bändsels bummelt dar an runner. Mien Döpemutzen.

As ik nämlich 1866 up de Welt keem, harr ik afsonnerliger Wise keen Spierken Haar up'n Kopp. »Hat Sonne im Herzen und den Mond auf'n Kopp!« De olen plattdütschen Tanten achtern Diek meenden aber: »Dat geiht keen goden Gang mit dat Kind Gotts! Wenn dat keen Mutzen

---

[222] Margarethe Gottfried, die Giftmischerin, deren öffentlicher Hinrichtung Drostes Großmutter 1831 beiwohnte (vgl. in »Achtern Diek«: »2. Aus der Jugend-Dämmerzeit«).

opkriggt, verkullt sik dat den Kopp. Dat sleit denn up'n Verstand, un Haar waßt em denn ok nich«.

Un dat »Kind Gotts« kreeg 'n Mutzen up; dat Haar is ok wussen, blot de Döpemutzen, de paßt nich mehr, un darum will wi se man wedder an ähren Ort leggen.

De Schuflad gnarrt son bäten vergrellt. Aber – schadt nix, ol Pultkomode! Dar ward doch lacht, hell un frundlich. Ja, hell un warm lachte de Sunnenschien in de lüttje Donzen achtern Diek. Hest dar ok wat von afkrägen, mehr as di leef weer. Hett di dien feine, blanke Politur verbrennt. Hett mi aber högt; denn du hest mi as lüttjen Bötel so faken de Fingers klemmt mit dien ol schware Klappen. Hest mi up'n Steert fallen laten, wenn ik for Gewalt dien blanken Knöpe afriten woll, um darmit to spälen. Hest mi mal Baxers inbrocht, as ik hier mien Scholarbeit makde, un, statts in dat Heft to schrieben, anfung, in den Blackpott to kleien un hier up de feine blaue Platen 'n Keerl mit'n Pipen in'n Mul to malen. Dar weer dat wedder vorbi mit de Frundschup twuschen us beiden, un ik moß mien Schriberee un Kleieree wedder an den lüttjen Kattendisch maken.

Un nu? Ja, nu sund wi all väle, väle Jahre wedder god Frund. Du kennst mine geheemsten Hartensgedanken, wenn ik in eensamen Stunnen möe den Kopp hier up disse Klappen stutten doh. Du bist mien stillen Karkhoff, wo Leef un Leben bleiht. Weest jo von allens Bescheed, hest von allen wat binnen: Von de olen ehrbaren Vorfahren, von Vadder un mien leebe, gode Mudder, von Swestern un Bröder, Mudder ähr Leeflinge, de se al so fröh hergeben moß.[223]

> Vor di liggt de Welt, de kole,
> Stried un Haß is wied un sied.
> Doch in Fräen strahlt dat Ole
> Ut de gullen Kinnertied.

Ja, de gullen Kinnertied! Dat is use Sunnenland, de isern Bestand von use Leben, wo wi noch in'n hogen Oller von teren könt.

Wi Olen! Heff Dank, ole Pultkomode! Hest mi al so mannig Jahr tro un brav deent, un ik heff woll hunnertdusend plattdütsche Regen hier up dien Klappen schriben drofft, eernste un vergnögde.

Sachte slut ik di wedder dicht for ditmal. Wer weet, wennher – ton letzten Mal?

---

[223] Vorlage: ohne Punkt.

Kinnerdröme.

Wo is mien Heimat? Wo't mi godgeiht? Ja, dat gift jo Minschen, de so denken doht, oder wenigstens – so seggt. Wenn disse Minschen unner »godgahn« Geldverdeenen meent, sik jümmer duchtig satt äten, amuseern un up ähre Art jem ähr Leben geneten, denn mögt se jo up ähre Art recht hebben.

Aber, wo faken kann 'n dat nich beleben, dat disse Slag Lü', de den ganzen Eerdkloot as Heimat heft, sik alle Näselang versnabelt! Is de Hochdütsche in'n Noorden hüsig worrn, denn heet dat: »Ja, wissen Se: Bei mir zu Hause war det janz anderscht! Da war det so un so!« Un is de Plattdütsche in'n Babenlanne: wedder fangt he an to quesen: »Bi Mudder is dat bäter wesen!«

Also bi Mudder! Ja, ja, ja! Gestaht dat man in: Dat gift blot ene wahre Heimat, un de is dar, wo use Wegen stahn hett. De is dar, wo us use Mudder up'n Schot hart hett un hett us leebe Wöre in ähr egen Sprake, in[224] ähr Hartenssprake totustert. De is dar, wo us de Sunnenschien toerst lacht hett, wo for us, us' lüttje Welt noch so gewaltig grot weer, wo wi de Wulken an'n blauen Heben för Märkenslotter ankeken, wo wi – use Kinnerdröme dromden un glucklich weern, ahne dat wi dat wussen.

Kinnerdröme! Kinnergrappen! Wo sund se bläben? Wegweiht as de Wulken! Un doch sund se noch dar! Makt man de Ogen dicht un drömt, elkeen up sien Art. En Gnuck, en Sprung, un dat ganze lange Leben liggt achter us, wi seht us wedder rumhuppen in'n ganz korte Boxen oder in'r Pee'n. Schall ik jo mal son bäten vordrömen ut mien egen Kinnerparadies?

Dar steiht se jo wedder, de ole, lebe lüttje Katen mit ähr roo'et Pannendack so trolich achtern Diek! De grönen Finsterladens sund ok noch dor un de Fuckschen un Granjums bleiht achter de blanken Ruten. De ole dickstämmde Pappelbom steiht ok noch vor'n Huse; he breedt sien mächtigen Telgen ut; dat Sunnengold blänkert dör sien Blädergrön, un in sinen Schatten sitt Mudder un hett ähr Neiharbeit up'n Schot. Nich wied von Mudder, up'n Diekkopp in'n Sand, dar krabbelt wat Lebennigs, wat Minschlichs, up allen Veeren. Dit Gekrabbels hett dat dar bannig sur! Ut Backsteene, Holt un Sand bot dat 'n Toorn.

Nu ankt un stöhnt sik de lüttje Bomeister umhoch, wischt sik mit den smärigen Kittelärmel dat Sweet – un anners noch wat von't Gesicht un

---

[224] Vorlage: Sprake ‚in.

roppt denn: »Mudder! Disse hier ward abers so hoch ... so hoch ... bit an'r Luft!«

Mudder kickt von ähr Neiharbeit up: »Schon dien Tüg leber[225] 'n bäten un gah man eerst mal wedder int Hus un wasch di, du Farken!«

Dat »Farken« is for so wat man höllschen swack up de Ohren, leggt den Kopp in'n Nacken un kickt deepsinnig na'n Heben. »Mudder! Wo hoch is woll de Luft?« geiht dat na'n tiedlang. Antwoord: »Tschä! Muß mal namäten!«

De »Höhenforscher« dreiht sik korthand um, zuckelt de Diekschrägde dahl, verswindt int Hus un kummt glieks darup mit 'n twee Fot langen, brunen Matstock wedder rut.

Mudder springt upgeregt von ähren Stohl umhoch: »Nä, nu ward dat denn doch alle Dage schöner! Wullt du mi stantepeh de Elen wedder int Hus bringen! Dat fehlde just noch! De feine magoni Elen? Mit Permutt utleggt? Arfstuck von mien selgen Großvadder! Ik moß di Borsche nich kennen! Wat du in de Poten hest, dat is in'n Snupps kort un kleen! Fatst mi nich de Elen wedder an! Hest d' mi verstahn?«

Tschä! Verstahn harr man dat woll; aber so lichtfarig nageben? Dat weer 'n sturet Stuck! Langsam gung dat truggars na de Husdör, un dar klung dat as son vergrelldet Geblarr: »Tschä! Du hest jo seggt, ik scholl dat namäten! Un denn is dat ok son feinen Jäbel! Un – un – Abuuuh! Baah!«

Kinnerdröme! Ja, Mudder, wat hett man di domals pisackt un argert! Un doch! Spälde nich bi allen Schellen jümmer dat knäpsche Lachen um dinen Mund? Du wollst di dat verbiten; aber Kinner sund doch slauer, as de Groten meist denkt. Aber Kinner sund ok lichtglöwsch, un up jem ähr välen Fragen is bald 'n Antwoord to finnen, wiel ähr Gedanken in'n Snupps all wedder bi wat anners sund.

Wenn ik blot so trugge denk an mien gräsige Frageree! »Mudder? Woväl is dusend, dusend, dusend Milljon?« Antwoord: »Tschä! Dat sund dusend, dusend, dusend Milljon. Aber eerst gah man mal bi un tell dien Fingers na. Schall mi mal wunnern, woväl dat dar togangekamt.« Denn gung't Tellen los: »En, en twee, gree, fiebe, nägen, achte ... Mudder? 'n Milljon, is dat woll so väl as wi de Welt, Mudder?«

»Junge, schost di wat schamen! Kannst jo nich mal bit fiebe tellen, grote Keerel!«

---

[225] Vorlage: leben.

Deepsinniges Gegrabbels an de Fingers un denn de Frage: »Mudder? Wo fangt woll de Werser an?«

»Dar ganz achtern, wo de Heben to Enne is.«

»Wo lang is denn woll de Werser, Mudder?«

»Tschä, de geiht bit an'r See.«

»Mudder, wenn ik mal sonen langen Jäbel harr, bit an'r See, denn haude ik den Pappelbom af mit enen Slag!«

»Un wenn du Undägt dat dähst, denn kreegst d' doch so väl Neiers, dat du acht Dage nich sitten konnst. Dar denkst woll garnich an, dat de Bom us upt Dack fallen däh und dat ganze Hus, dat gung in Grutt un Mutt? Warum wollst us den feinen Bom denn woll umhaun? Wat?«

»Tschä, de Bom, de Bom, de makt ummer so väl Wind, un wenn ik em afhaut harr, denn sneet ik mi all de feinen Knuppels un Swuckschen darut. Ziehste!«

»Un wat wollst d' denn mit de Knuppels?«

»Mit de Knuppels, tschä, dar woll ik de Koh mit haun.«

»De Koh? Wat for'n Koh?«

»Tschä, weest doch: Ik krieg doch ene von Arend Böse in'r Möhlenstraten!« (Dat weer use Mälkbur.) Mudder lachde, dat ähr de Tranen öber de Backen kullerden, »Un dat hest du glooft, du Dusch? De hett di jo vernarrn harrt!«

»Arend Böse hett seggt, ik krieg 'n Koh! Ik heff man blot noch keen Tau ton Anbinnen; aber ik snie mi eenfach'n Enne von'r Tüglinen af. Ziehste!«

»Un wenn du dat deihst, denn snie ik mi eenfach'n Enne von 'n Pappelbom af, un denn weeßt jo bescheed! Ziehste!« –

Dat weer denn so Mudder ähr letztet Woord. Aber wenn ik mal in minen Dickkopp dat letzte Woord hebben woll, denn harr Mudder en Middel, mi ton Swiegen to bringen: »Wenn du nu nich stantepeh den Babbel hollst, Borsche, denn gah ik up'n Diek un fleit den buntendoorschen Pottjer! Versteihst d' mi?«

Dat hulp! Vor den Pottjer harr ik mehr Manschetten, as vor alle Pappelbomswutschen un Reitstöcker up'r Welt. Wenn he blot mit sien langen Stabenkipen öbern Diek keem un sung sien langtrocken: »Steentüg koooop! Insettekruken, Bodderkruken!« Denn krop ik unnert Bedde, oder in't Kellerlock, oder witschde de Boehntreppen rup.

Un dat keem darvon: Mudder harr den Pottjer mal den letzten Rest von sien Schrappscheern afkofft, mi denn bi'n Kanthaken krägen un mit sonen leifigen Swung in de leddige Kipen sett. »Dar, Pottjer, nimm den Undägt man mit na guns Sied na'n Buntendoor! Denn sund wi em los. Hier argert he een jo doch den ganzen leben Dag.«

De Pottjer weer denn ok richtig mit mi up'n Puckel 'n Stuck up'n Diek langspeidelt. Aber ik schreede as son Heide in mien Kipen, trampelde mit de Föte un slog mit de Flunken, just as son Poppegei, de in sien Bur 'n Vagel krägen hett. Dat de Pottjer mi upt Letzte doch wedder afsett hett, bruk ik woll nich to vertellen; denn, wenn ik noch in sien Kipen seet, konn ik hier nich an mienen Schriefdisch sitten, um disse Kinnerdröme, de doch ganz wahre Begebenheiten sund, daltoschriben.

Noch ene biestere Mannsgestalt geef dat, wo ik mit up'n Kriegfot stund. De spökende ok as'n Nachtmaar in mien Kinnerdröme rum. Dat weer enen von use Bremer Originale, un den kennde man blot unner den Namen »Tinnen Läpels«.

En bomlangen Keerl mit'n langen grisen Sunnerklaus-Bart un 'n Gesicht, wo'n ok woll Kinner un Katten mit na'n – oder richtiger – unnert Bedde jagen konn. Sien blauen Kleedrock gung em bina bit up de Föte. Un[226] wat weern dat for Föte! Vigelinenkastens? Spältüg dargegen! Wenn he gung, settde he disse Föte ganz liekut, nich na buten, nich na binnen, un wiel he ut jeden Fot bequem twee Stuck maken konnt harr, so moß he ok tweemal topetten: Eerst keem de Hacken, denn de Tahns extra.

»Tinnen Läpels« drog öber de ene Schullern 'n langen, grönlinnen Büdel, un in dissen Büdel steek dat Geheemnis von sinen Namen un ok togliek sien Gewarbe: He weer Tinngeeter un hannelde mit tinnen Läpels.

Bi alle Afsonnerlichkeiten stamerde he ok noch, un wo he int Hus keem, snarrde he so dör en Näsenlock: »T-t-t-hinnen Llll-häpels nnn-hödig? Ole ver-t-t-huschen?«

Mit dat »Ver-t-t-huschen?« weer dat so: Wer dree ole, tweie Tinnläpels liggen harr, de kreeg dar twee hagelnee blitzblanke for wedder, un in dit Tuschgeschäft steek for mi dat Elend! Dat Groo'n wat ik kreeg, wenn dat heetde: »Zieh dar! ›Tinnen Läpels‹ kummt!«

Wenn Mudder denn mit son Handvull Läpelstäls un dat, wat dar man ansäten harr, ansläpen keem, denn puckerde mi al dat Harte. De ganzen In-

---

[226] Vorlage: un.

validen harr ik natürlich up'n Gewäten! Dree Stäls harr ik dat Gnick umdreiht bi'n Graben in'n Sanne. Disse beiden hier, de harr ik tweibäten bi Disch un dissen hier dodpett, as he mal in'r Köken ut'n Messerkorff fullen weer. Oeberhaupt: Meister Tinngeeter, de gloofde garnich, wat dat hier for'n gräsigen Bumann weer! For mien Part weer denn natürlich umgekehrt »Tinnen Läpels« de Bumann.

He keek mi so unnerfiensch an as son Nötknacker, musselde wat von »Mmmm–hal in'n Ssss–hack st–häken! Mmm–hitnehmen achtern Wwww–haal«, un so d'r wat her.

Un darbi harr ik doch blot so trolich darfor sorgt, dat den olen Isenfräter sien Geschäft bleihde!

Ik freide mi allemal, wenn ik em wedder von achtern bekiken konn un grifflachde mi den annern Middag enen, wenn ik mit'n feinen, blitzblanken Läpel ganz vornehm »speisen« konn. –

Un wo sund de Jahre bläben, de dartwuschenleegt? Wo sund de olen Gestalten: De Pottjers, Tinnen Läpels, Mudder, Vadder, Swestern, Bröders? Allens, allens darhen! Un doch noch allens dar, allens lebendig! Kannst sogar mit snacken! Plattdütsch snacken! Muddersprake! Brukst blot to seggen: Kamt wedder, ji leben, frundligen Biller! Ji – – Kinnerdröme!

Anhang

Georg Droste
Sien Leben un sien Dichten

Von John Brinkmann

»Wer den Dichter will verstehn,
der muß in Dichters Lande gehn«. –

Wenn dit Woord up enen paßt, denn paßt dat to Georg Droste, den Heimatdichter ut'n Bremer Lanne. Un darum kann ik sine välen Frünne wied un sied in Plattdütschland dar nich in verdenken, wenn se nu ok wäten willt, wo de Mann eenglich utsehn deit, von den se nu al so väl hört un lesen hefft, wat he in sien Privatleben umhand hett, wo he herstammt, in wat for'n Umgebung he lewt, wat he in sien Leben allens dörmakt hett un of he dat, wat in sien Böker schräben steiht, woll sulben belewt hett.

Wer Georg Droste kennt, de ward mi dat geern globen, dat dat en Stuck Arbeit wesen is, den Mann na al dat uttofragen. Ick harr mi dat aber eenmal in'n Kopp sett, endlich mal sien vergahnet Leben kennen to lehrn, un ut dat, wat he mi denn doch so bi Wege langs vertellt un ok woll sulben mal upschräben hett, heff ik nu so'n Lebensbeschriebung upteekent.

Erst will ick mal 'n lüttje Geschichte ut olen Tiden vertellen.

De ole Vorspannweert.

Dat is nu al öber hunnert Jahr her, dar leeg in Olenhagen in'n Kahlenbargschen en groten Buernhoff baben up so'n Barg. An dat Schild, wat sik von de Husdör na de Landstraten reckte, stund to lesen: »Vorspannwirtschaft«. Seßtein starke Peere hörden an dat Hus, un darmit hulp de Vorspannweert de Frachtfohrlüde de swaren Wagens den Barg rup, un wenn de Fohrlüde un ähr Peere sik denn in'r Vorspannweertschup verhalt harrn, trocken se ähre Straten wieder na Pyrmont to un fudder. – Väl Geld brochten de Vorspann un de Weerschup, un den Vorspannweert – sien Namen weer G e o r g L u d w i g D r o s t e – dat weer en riken Mann. Bit dat Unglück keem.

Dit Ungluck harr sien Ursake in den Trotz, in den leidigen Neddersassen- un Buerntrotz. –

Droste kreeg Stried mit enen hannöverschen Grafen, wat sien Nahber weer. Disse Graf harr mal 'n Stuck Wild up Droste sien Waldgerechtigkeit jagt, un de drohde darmit, dat he den Grafen vor'n Kopp scheten woll, wenn he wedder enen Foot in sien Holt settde. Nu leet de Graf ut Rache en nee bequeme Landstraten dör sien egen Gehege un um den Barg umto anleggen. De Fohrlüde nehmen nu den lüttjen Umweg un sparden so den Vorspann. Droste un sien Weertschup up'n Barg weer nu gänzlich de Nahrung afsnä'n. Tum Oeberfluß fung he nu ok noch 'n langwirigen Prozeß mit den riken Grafen an un ruhte nich eher, as bit dat letzte Peerd un de letzte Koh ut'n Stall halt un de letzte Eekboom in'n Holte umhaut weer. – Bedelarm un vull Grimm un Haß storf de ole Vorspannweert Droste. Sien Jungens mossen nu von'n Hoff, um sik in de Welt slecht un recht dörtoslahn. De ene – Georg Leberecht – word Snieder un keem 1809 na Bremen, un dat weer usen Droste sien Großvadder.

Nu kummt erst noch 'n lüttje Geschichte.

Vadder un Mudder.

In dat Bremer Historische Museum up'r Grotenstraten steiht ok en olen Tresen, wo se fröher Tönbank to sän. De stammt ut dat ole Kramerhus von Nielsen an'r Osterdoorstraten. Achter disse Tönbank stund vor ungefähr 110 Jahren en jungen Ostfriese ut Noorden. De heetde Clas Eden Schipper. As 1813 de Kanonendonner vor'n Osterdoor dröhnde, un de Franzosen ut Bremen rutjagt wurden, hett Schipper noch achter de sulbige Tönbank sien Spitztutens dreiht. Un as dree Jahr naher de Kanonendonner över dat Slachtfeld von Waterloo klung, dar stund he al as Feldwebel bi en hannöversches Regiment un hett mit hulpen, den Franzmann ut Dütschland to verdrieben.

Na den Krieg keem Clas Schipper wedder na Bremen, un wiel he 'n kloken Mann weer, brochte he dat in korter Tied bit to'n Warenmäkler. He verhieratde sik mit'n Bremer Deern, koffte sik dat Hus Ecke Wandrahm un Bornstraten, wat hüte noch so steiht, un fung dar 'n Kramergeschäft in an. Sien jungste Dochter – veer Kinner stammten ut de Ehe – weer säben Jahr, as Schipper an de Folgen von de Kriegsstrapazen 1837 storf. Disse lüttje Deern wuß sik noch up väles to besinnen, wat ähr Vadder in'r Schummerstunne von de Kriegsjahren vertellt harr. Un se hett dat denn, wiel se en hellen un behollern Kopp harr, na Jahren an ähr egen Kinner wedderverteilt, un eent von disse Kinner is use Georg Droste.

De Snidergesell Georg Leberecht Droste, de 1809 ut Olenhagen in'n Kahlenbargschen na Bremen togereist keem, harr sien Nest an'r Tieber boot in eent von de lüttjen Gäbelhüser. De stunnen dar, wo nu de Tollschuppen steiht. Georg Leberecht harr sik en tagenbaren Bremer Deern to'r Froo namen, un de Söhn ut disse Ehe, Ernst Ludwig, is später ok en ehrbaren Snieder un Zunftmeister worrn. Un de weer dat, de sik 1860 mit de lüttje Deern verhieratde, de in ähr Kinnertied de Kriegsgeschichten von ähren Vadder, den fröhern Mäkler Schipper, hört harr un de mit ähr Mudder un Geswisters domals gänzlich verarmt weer, as de Vadder al so fröh twuschen jem rut moßt harr. –

Georg Ludewig heetde de ole stiefköppde Kahlenbarger Vorspannweert, un Georg Ludewig word ok de lüttje Droste nennt, de 1866, den 13. Dezember achtern Diek, nich wied von'r Rhederstraten, sinen Snidervadder Droste un sien Mudder, geborene Schipper, dat Leben to verdanken harr, un dat is use Dichter.

Kinnertied.

In sien erstet bescheidenet Book, dat he vor veertein Jahr mit Zittern un Zagen, as he sulben seggt, rutgeef, schrift he, dat he öber sinen Intritt in dat Weltborgertum Genaues nich seggen konn; denn sien Slapkamer weer so düster wesen, dat Großmudder to seggen plegte: »Hier mutt man de Kadde vor't Knee binnen, wenn man wat sehn will!«

En Bild ut sien Kinnertied hett de Dichter us geben in dit sulbige Book, dat he »Achtern Diek« nennt hett. Dat is aber noch hochdütsch schräben. Dat Fritz Reuter sine »Stromtid« ok erst hochdütsch schräben hett, is jo woll bekannt. Man kann sik dat eenglich garnich denken. Un dat Georg Droste en hochdütschet Book rutgeben hett, will enen ok so recht nich in den Sinn. »Mit Zittern un Zagen« hett he't schräben un, as he kortens sä: in'n »Jugendstil«. Domals harr he jo sulbens noch keene Ahnung, wat allens in em leeg. He wuß ok nich, wat he in sien Kinnertied for Schätze sammelt harr, un dat he de Gabe harr, disse Schätze in ganz anner Wise to verdeelen, sine Gedanken up ganz anner Art un in ganz annere Form to Poppier to bringen.

Woans Droste upwussen is, dat seggt he us ok in sien Gedicht:

Mien Werser.

Tagen bin ick un ok baren,
Man bescheiden achtern Diek,
Doch in mine Kinnerjahren
Weer ick as so'n König riek!
Wenn in'n Winter de Storme de Pappelböme bogen,
Wenn dat Fröhjahr us brochte den Sunnenschien,
Wenn in'n Harfst övern Diek hen de Swalken wegtogen,
To alle Tied reep ick: De Diek, de is mien!

In'r Freeheit bin ick tagen,
Sprung al bold von Mudders Schot;
Bin den Diek hendahlwards flagen,
An'r Werser wurd ick grot.
Wenn pickswart ok de Wulken an'n Heben hentogen,
Wenn de Weststorm hulde sien Fleitmusik,
Wenn mit Brusen de Bulgen an'n Diekkopp ranslogen:
Fast stund ik in Ahnwähr, un – mien weer de Diek! –

Harr Georg Droste von sine Vorfahren den olen Neddersassengeist un dat Neddersassenbloot in sik, so sorgte de Gegend, wo he »tagen un baren« is, darfor, dat disse Geist frisch un dat Bloot gesund bleef, un dat weer de gröne Werserstrand. Wind un Wellen, Blomen un Vagels, Gras un Pappelboom as Spälkameraden un mit alle Naturkinner up Du un Du. Wer so upwaßt, de nimmt darvon wat mit for't ganze Leben un kann denn naher ok davon tehren un wat afgeben. Un man munkelt jo, det he ok an gewisse »Kaperstreiche«, de vor mehr as foftig Jahren mal achtern Diek passeert sien schöt, sulbens stark bedeeligt wesen is. Ik will aber nix seggt hebben. Is ok jo verjährt. –

Lüttjet un bescheiden weer man sien Ollernhus, de Katen achtern Diek, un bescheiden, ja fast armselig weern ok de Verhältnisse, unnen de he upwuß. Dat, wat de Vadder mit'r Nadel verdeente, reckte eben hen, de veer Kinner den Mund to stoppen. Scholgeld weer dar nich bi över, un so moß Georg de Freeschole besöken. Dit vertellde he mi mit Stolt, un dat mit Recht: denn wat he naher tolehrt un wat he ut sik makt hett, dat hett he sien egen Kraft un sien egen Streben to danken. – To allen Tiden, dör alle Schicksale is he ummer sinen egen Weg gahn. –

Lehrtied.

Knapp dat he 'n paar Dage ut'r Schole weer, keem he eenes goden Dages ant Hus un sä to sien Mudder, de von'r Wegen an Platt mit em snackt harr: »So! Wat ik geern weern woll, Schoolmester, heff ik mi ut'n Kopp slahn; dar hefft wi keen Geld to, un darum will ik nu mit verdeenen. Morgen trä ik in as Loopjung in'r Bookhandlung von Eduard Hampe«. – In dat Schaufinster von de sulbige Bookhandlung liggt nu bald sien teintet Bok, un dat is dit hier.[227]

Faken genog hett he sik mit den Ledderreemen, wo de blickern Lesekastens an hungen, de Schullern tweischürt; aber he leet sik dat nich verdreten, un vull Stolt läberte he to Huse sinen Lohn af, den he sik so suer verdeent harr. Dat he in sien Freetied fliedig lees un lehrde, bruk ik woll nich eerst to seggen, un vornehmlich konn em dat passen, dat em en ole engelsche Lehrerin de Wäke twee Stunnen in engelsche Sprake geef. Un so keem dat denn ok, dat he mal in'r Packstuben von sien Bookhandlung seet un in'n engelschet Book lees, as sien Herr, wat de damalige Geschäftsföhrer Gustav Winter weer, darup tokeem un to em sä: »Ob du da hineinkuckst, oder die alte Katze!« – He verjagte sik aber nich slecht, as sien Loopjung em up'n Mal ganz flott up engelsch wat vorlees. Wat passeerde nu? – De Mann kreeg em bi'n Ohr un trock em in den Laden rin. Hier stellde he siene Kommies dit Unikum von Loopjung vor un sä denn ganz kort to em: »Und du suchst dir jetzt sofort eine Stelle für's Kontor!« – In'n Geheemen harr de junge Droste jo al lange vorharrt, mal wiedertokamen; nu keem dat Schicksal em to Hulpe. –

Dree Dage naher sä he to sien Ollern: »So, nu bin'k an'n Kantor!« –

Aber glieks mit sien erste Stä harr he ok al Mallöhr. De Firma – et weer 'n Holthandlung – gung bankrott, un Droste seet buten. – Nu keem he in'n Agenturgeschäft. Aber na'n halbet Jahr storf de Inhebber, un – wedder seet Droste buten. He weer nu mal 'n Unglucksrabe. Dreemal is Bremer Recht, dachde he, un mit sien drudde Stä harr he ok mehr Gluck. Dat weer en vornehmet Exportgeschäft, wo he 'n Anstellung fund un Koopmann lehrde, un in dit Geschäft hett he genau dree Jahre tobrocht. Dree gluckliche Jahre vull Arbeit un Streben. He weer jo gesund an Lief un Seele, en frischen, flotten Torner un ummer darup ut, ok sine schönen Gaben un geistigen Kräfte to vergrottern un uttonutzen. Disse dree Jahre weern, as he

---

[227] Im Anhang werden acht davon beschrieben, es fehlt – außer dem zehnten Buch (»Droste-Book«) – »Sunnenschien un Wulken« (1. Auflage 1912, 2. Auflage 1921).

sulben sä, de schönsten in sien Leben. Se schollen aber ok de letzten for em weern, wo sine Jugendlust un de helle, lachen Sunnenschien rinstrahlde. –

Blind.

Midden in dat Streben, wedder up de Höchte to kamen, wo sine bäter gestellten Vorfahren, de Vorspannweert un de Warenmäkler stahn harrn, dar dreep usen Georg Droste mit twintig Jahren en furchtbaren Schicksalsslag: En grisen Nebel lä sik vor sine Ogen, un midden ut'n Leben ruträten, wurd he in'n Tied von veertein Dagen gänzlich blind. »Sehnervenentzündung!« sän de Dokters un na'n halben Jahr: »Unheilbar!« –

Ik will hier leeber daröber hengahn öber dat, wat Droste in'r ersten Leidenstied dörmakt hett an Seelenqualen: »Grau wie der Himmel liegt vor ihm die Welt!« so sneet em dat dör't Harte, un »Trübe Augen – trübe Gedanken!« pleggt man woll to seggen. – So'n Schicksal, dat schall erst verarbeit weern! – Aber Droste, de hett dat verarbeit. Un wat em hochholen hett, dat is de ole tage Neddersassengeist un de ole Lebenskraft wesen. Nich lange wahrde dat, dar reckte he wedder den Kopp hoch un gung wedder sinen Weg so as fröher. In de Blinnenanstalt to Hannover weer he mit Iwer darbi, de Korfmakeree un, so god dat in sin Oller noch gung, de Musik to lehrn. – In enen Upsatz seggt he mal: »Es wachsen einem dann unvermerkt wunderbare, unsichtbare Fühlhörner. Latente Kräfte, die früher geschlummert haben, die wir nicht kannten, sie werden wach und mit ihrer Hilfe gelingt es uns, den fehlenden Sinn zu ersetzen und wieder einen brauchbaren Menschen aus uns zu machen, der in der Gesellschaft als vollgültig und vollberechtigt dasteht, weil er sich ihr wieder nützlich machen kann.« –

Dat Droste darmit Recht hett, darfor hett he vull un ganz den Bewies läbert. Jahrelang hett he eerst harte Knakenarbeit verricht. Dusende von starke Köhlenkorbe hett he makt for de Hansagesellschaft un for den Lloyd. Wat de Sehenden, wo he ummer mit strichholen woll dör ähre Ogenlicht vorut harrn, dat moß he dör Arbeitstied inhalen, un faken genog is dat vorkamen, dat he mehrere Dage un Nächte achternanner bit to 50 Stunnen ahne Pause dörarbeide; denn he harr sik ok verhieradt un harr wat to krabbeln, wenn he mit sien Hännenarbeit sien fief Kinner dörbringen woll. –

Sien Wahlspruch weer: »Dat sülwstverdeente Brot smeckt am besten«, un »Arbeit schändt nich«. Aber, is dat nich to begripen, wenn Droste ummer un ummer wedder grubelte un darup bedacht weer, sine g e i s t i g e n

Kräfte antowennen? Wenn he darna strewde, sik freetomaken von de Knakenarbeit un up lichtere Art sien Brot to verdeenen? »Wir Niedersachsen entwickeln uns nur langsam und schwerfällig«. – Aber wat hört darto for'n Willenskraft, wenn en Mann wie Droste, de de Wäke öber sur arbeitde un Sonndags meist noch Danzmusik makte, sik in'n paar Jahren to dat ruparbeit hett, wat he hüt is.

Un wat is't wesen, wat em so wied brocht hett? He antwort't us: De Sehnsucht! – In veer Regen hett he disse Sehnsucht un al sien Hapen daalleggt. Se staht in sien Book »Sunnenschien un Wulken«:

> Manch Fruchtkarn, wo en Steen up fullen,
> He quält sik ok noch rut gewiß!
> Denn lacht em doch de Sunn'schien gullen
> Na Last un Qual in Düsternis.

Wi Georg Droste to'n Dichter word.

In son lüttje Querstraten nich wiet von Osterdiek un Werser seet in sien Kellerwahnung ducknackt un ibrig en Mann öber sien Arbeit.

He konn woll so gegen de Veertig hen wesen.

De Donzen weer man kahl. Een eenfachen Klappdisch un en paar Stöhle un sonst so dat allernödigste, dat weer allens. Aber he seeg jo nich, wo triste dat um em utseeg, de Mann dar vor den holten Buck.

Rund um em to leeg allens vull von Weidenstöcker, un ok in'r Ecken dar stund noch en ganzet Bund darvon tosamensnört. Dat wahrde nich lange, denn keemen de ok an de Reege, un up den Holtbuck worden se to'n stäbigen Korf tosamendreiht, de Weiden. – – –

Se harrn mal betere Dage sehn. An'r Werser sund se grot worn in Sunnenschien un Waterluft. De Storm, de jem mennigmal in de Bläder tuste, he konn jem nicks anhebben. Se weern so jung! Un heelten dat ok mit de Jungen.

De Diekkapers keemen geern bi jem to Besök, un wenn de sick denn mal'n swanken Stock afsnieden wollen, se sän nich nä.

Wo faken hefft se ok sonen lüttjen Wagehals noch eben fastholen, anners weer he in't Water fullen. Un wenn he dor en anner Mal al inleeg, denn hulpen se em wedder rut.

Dat weern noch Tiden wesen!

Nu weer allens vorbi, un se mossen sik schicken un afquälen, worden torechtbagen und dahldruckt.

O, de Mann, de jem dar in de Make har, de wuß dor ok en Leed von to singen. - - -

God, datt he garnich so recht Tied har, öber siene slimme Lage natodenken. Dor sorgten de Kinner all vor, de dar um em rumkrabbelten un blarrten.

Mudder weer ut to arbein.

De Lüttjen moß he tor Ruhe bringen un de Groten bi de Scholarbeiten helpen.

Un wenn se darmit klar weern, denn geef dat niks Schöneret, as Vadder totohörn, wenn he vertellde. Darmit heelt he am besten Ruhe un Fräden unner de Görn. Denn seeten se um em rum un lusterden un lachten un gruselten sik ok woll, alldarna, wat Vadder grade forn Geschichte togange brochde. Am leefsten vertellde he ut sien Kinnerjahren, un de Weiden, de em twuschen de Fingers seeten, de hulpen em, wenn he mal wat vergeten harr.

Un wo fein konn he vertellen! So fein, datt sien ollste Dochder em enes schönen Dages sä, off se dat mal upschrieben scholl, wat he dar eben vertellt har; denn konnen se dat jo drucken laten un väl Geld darmit verdeenen.

No, ja, to dat Letzte har de Mann doch so recht kenen Globen, un nich mal datt sien Vertellsels mal'n Book afgeben konn, woll em in den Sinn. Aber de Kinner quälden un dramsten, bit he jem den Gefallen dä.

Un so keem dat an den Dag, datt Georg Droste en Dichter weer.

Sien Böker

Ottjen Alldag.

Twintig Jahr harr de leebe Sunne in sien Leben rinstrahlt un harr sine Kinnerjahren, un sine Jungstied mit ähren gullen Schien umgeben. Un de Dichter harr soväl Glanz un Hartenswarmnis darvon in sik upnahmen, datt he dar noch lange biestere Jahre, de nu keemen, von tehren konn.

Un dat Truggedenken an sien Sunnentied, dat hett em hulpen, allens still to drägen, wat em an Not un Sorgen uppackt word.

So gungen sine Gedanken ummer wedder na sien Kinnerparadies, un wat he in twintig lange Jahre still in sik verarbeit harr, dat is dat, wat he erst sien Kinner vertellt un naher for alle, de't lesen wollen, in sine Ottjen-Alldag-Böker upschräben hett.

Un warum lest wi't so geern?

Wiel de Dichter us in sine Geschichten use egen Kinnertied wedder herzaubert mit all de groten Freiden un lütten Leiden. Mit all dat Gluck un de Leefde in us' egen Ollernhus. Mit all dat Troliche un Heemliche in use ole Vaderstadt.

Dat is't aber nich alleen. Ok öber de Kunst möt wi us ummer wedder frein, wo Georg Droste us ole leebe Hüser un Straten wedder upbot un us de olen Prachtgestalten von domals dar henmalt.

So'n paar Striche mit sinen kräftigen Pinsel, un en deftigen Handwerksmeister ut domaligen Tieden oder'n echte bremsche Husmeistersfro oder'n olet Original steiht wedder leibhaftig vor us. Un wenn he us dar so'n prachtvolle Burngestalt hensett, de hett ok Fleesch un Knaken.

Un denn sien Sprake!

Ja, dat is dat reine un echte Bremer Platt. Un darneben dat Platt von us' Buern in Heide un Moor. Wenn't sien mutt, groff un hart, un denn ok wedder so zart un sinnig, vor allen, wenn he de Schönheiten in use Heidegegend malt oder wenn enen jungen Minschen de Leefde in't Hart trocken is un he vertroot sien Deern dat an, so ganz natürlich un slicht. - - - -

So steiht noch mal allens wedder up to Leben un Weben, so ward noch mal allens wedder Fleesch un Blot, wat Georg Droste in sien Jugendtied leef hart hett.

Un öber dat allens liggt as de frundliche Sunnenschien sien gullen Humor.

Ja, us egen Kinnertied zaubert de Dichter us wedder her in sien Ottjen-Alldag-Böker. Weer't nich de schönste Tied, wo wi us lustigen Hansbunkenstreiche – oder K a p e r s t r e i c h e, as Droste se nömt – upföhrden?

Un wer noch grode Stücken von den olen Hanseatengeist holt, de findt em in d e » L e h r t i e d « von usen lütten Frund.

Denn lat jo aber ok von de »M o o r h e x« rinföhrn in dat brune Moor- un Heideland un lustert up dat deftige Platt von de prächtigen Buerngestalten!

Tiergeschichten.

Dat wer an son schönen Sommerdag, as ik mit usen Georg Droste den Osterdiek langs gung. »S i n e n« Diek.

De Sunne meende dat god. Oeber us in dat Blädergrön trellerten un jiepten de lütten Vagels. An de gröne Diekböschung na de Werser to balgten sik en paar Hunne twuschen dat Kinnergekrabbels. Von'r Fahrstraten her klung dat Trapp-trapp von de Droschkenpeere – de Wagens wörn up dat glatte Plaster kum to hörn. Hier up de Straten dreben sik denn ok noch de Kapers von Spatzen rum un gungen tokehr, as wenn jem de Osterdiek alleen hörde. Oeber de Werser huschten Swolken, un up gunt Sied seeg man en buntet Dör'nanner von de Keihe up'n Werder.

Dat Brullen un Bellen, dat Klappern un Flattern, dat Piepsen un Trellern un Springen un Huschen von all de Deerters um us rum klung ok an dat Ohr von minen Begleitsmann. Un an all dit Leben un Weben nöhm he mehr Andeel as männigeen, de mit sehnden Ogen an all dat Schöne in de Natur vorbigeiht.

»Se mossen eenglich mal Tiergeschichten schriben!« sä ik to em. »Darvon gifft dat in use plattdütsche Sprake nich väl Godes. Un wenn't ener kann, denn sünd Se dat!«

Un denn hefft wi us woll noch'n Stunnstied öber de Sake unnerholen. »En dankbare Arbeit is dat!« meende he. »Wenn wi sulbens de Natur un ähre unschienbaren Kinner studeert, denn seht wi eerst, dat nich allens in'r Welt Kampf un Stried is, nä, dat noch väl Reinheit un Leefde, väl unverdorben Urkraft in'r Natur liggen deiht. Wenn wi dat begräpen hefft, denn öwt wi ok mehr Gerechtigkeit in usen Urdeel öber de Tiere, vornehmlich öber de, de us nahestaht. Wenn use Hustiere, de wi Minschen to use Bequemlichkeit oder to usen Pleiseer an us rantrocken hefft, mal öber den Strich gaht, den wi jem trocken hefft, denn doht se noch lange keene Slechtigkeit. Wi Minschen möt de Tiere man richtig verstahn, denn könt wi jem ok Gerechtigkeit tokamen laten.« – – –

Dat durde keene acht Dage, dar wör de erste Tiergeschichte al klar: Doktor Langbeen un sien Husmeister[228]. Un darna hett jo ok sien Tiergeschichtenbok den Namen krägen.[229]

Bi düsse Geschichte bleef 't aber nich. En ganze Reege har he al bold fertig, un as nu de Zeitungen de ene oder de annere afdruckden, harrn alle, de dat lesen, dar ähre helle Freide an.

Bloß ener, de freide sik nich, un dat weer Georg Droste sülwst. –

»Dat is noch nich dat Rechte!« sä he mi. »Man kummt ummer wedder darto, Fabeln to schriben.« Aber Fabeln sund Dichtungen. Un in de Fabeln dar ward de Tiergestalten väl andicht, wat se garnich an sik hefft. Wer aber Tiergeschichten schriben will, de moß eenglich genau bi de Wahrheit bliben.«

Wat he dar mit meende, dat is mi eerst klar worn, as he mi en paar Dage naher sien »Lise« schickde, de Geschichte von'n Peerd, dat unner de Suldaten kummt.

As ik dat lesen harr, dar sä ik mi: Dat makt em keener na. Dat sund de richtigen Tiergeschichten. De weerd alle Frunne von us lewe plattdütsche Sprake geern lesen! –

Wer sine helle Freide an düsse eenzigen Vertellsels hebben will, so as ik se hart heff, de draf dar nich öber her fallen un dat mal eben snell dörlesen. Nä, de mutt langsam lesen un sik eerst mal vornehmen, de Welt mit ganz annere Ogen antosehn un sik eerst mit den Dichter in de Seele von all de lüttjen un groten Deerters rintodenken, de von sik ut Welt un Minschen ankiekt ganz anners as wi. –

Use Dichter weet Bescheed in usen Heimatlanne, in Heide un Moor, in Buernkaten und Grotstadtkantore; un nu lehrt wi em dör sine Tiergeschichten wedder von'r ganz annern Sied kennen.

Bald packt he us mächtig an't Harte, wenn he us sine lüttjen Frunne in ähre Leiden vorföhrt, bald möt wi Tranen lachen, wenn he us mit sinen gullen Humor lustige Stuckschen von Hunne un Katten, Schape un Zägen, Kreien un Spatzen, Rotten un Müse vertellt.

Wer Droste sine Tiergeschichten lesen hett, de ward mit mi eens sien, wenn ik segg: De hefft keenen Vergang; de weerd mancheenen Genuß un Freide bringen, de nich grade an use Waterkant wahnt.

---

[228] Recte: Dokter […].
[229] »Dokter Langbeen un anner Geschichten von Tiere und Minschen« (1917).

De Vorspannweert.

Dat is dat Bok öber den Oellervadder von usen Dichter. En Bok von Grafenstolz un Buerntrotz. En Geschichte ok ut de ole Fohrmannstied. Wer se list, de hört wedder de olen Lastwagens öber de Landstraten pultern un sütt de Kutschergestalten wedder vor sik un de straken Peer mit dat hoge Kumpgeschirr.

For de Fierstunnen.

Den Dichter sien erstet plattdütschet Bok. Vergnögde Döntjes un Vertellsels staht darin. Dat Bok is kortens wedder neet rutkamen.[230] Sien beiden ersten Böker »Achtern Diek« un »Im Rodenbuschhaus«[231], de hochdütsch schräben sünd, hett Droste bloß eenmal drucken laten.[232] Is ok nich nödig; denn dat Rodenbuschhus un de olen lewen Buerngestalten, de dar ut- und ingungen, sünd mit de »Moorhex« wedder uplewt.

Jann von'n Moor.

Von sien lewen Moorfrünnen konn Droste garnich wedder afkemen. Darum hett he unner dissen Namen noch en Bok schräben mit spaßige Geschichten ut Heide un Moor.

Plattdütsche Kinnerkost.

So nömt de Dichter sien lütt Bok, dat wi us Kinner in de Hand geben könt, un wer dat lesen deit, de kann jo mal sehn, of Georg Droste, de so väl Schönet ö b e r us Kinner schräben hett, ok f ö r de Lütten schrieben kann.

Dat is Georg Droste, dat is sin Schaffen un Dichten!

De Pappelbom ut »Ottjen Alldag«, unner den sien Telgen ok Droste upwussen is, schall hier dat letzte Woord hebben. Denn, wat de Dichter sinen olen Bomgeist seggen lett, dat paßt ok up em sülwst, up sien Leben un sien Kunst:[233]

---

[230] »For de Fierstunnen. Vergnögte Döntjes und Vertellsels, mit'n Vörwoord von John Brinkmann« (1922).
[231] Recte: »Im Rodenbusch-Haus«.
[232] »Achtern Diek« erschien in zwei Auflagen 1908, »Im Rodenbusch-Haus« in drei Auflagen 1909.
[233] Quelle dieser Version nicht ermittelt; eine längere, teils abweichende Fassung befindet sich am Ende des 28. Kapitels von »Ottjen Alldag un sien Kaperstreiche«.

Wi hefft us' Wuddeln tah[234] un fast
In usen Heimatbodden slahn!
De Grund is hillig, wo wi waßt!
Vull Stolt will wi hier stahn! –
Wenn us de Stormwind ok mal tust,
Wi staht doch fast un stark!
Wenn us dat noch so wild umbrust,
Dat geiht us nich an't Mark!
Wi halt us ut das Heimatland
Den starken Lebenssaft.
De gift us hier an'n grönen Strand
De ole dütsche Kraft! –

---

[234] Vorlage: tag, korrigiert nach »Ottjen Alldag un sien Kaperstreiche«, Seite 174.